我只是偶爾撒謊

Sometimes I Lie

Alice Feeney
愛麗絲・芬妮 —— 著
吳宗璘 —— 譯

媒體名人盛讚

看了《控制》而欲罷不能？想要解癮，就靠這本了！

——《柯夢波丹》雜誌

芬妮汲取認知與記憶的騙局作為素材，交織出一部殺機重重、百轉千迴的小品。

——《娛樂周刊》

令人毛骨悚然的心理懸疑小說……真的背脊發涼！

——《時人》雜誌

看到最後一頁，依然在糾結苦思。

——《Grazia》雜誌

佈局大膽、情節鋪陳細膩的懸疑小說，虛實難辨，結尾更添詭奇幽黑。

——《紐約時報》暢銷書《後窗的女人》作者A. J. Finn

引人入勝、充滿創意、令人愛不釋手！

——《太陽報》

充滿大膽創意，我好愛這部作品！

——《紐約時報》暢銷書《我讓你走》與《I See You》作者克萊爾·麥金托

扣人心弦處女作，劇情轉折令人驚嘆連連，深得我心！

——《紐約時報》暢銷書《關上門之後》作者B·A·芭莉絲

愛麗絲·芬妮的處女作，曲折離奇的心理懸疑小說《我只是偶爾撒謊》，與吉莉安·弗琳的《控制》與珀拉·霍金斯的《列車上的女孩》並駕其驅。情節百轉千迴，目不暇給，驚心動魄，令人難以釋手！

——《明尼亞波利斯明星論壇報》

愛麗絲·芬妮的《我只是偶爾撒謊》絕對不容錯過！

——《紐約時報》暢銷書《The Good Girl》與《Every Last Lie》作者Mary Kubrica

精采離奇的雙線故事主軸，百轉千迴，過癮，令人對作者接下來的作品充滿期待。

——《每日郵報》

佈局獨特，劇情轉折結構完美，刻劃人性手法細膩，表現精采的懸疑作品。

——《星期天泰晤士報》暢銷書《Good Me Bad Me》作者Ali Land

緊湊曲折驚嚇程度百分百的心理懸疑小說，害我看完忍不住大聲倒抽一口氣。

——《英國國家廣播電台》主持人Sophie Raworth

這本書有急轉而下的劇情，也有尖銳犀利的金句，記得一定要在燈光明亮的地方看這本書，愛麗絲．芬妮的想像世界的確非常暗鬱。

——《Buzz Feed》網站，Dan Dalton

結構緊實的懸疑作品，看到最後，會逼你不得不翻到最前面追根究柢。

——《都會報》

佈局緊密、文筆優美，讓人一打開就陷溺而無法自拔的懸疑小說。

——國際暢銷書《The Good Liar》作者Nicholas Searle

就是好看得不得了！！

——《Prima》雜誌選書編輯，Nina Pottell

喜歡曲折暗黑懸疑小說的讀者有福了。人物描繪生動，劇情撲朔迷離，直到最後一頁依然心懸不已。

——暢銷書《The Girl in the Red Coat》作者Kate Hamer

真盼望能看到更多類似《Sometimes I Lie》的作品問世，文筆優美，扣人心弦的心理懸疑小說……最後的轉折出乎意料之外，過癮極了！

——《英國國家廣播電台》節目《Meet The Author》主持人Nick Higham

精雕細琢的高手——佈局與敘事絕對是大師級作品！

——作家Richard Skinner

我叫安珀・雷諾茲，我有三件事一定要讓你知道：

一、我昏迷不醒。

二、我先生已經不愛我了。

三、有時候我會撒謊。

現在

二〇一六年十二月二十六日

在昏睡與清醒交界的急墜時刻，總是讓我心情充滿歡欣。還沒有睜開眼睛、處於半清醒狀態、彌足珍貴的那短短幾秒鐘，會讓你誤以為自己的夢境根本就是你的真實世界。它不過就是一瞬間的極端喜樂或苦痛，之後，你的感官就會重新啟動，發出通知，提醒你是誰，身在何處，還有你的身分。現在，我多了那麼一秒鐘，依然沉浸在自我療癒的幻覺之中，讓我可以恣意想像，我可以成為任何人，可以到達任何地方，可以找到人愛我。

我感覺到眼瞼後方有光，手指戴的白金戒吸引了我的注意力，以前感覺沒這麼重，但現在卻覺得彷彿整個人被它往下拖拉一樣。我的身上有床被，味道好陌生，我猜，自己可能是在飯店吧。夢境的記憶已全數消散，我不肯放棄，還是想要偽裝成別人，待在別的地方，但就是沒辦法。我，就是現在的我，一直待在這裡，而我早就知道這是我根本不想待的地方。我四肢疼痛，異常疲憊，我遲遲不願睜開眼睛，最後才想起來我其實也睜不開。

痛楚宛若一陣冰冷寒風，在我體內蔓延。我不記得這是哪裡，也不知道自己怎麼會來到這地方，但我知道我是誰。我是安珀．雷諾茲，三十五歲，是保羅的妻子。我在心中不斷重複這三件事，緊緊不放，彷彿它們可以救我一命，但我提醒自己，這個故事的某些章節不見了，最後那幾頁已經遭到撕毀。在我還能駕馭完整記憶的時候，我將它們埋藏心中，等到它們安靜沉澱之後，再讓自己好好思索、感受、釐清來龍去脈。有一段記憶卻不肯配合，頑抗浮出表面，但我就是不肯相信。

儀器聲響硬是闖入我的知覺區，偷走我殘存的最後一絲希望，只留下我萬萬不想知道的事實，我在醫院。這個地方的消毒水臭味讓我想吐，我討厭醫院，它們是死亡與悔憾的原鄉，這是我根本不想造訪的地方，何況是住在裡面？

先前這裡有人，陌生人，我現在想起來了。他們使用了某個我不想聽見的詞彙，我記得現場一片混亂，高聲叫囂，充滿了恐懼，害怕的不是只有我一個人而已。我想要挖掘出更多的細節，但腦袋卻不聽使喚。發生了某起恐怖慘劇，但我不記得究竟是什麼事，也不知是何時發生的。

為什麼他不在這裡？

在明明知道答案的狀況下，硬要提出這樣的問題，很危險的。

他不愛我。

這句話我會牢記在心。

我聽到有人開門，走動，然後又恢復了沉寂，但這樣的寧靜已經被破壞了，不再純粹。我聞到了菸臭，右側出現筆尖刮擦紙面的聲響。有人在我左邊咳嗽，這時我才發現有兩個人，幽暗之中的陌生人。我覺得更冷了，而且整個人變得異常渺小，這是一種我無力招架的空前恐懼。

希望有人可以開口講點話。

某名女子開腔，「她是誰啊？」

另一名女子回道，「不知道，可憐，慘斃了。」

早知道這樣，還不如什麼都別說，我開始尖叫。

我叫安珀．雷諾茲！我是電台主持人！妳們怎麼會不知道我是誰？

我不斷大吼這三句話，但她們就是不理我，因為我的外在形貌是個沉默的人，從外觀看來，我什麼都不是，連個名字也沒有。

我真想看到在她們眼中的我是什麼模樣。我想要站起來，伸手撫摸她們，我想要再次體會親觸的感覺，任何東西或是任何人都可以。我想要問一千個問題，想知道答案。她們在之前也使用過這個字眼，也就是我聽不下去的那個詞彙。

那兩個女人離開了，關上了門，但那個字詞卻留了下來，所以我們共處一室，我再也沒有辦法對它置之不理。我沒辦法睜開眼睛，無法移動，不能講話，那個詞語冒著泡泡，浮出水面，砰一聲撞到了我，我知道這是真的了。

昏迷。

之前

一個禮拜前——二〇一六年十二月十九日星期一

在清晨的昏黑時刻，我小心翼翼、躡手躡腳走下樓梯，不想要吵醒他。看來一切沒有異狀，但我知道一定會有哪裡疏忽了。我為了禦寒，穿上了厚重的冬衣外套，走進廚房，開始我的例行公事。先檢查後門，來回轉動把手，確定已經鎖好：

上，下，上，下，上，下。

接下來，我站在多口瓦斯爐前面，雙手交疊胸前，宛若準備要指揮偉大的爐口交響樂團一樣，手指彎曲成習慣的姿勢，食指與中指併在一起、找到了大拇指。然後，我輕聲自言自語，目視檢查所有的開關轉盤是否全部關閉，連續檢查了三次，手指甲頻頻扣觸，咔咔作響，這是只有我自己才有辦法破解的一套摩斯密碼。確定一切安全無虞之後，我離開廚房，又在門口逗留了一會兒，思忖等一下要不要回來再重複檢查一次，今天不需要。

我放輕腳步，走過咿呀作響的木地板，進入門廊，拿起包包，檢查裡面的東西。手機、錢包、鑰匙，關上包包，打開，再檢查一次，手機、錢包、鑰匙。我走向大門口的時候，又檢查了第三次。出門前我稍微停下腳步，看到鏡中女子回望我的模樣，不禁嚇了一大跳。似乎曾經姣好的臉龐，但我現在幾乎已經快要認不出來了，現在的她，是各種慘白與暗沉色塊組合而成的調色板。黑色長睫框住綠色大眼，下方是黯淡的黑眼圈，上頭有棕色粗眉，兩側顴骨是慘白如畫布的肌膚。我的頭髮是近乎黑色的深棕，一綹綹直髮懶洋洋垂披肩頭，因為也想不出其他花樣。我用手指隨便梳抓了幾下，取下腕間的橡皮筋，把它攏成馬尾，整張臉變得淨素。我的嘴唇開開的，彷彿想要講話，但只有吐氣而已。

現在，回望我的鏡像，是一張準備上廣播節目的臉。

我記得時間，提醒自己火車是不等人的。我沒說再見，但我想那也不重要。我關了燈，走出屋子，檢查了三次大門的鎖，然後，大步走向月光映照的花園步道。

雖然是一大早，但我已經遲到了。想必瑪德蓮此時已經坐在辦公室，翻過了報紙，讀爛了每一則精采新聞。她務求早晨節目的訪問盡善盡美，總是把製作人罵得狗血淋頭，想必他們也早已默默將報紙殘屍整理乾淨。計程車司機忙著把那些興奮過頭卻總是準備不足的來賓載過來，一路上拚命想要問八卦。每天早上各有狀況，但這一切已經成了固定模式。我加入「咖啡早晨」團隊已經六個月了，計畫總是趕不上變化。許多人都以為我從事的是夢幻工作，但惡夢也是一種夢。

我在門廳匆匆停留了一會兒，為自己與某位同事買了咖啡，爬上石階，到達六樓，我就是不喜歡搭電梯。硬裝出笑容之後，我走進辦公室，提醒自己，這就是我的第一專長，改變自己，迎合周邊的人。我可以當「朋友安珀」或是「妻子安珀」，而現在這個時段，則是擔任「『咖啡早晨』的安珀」。我可以扮演生命賦予我的各種角色，我知道自己的所有台詞，我已經演練許久了。

太陽才正準備要升起，但不出所料，這個以女性為主的小型工作團隊已經聚在一起了。三個新面孔的製作人，在咖啡因與工作野心的刺激之下，坐在辦公桌前奮戰。他們周邊擺滿了一疊疊的書、舊腳本，還有空馬克杯，每個人都在忙著打電腦，彷彿在為自己心愛的貓搏命一樣。在遠方角落，我看到了瑪德蓮私人辦公室的檯燈光暈。我坐在自己的辦公桌前，打開電腦，大家對我打招呼，露出溫暖微笑，我也逐一回禮。別人不是鏡子，他們不會以妳看待自己的方式、端詳妳這個人。

瑪德蓮今年一共用了三名私人助理，每一個都撐不了多久就被她炒魷魚了。我不想要自己的辦公室，也不需要助理，我喜歡和別人一樣坐在這裡。我隔壁的座位是空的，喬到現在還沒進來，很不尋常，我擔心她是不是出事了。我低頭看著另一杯快要變涼的咖啡，告訴我自己，乾脆送進瑪德蓮的辦公室吧，就當作是和解的小禮。

我站在敞開的門口，宛若等待被邀請入內的吸血鬼。她的辦公室小到不行，令人啞然失笑。其實，這是因為她拒絕與團隊其他成員坐在一起，所以只好將某間儲物櫃改裝成她的辦公室。假牆上塞滿了瑪德蓮與名人合照的相框，辦公桌後方還有個擺放各種獎項的小櫃子。她沒有抬頭，我開始仔細觀察她的醜陋短髮，一根根黑色豎髮下方的灰色髮根看起來格外刺眼。她的雙下巴交疊在一起，所幸其他的圓滾滾肥肉都藏在黑色寬鬆衣服裡面。瑪德蓮戴了多只裝飾指環的手，停留在檯燈照亮的鍵盤上方，我知道她明明看得到我。

「我在想，搞不好妳需要這個。」我對自己好失望，這麼簡單的話居然得花這麼久的時間才想得出來。

「放桌上就好。」她的目光根本沒有離開螢幕。

不客氣。

角落的小型扇電暖器不斷噴衝熱氣，帶有焦味的熱流緩緩撲上我的大腿，讓我不捨離開。我發現自己正盯著她臉頰上的那顆痣。有時候我的眼睛就是會做出那樣的事：死盯某人的缺陷，當下忘了他們也看得見我的行為——我正在看他們不希望我注意的那些部位。

我大膽試探，「週末過得開心嗎？」

她回道，「我還不想和別人講話。」好，那我就閃吧。

我回到自己的辦公桌前面，逐一檢視上週五累積到今天的信件：有兩本看起來甚是恐怖、我絕對不會打開的小說，某個熱情觀眾的來信，還有一封慈善活動的邀請函，這倒是吸引了我的目光。我一邊啜飲咖啡，一邊開始作起白日夢，如果要出席的話，應該要做什麼打扮，又要帶什麼人赴會。我真的應該要多參加慈善活動，只是似乎一直抽不出時間。瑪德蓮除了是「咖啡早晨」廣播節目主持人之外，也是「危境孩童」組織的代言人。我總是覺得，她與全英國最大孩童組織有密切關聯，似乎有些奇怪，因為她討厭小孩，一直沒生。她連婚也沒結，一直是單身，但從不寂寞。

把郵件整理完之後，我開始細讀今天早上節目的簡報摘要，在節目開始之前，稍微了解一下背景，一定派得上用場。我找不到自己的紅筆，所以走到了文具櫃前面。

我往後瞄了一下，然後目光又回到那一疊整齊排放文具備品。我抓了一把便利貼，又拿了好幾支紅筆，塞進口袋裡，我繼續拿，最後盒子裡空空如也，至於其他顏色我就不碰了。我走回辦公桌前的時候，也沒人抬頭注意我，當然不會發現我掃了一堆文具、放入自己的抽屜，鎖好。

補得滿滿的。

我開始擔心自己在這的唯一朋友今天不會出現，但喬卻在這時候走進來，對我笑了一下。她的打扮一如往常，藍色牛仔褲，白上衣，看起來像是無法告別九〇年代，她一直聲稱不喜歡腳上的那雙靴子，但鞋跟都磨爛了，一頭金髮因為淋雨而濕漉漉。她坐在我隔壁的辦公桌，對面正好是那些製作人。

「抱歉我遲到了。」她輕聲細語，除了我之外，沒有人注意到她講出這句話。

最後進來的是馬修，本節目的總編。這已經是家常便飯。窄管休閒褲的邊緣繃得好緊，他還刻意拉低褲腰，才能容納他的中廣身材。這條褲子過短，無法完全遮蓋他的長腿，也讓人看見了閃亮棕鞋上方的那一截彩色襪子。他沒向任何人打招呼、直接走向自己位於窗邊的小辦公桌。我實在不懂，為什麼由女性團隊、針對女性觀眾所製作的節目必須由男人來主掌？但話說回來，先前擔任我這個職位的人突然離開的時候，馬修逮到機會、給了我這份工作，我想我應該要感恩才是。

瑪德蓮在另外一頭呼喊，「馬修，既然你到了，進來我辦公室一下好嗎？」

「想必馬修覺得自己一大早就倒楣死了，」喬壓低聲音，「今天下班後還是去喝一杯吧？」

我點點頭，鬆了一大口氣，她今天應該是不會在節目結束後就直接消失了。

我們望著馬修拿起自己的簡報摘要、匆匆進入瑪德蓮的辦公室，誇張外套的兩側飄啊飄的，彷彿希望能展翅飛翔。過沒多久之後，他又衝出來，滿臉通紅，慌張不安。

「我們最好趕快進錄音室。」喬打斷了我的思緒，滿好的建議，因為我們的節目十分鐘之內就要開始了。

「我去看看女王陛下是不是已經準備好了。」看到喬因為我的話而露出微笑，我也很開心。但我正好看到馬修望向我，那雙整齊的彎眉挑得老高，我不該講得那麼大聲才是。

時鐘倒數計時，即將進入準點時刻，大家開始就定位。瑪德蓮和我走向錄音室，各自坐在幽暗中央舞台的老位置。在音控間可以透過大片玻璃觀察我們的一舉一動，我們兩個就像是完全不同的動物、因為失誤而被關在一起。喬與其他製作人坐在音控間，明亮又嘈雜，而且裡面還有一百萬顆不同顏色的按鈕，與我們真正工作內容——也就是對群眾講話、假裝樂在其中——的簡單程度相比，這些設備簡直是超級複雜。而錄音室就成了鮮明對比，燈光昏暗，讓人渾身不自在的一股寂靜，而且裡面只有一張桌子，幾張椅子，加上兩支麥克風。瑪德蓮與我坐在這個幽暗之地，默不作聲，互不理會對方，等待錄音中的號誌轉為紅燈，節目的第一段就開始了。

「早安，歡迎來到週一的『咖啡早晨』。我是瑪德蓮．佛斯特。在今天的節目中，等一下會有暢銷書作者E．B．奈特加入我們的陣容，不過，在此之前，我們要先討論的議題呢，是有越來越多的女性成為家中的經濟支柱，而今天我們想請聽眾叩應進來的討論內容是幻想朋友。妳的童年時期是否有過幻想朋友？也許妳到現在都還有……」

她那熟悉的主持廣播聲音，讓我心情立刻舒緩下來，我也轉到自動駕駛模式，等待我上場的時候開口接腔。不知道保羅醒來沒有？他最近很反常，在自己的戶外木屋拚命熬夜，等到他上床的時候，我也快起床了，甚或是等到我出門才就寢。他喜歡把那間木屋稱之為小窩，但事物的原稱是什麼就是什麼，我不喜歡亂改。

我們曾經與E．B．奈特共處過一晚，也就是保羅第一本小說問世的時候。五年多前的事，就在我們剛認識不久之後。當時我是電視台記者，地方電視台，也不是什麼多炫的工作。但看到妳自己出現在螢光幕上，的確會逼妳自己更加注重外表，跟廣播這一行完全不一樣。我那時候很苗條，不知道該如何煮菜，在認識保羅之前，沒有任何人能讓我產生下廚的動力，我也鮮少為了自己而進廚房。而且，我工作太忙，大部分處理的新聞素材都是馬路坑洞或是教堂屋頂鉛管竊案。但直到某一天，月老主動牽線。我們的娛樂線記者請病假，所以我被派去訪問某名厲害的新銳作家。當時我連他的書都沒有看過，整個人宿醉委靡，而且一想到得為別人代班就讓我深惡痛絕，不過，當他走進房間的時候，一切也為之改觀。

保羅的出版商為了這場訪問、租下麗池飯店的某間套房，那地方感覺像是舞台，我只是個還沒有熟記台詞的女演員。我記得自己當時快要無法呼吸了，但等他一坐到我對面的座椅，我才發現他比我還緊張。這是他第一次接受電視台訪問，也不知道為什麼，我讓他變得從容自在。訪談結束之後，他跟我要名片，我也沒多想，但等到我與攝影記者回到車上之後，他卻認為我與保羅之間有「化學反應」，讓他樂不可支。那天晚上，他打電話給我的時候，我覺得自己的表現像是個女學生。我們閒聊，氣氛輕鬆愉快，彷彿兩人早已熟悉彼此。他告訴我，過幾天之後他要去參加出版界的某項頒獎典禮，但他沒有女伴，不知道我有沒有空陪他。在那場典禮當中，我們與E．B．奈特共坐一桌，宛若與傳奇人物共進晚餐，這樣的第一次約會，著實令人難忘。她魅力十足、聰明、談吐風趣。自從知道他們約她當節目來賓之後，我就殷殷期盼能再次與她相會。

製作人把她帶進錄音室的時候，我開口打招呼，「見到您真開心。」

「我也很高興認識您。」她回禮之後，即刻入座。完全不記得我，我的臉孔這麼容易就讓人見過即忘。

她的招牌白髮鮑伯頭，映襯出那張八十歲的嬌小臉龐。她整個人完美無瑕，就連皺紋也長得整整齊齊。她看起來氣質柔和，但心思細膩，反應敏捷。她的雙頰上了腮紅，顯得氣色粉潤，眼眸流露智慧，目光鑠鑠，掃視整間錄音室之後，才鎖定主持人。她對著瑪德蓮露出溫暖微笑，彷彿自己見到了英雄。有時候來賓就是會表現出那種態度，我根本不在乎，真的。

節目結束之後，大家拖著腳步進入會議室，準備開彙報。大家安安靜靜，坐在那裡等瑪德蓮，終於，她進來了。馬修開始分析哪些橋段很成功，哪些不太行。

瑪德蓮的臉色好臭，五官扭曲得好嚴重，簡直像是在利用屁股拆太妃糖包裝紙一樣痛苦。我們其他人默不作聲，我又開始恍神了。

一閃一閃小星星。

瑪德蓮皺眉插嘴。

我想知道你是什麼。

她發出不耐嘖嘖聲，翻白眼。

高高掛在世間之上。

等到瑪德蓮發洩完心中積壓的不滿之後，所有團隊成員也站起來，魚貫離開。

就像天空的鑽石。

「安珀，借一步說話好嗎？」馬修把我從白日夢拉回到現實裡。從他的語氣聽起來，我也別無選擇。他關上會議室大門，我坐回座位，想要從他的表情尋找線索。一如往常，無法判讀，完全看不出任何情緒，搞不好他媽剛死但也沒有人看得出來。他從招待來賓的點心盤裡面拿了一塊餅乾，示意我也吃一點，我搖搖頭。當馬修有事想說的時候，就是愛兜圈子。他本來想要對我保持笑容，但過沒多久之後就嫌費事，乾脆咬了一口餅乾。兩三片碎屑黏在他的細薄嘴唇，他像條金魚一樣，頻頻張合，彷彿腸枯思竭，就是找不到合適的措辭。

「好，我可以和妳閒話家常，問妳好不好，假裝我真的很關心妳啊什麼的，或者，我也可以直接切入重點。」聽完他這段話之後，我的腹部不禁因恐懼而開始絞痛。

「說吧。」但我真希望他永遠不要告訴我。

「妳和瑪德蓮相處得如何？」他又咬了一口餅乾。

「老樣子，她討厭我。」我回答的速度也未免太快了。現在輪到我堆出假笑，

我臉上還有殘存的笑意，所以一講完之後，可以立刻恢復笑顏。

「對，沒錯，這很麻煩，」聽到這種話，我也不需要太驚訝，但我依然嚇了一跳，馬修繼續說道，「我知道當妳加入這個團隊的時候，她一直讓妳如坐針氈，但她也不好受，她為了妳而必須調整自己。妳們兩人之間的衝突，似乎一直沒有改善的跡象，妳可能以為大家沒有察覺，但其實不然。妳們能夠有良好互動，對這個節目與團隊的其他成員來說，將會是成功的一大關鍵。」

他盯著我，等待我有所回應，但我不知道該講什麼是好。「妳可以努力改善與她的關係嗎？」

「哦，我想我可以試試看……」

「很好，我到今天才知道，她對於這種狀況居然這麼不滿，還對我講了重話，有點算是最後通牒的意思，」他稍作停頓，清了一下喉嚨，才把話說出來，「她希望我換掉妳。」

我等他繼續講下去，但他卻不吭氣了。那些話懸盪在我們兩人之間，我想要搞清楚那到底是什麼意思。

「是要開除我嗎？」

「不是！」他大聲駁斥，但那表情卻完全不是那麼一回事，他開始苦思接下來該怎麼說，雙手在胸前做出合十狀，手心相對，只有十指指腹互碰，宛若裸膚色的教堂尖塔，或是心不在焉的祈禱者。「嗯，還沒有到這個地步。我希望妳能在元旦前扭轉情勢，這是最後期限。安珀，很抱歉必須在聖誕節前通知妳這樣的消息。」他放下原本交疊在一起的長腿，彷彿這是他努力的成果，然後，他的身體開始往後退，一直縮到他座椅的極限。他等我回應，而那張嘴正逐漸扭曲變形，彷彿吃到了什麼超級恐怖的食物一樣。我不知道該怎麼回他，有時候我覺得不發一語最好，只要保持沉默，就不會被人隨便誤引。「妳很棒，大家都愛妳，但妳必須了解，瑪德蓮等於『咖啡早晨』，她足足主持了二十年之久。抱歉，但如果我必須在妳們兩人之中做出抉擇，我根本毫無置喙的餘地。」

現在

二〇一六年十二月二十六日

我想搞清楚自己到底在哪裡。一定不是在多人病房，這裡太安靜了。我也不是在殯儀館，因為我感覺到自己在呼吸。每次肺部因氧氣與施力而擴張的時候，都會造成胸腔隱隱作痛，我唯一聽到的聲響是附近儀器低沉無情的嗶嗶聲響。說也奇怪，那聲音好舒服，畢竟它是這隱形宇宙裡的唯一同伴。我開始計數那些嗶嗶聲，烙印在心中，擔心它們可能會突然停止，也不確定那到底有什麼意涵。

我歸納的結論是，這是在單人病房。我的腦海中浮現自己被關在醫院囚房的畫面，時間從四堵牆緩緩流逝而下，形成了骯髒的泥塘，漸漸地，越漲越高，將我徹底淹沒。但在此之前，我依然存在於某個幻想與真實交織為一體的無限空間，這就是我現在的狀態，存在，等待，在等什麼？我不知道。我回到了人類出廠時的初始狀態，而不是一個能正常活動的人。在那隱形之牆的後方，生命徵候照常運作，但我卻動彈不得，靜止無語，失去了自主能力。

生理疼痛充滿真實感，頻頻在呼喚我的注意力。我不知道自己到底傷得多重。有個類似老虎鉗的夾子扣住我的頭蓋骨，我的頭顱一直在搏動，與我的心跳節律一致。我開始從頭到腳打量自己，企圖自我診斷，但就是找不出答案。我的嘴被撐開了，感覺到某個異物卡在我的雙唇與上下排牙齒之間，經過了舌面、伸入我的喉嚨。我的身體有一種詭異的陌生感，彷彿屬於另外一個人，但一切都在，連腳趾頭也沒問題，我可以感覺到那十根依然健在，不禁讓我鬆了一口氣。我的身體與腦袋都好好的，只是需要有人幫我重新開機。

不知道我現在是什麼模樣，是不是有人幫我梳理頭髮或洗臉？我現在是個廢人，寧可別人聽見我的呼喊，而不是被別人看見，最好是不要引起任何人的注意。我沒什麼特別的，我又不像她，其實，我比較像是個影子，一坨小小的污漬。

雖然我十分懼怕，但某種本能告訴我，我一定會安然度過難關，沒事的，因為我一定會好起來，一直都是這樣。

我聽到有人開門，還有逐漸朝病床而來的腳步聲，透過眼瞼，我看到了有黑影在晃動。有兩個人，我聞到了廉價香水與髮膠的氣味。他們在交談，但我聽不清楚到底在講些什麼，還沒辦法。目前只知道是人聲，宛若某部沒有字幕的外國電影。其中一個掀開床被，拉出我的左臂，那種感覺好詭異，彷彿自己像個小孩一樣、假裝四肢癱軟無力。當她的指尖碰觸到我的肌膚的時候，不禁讓我的內心抽搐了一下。我不喜歡陌生人碰我，我就是不喜歡有人碰我，就連他也一樣，再也別想了。

她拿了某個東西裹住我的左上臂，我想應該是血壓帶，因為我的肉被掐得好緊。她動作溫柔，將我的手臂放回去，又走到另一側的床邊。另外一名護士，應該是吧，站在我的床尾，我聽到手指在翻紙的聲音，速度急切，似乎是充滿好奇，看來她如果不是在看小說，就是在翻閱放在床尾的病歷，那聲響聽起來好刺耳。

最靠近我的那個女人開口，「這是最後一個，等一下妳就可以閃了。她是出了什麼事？」

「昨晚入院的，不知道是出了什麼意外。」另一個護士邊走動邊講話，「讓一點日光照進來吧？也許這裡的氣氛就不會那麼沉重了？」我聽到窗簾心不甘情不願退到兩側的刮擦聲響，發現籠罩在自己身邊的光暈變得比較透亮。然後，在毫無預警的狀況下，有某個尖銳的東西刺入我的手臂，那股刺激感好詭奇，痛得我不禁在內心畏縮了一下。感覺有某種涼涼的東西在我的皮下泅泳，蜿蜒進入我的體內，成為我的一部分，她們又開始恢復交談。

比較年長的那個問道，「有沒有人通知家屬？」

「她有先生。他們打了好幾次，都直接轉語音信箱，」另一個回道，「照理說應該會發現自己的老婆在聖誕節失蹤了啊。」

聖誕節。

我開始搜尋存放記憶的圖書館，但有好多書櫃都空空如也，我完全不記得這個聖誕節的事，我們往常都與家人一起過節。

為什麼沒有人陪我？

我覺得口乾舌燥，而且還舔到了污血，拜託，叫我怎樣都可以，給我一點水就是了，我在想，到底該怎麼樣才能引起她們的注意？我全神貫注在自己的嘴巴，拚命想要做出開口狀，在這片死寂當中，就算是一個小小的裂口也好，但什麼都沒有，我是一個囚禁在自己身體裡的幽魂。

「好，妳覺得沒問題的話，那我就準備回家了。」

「回頭見，幫我向傑夫問好，」

房門被推開，遠處正在播放廣播節目，我也聽到了熟悉的聲音。

準備離開的護士說道，「對了，她在『咖啡早晨』工作，他們把她送進來的時候，在她包包裡發現工作證。」

「她還在那裡工作嗎？從來沒聽過這號人物。」

我聽得到妳在講什麼！

房門關起來了，再次恢復寧靜，但我卻不見了，那裡再也看不到我，我在那個吞噬了自己的黑暗世界裡、無聲尖叫。

我怎麼了？

雖然我的內心在狂嘯，但外在就是個沒有聲音、動也不動的軀殼。在真實生活中，有人付錢給我、請我在廣播節目裡講話，如今，我卻被迫封口，現在的我一無是處。那股幽暗不斷翻攪我的思緒，房門再度開啟的聲響，讓一切戛然而止。我以為另一名護士也要離開我了，我想要大叫，請她留下來給我一個解釋，其實，我只是在兔穴裡稍微迷了路，需要有人幫我找到回返的方向。但她沒走，是有別人進來了。我聞得出來，是他，我聽到他在哭，也感受到他一見到我時的驚恐崩潰情緒。

「抱歉。安珀，我來了。」

他抓住我的手，捏得也未免太緊了一點。我早已迷失了自我，而他也在多年前失去了我，現在，再也找不回來我這個人了。剩下的那名護士也離開了病房，想要給我們空間或是隱私，或者純粹因為她也感覺到氣氛不對勁，有某個環節出了差錯。我不希望她離開，丟下我一個人和他獨處，但我也不知道為什麼。

「聽得到我講話嗎？拜託，趕快醒來。」他不斷重複這幾句話。

他的聲音讓我的心畏縮了一下，頭顱上的那對鉗子夾得更緊了，彷彿有一千根手指頭正在猛推我的太陽穴。我不知道自己到底發生了什麼事，不過，我很清楚，而且是百分百確定，我眼前的這個男人，也就是我先生，鐵定與那起意外有關。

之前

二〇一六年十二月十九日，星期一下午

當馬修那天告訴我可以提前下班的時候，起初，我的確滿懷感激。同事們已經散了，全部都出去吃午餐，換言之，我就可以迴避他們的詢問或是假意關切。不過，當我現在一個人走在牛津街，宛若孤軍奮戰的鮭魚、正在逆流對抗一波波迎面而來的觀光客與血拼人潮，我才驚覺他這麼做都是為了自己，因為沒有人想在明知自己是罪魁禍首的狀況下、坐在辦公室裡盯著某名女子掛著淚痕的臉龐。

雖然是十二月的下午，但天空一片湛藍，陽光穿透了尚未形成雲層的白絮，雖然似有薄霧，卻依然營造出晴朗天氣的錯覺。我真的需要停下腳步，好好思考，所以我就乾脆停在人來人往的街道中間，大家也紛紛投以不爽的目光。

「安珀？」

我抬頭，看到站在我面前那名高大男子的笑臉。起初，我完全在狀況外，突然靈光一閃，回憶排山倒海而來，是愛德華。

「嗨，你好嗎？」我總算開口打了招呼。

「很好，看到妳真是太開心了。」

他親吻我的臉頰，其實我根本不該在意自己現在能不能見人，但我卻伸出雙臂裹住自己，一

臉想要躲起來的模樣。我發現他沒什麼變化，歲月幾乎沒有留下任何痕跡，我最後一次看到他，想必也是十年前的事了。現在的他有曬痕，似乎是剛去過什麼炎熱的地方，棕色頭髮夾雜金黃色斑，完全看不到灰白的髮絲。一身古銅色的肌膚讓他看起來健康開朗，異常從容自在。他的衣服看起來簇新昂貴，我猜羊毛長大衣裡面的那套西裝一定是手工訂製。對他來說，這個世界的舞台總是太渺小了。

他開口問道，「妳還好嗎？」我記得自己剛才一直在哭，現在的模樣一定慘不忍睹。

「好啊，嗯，不好，只是剛才聽到了壞消息。」

「很遺憾。」

我點點頭，他等我繼續開口，但我想不出該說什麼。我似乎只記得自己把他傷得好重，我一直沒有辦法解釋為什麼不能與他繼續見面，我在某天早晨不告而別、直接離開他的公寓，從此不接電話，與他徹底斷得乾乾淨淨。他當時在倫敦念書，我們兩個都是，我依然住在家裡，但總是想盡辦法窩在他的公寓。而一切結束之後，我再也沒有回去過。

有個邊走路邊傳簡訊的女人撞到了我。她搖搖頭，彷彿她走路不看路是我的錯一樣。經過這麼一撞，剛才某些躲起來的話也突然現身了。

我問道，「你會在倫敦過聖誕節？」

「對，其實我和我女友才剛因為換工作而搬來倫敦。」我本來覺得鬆了一口氣，但又立刻變得五味雜陳。話說回來，他當然會放下過去、繼續前行，我告訴自己，應該要為他感到開心才是，我勉強擠出了一個淡然微笑，又無精打采點點頭。

「我看得出來，今天巧遇得不是時候，」他繼續說道，「不過沒關係，這是我名片，之後要是能抽時間見個面，那就太好了。我和別人約了碰面，已經遲到了，不過，安珀，能見到妳真好。」我接下名片，又勉強笑了一下，他拍拍我肩膀，再度消失在人群中，他迫不及待就轉身離去。

我好不容易打起精神，轉到自動駕駛模式。我的大腿把我帶到了剛過牛津街的某間小酒吧，以前與保羅剛開始約會的時候，我們經常來這裡，但後來就再也沒過來了，其實，我也不記得我們最後一次一起出去是什麼時候的事。我原本以為這個地方的熟悉感會讓我覺得安心，但並沒有。我點了一大杯紅酒，好不容易才擠到靠近戶外暖爐的唯一空桌。這一區無人看管，所以我挪動椅子，稍微遠離了火源，不過，我其實很想要取暖。我死盯著自己的瑪爾貝克紅酒酒杯，也成功阻絕了耶誕時節的吵鬧喧囂。有個看任何人都不順眼的女人，而我卻得說服她要真心喜歡我，要是我盯酒杯的時間夠久的話，也許就能想出答案，但截至目前為止，一無所獲。

我啜飲了一小口紅酒，只是一點點而已，味道真好。我閉上雙眼，嚥下去，享受覆喉時的快感。我好蠢，本來一切都很順利，現在我卻自己搞砸了。我之前應該要更努力討好瑪德蓮才是，應該要乖乖照腳本演出。我不能丟掉這份工作，時候未到。有一個解決方法，但我沒有自信可以獨力完成，我需要她。不過，這想法立刻就讓我後悔了，我決定再來一杯。

喝完第一杯之後，我又叫了第二杯，趁等待的空檔，我從包包裡拿出手機，撥打保羅的號碼。我應該要打電話給他才是，但也不知道為什麼我並沒有這麼做。他沒接電話，所以我又試了一次，還是沒有，只是轉到他的語音信箱，我並沒有留言。第二杯酒來了，我喝了一口，我需要借酒麻痺自己，但我知道應該要喝慢一點。如果我想要挽救情勢，這是當然的，勢必如此，那麼我就必須維持穩定的心理狀態。照理說，我應該可以自己搞定，但我就是沒辦法。

「被我發現了，妳居然自己先開喝。」喬取下超級長圍巾，一屁股坐在我對面的椅子上。她仔細端詳了一下我的臉龐，笑容瞬間消失。「怎麼了？妳臉色好難看。」

「所以妳還不知道？」

「知道什麼？」

「我和馬修聊了一下。」

她低頭看酒單，「難怪妳心情低落。」

「我覺得我飯碗快不保了。」

喬盯著我的臉，彷彿在尋找什麼似的。

「妳到底在講什麼啦？」

「瑪德蓮對他下了最後通牒，不是我走，就是她走。」

「然後他就告訴妳滾蛋？就這樣嗎？」

「不能這麼說，要是能在元旦之前讓她改變心意，我就可以留下來。」

「那就讓她回心轉意吧。」

「方法呢？」

「我不知道，但他們不能對妳做出這種事。」

「我的合約在一月結束，所以他們只要不續約就是了，把我攆走不費吹灰之力，我也完全沒有立場反駁。而且，我覺得他們是利用聖誕假期去尋找合適的替代人選。」我望著喬，她正在消化我剛才講出的那些話，我也看得出來，她的結論與我兩小時前想到的答案根本是一模一樣。

「妳的人生總是高潮迭起，對吧？」

「我是不是完蛋了？」

「還沒有。我們會想出辦法的，但首先得多叫個幾杯酒。」

我詢問一旁經過的服務生，「這個酒可不可以再給我一杯？」然後我又面向喬，「我還不能失業。」

「不會啦。」

「我還在忙。」那服務生依然在附近走動，看了我一眼，目光有些擔心。我微笑以對，他態度客氣點點頭，去拿酒了。我環顧酒吧，看到大家的眼神，證明我講話的確太大聲了。在我疲倦或是喝醉的時候，偶爾會出現這毛病，我提醒自己，講話的時候要秀氣一點。

等到酒一送上來，喬就催促我趕快從包包裡取出記事本與原子筆。她叫我在某張空白頁頂端寫下「瑪德蓮計畫」這幾個大寫紅字，我乖乖照做，為了慎重起見，還在那幾個字下方加劃橫線。喬是那種喜歡把一切都寫下來的女孩，要是太粗心的話，這種行為很可能會惹禍上身。她盯著記事本，我又繼續喝酒，享受那股溫熱在體內翻湧的快感。我露出微笑，喬也開心大笑，我們在同一時間想到了同樣的點子，我們本來就經常心有靈犀一點通，這次也不例外。她把內容告訴我，我也急忙抄寫下每一個字，擔心趕不上她講話的速度，這想法真的超讚。

喬對我說道，「她以為他們永遠不會攆走她，瑪德蓮·佛斯特等於『咖啡早晨』。」我發現她根本沒碰自己的酒杯。

「馬修就是這麼說的，搞不好這句話可以變成新的廣告詞。」我本來以為喬聽了之後會笑出來，但並沒有。

「但她並不知道妳與馬修談話的內容。所以，也許我們只需要讓瑪德蓮以為他們已經受不了她的暴躁脾氣，準備要把她攆走了。」

「但他們絕對不會做出這種事。」

「她當然不知道這一點，現在哪有人是不能被取代的呢？我在想，要是我們能夠撒下足夠的種子，這個想法就能開花結果。她要是丟了那份工作就成了廢人，那是她的生命，是她的全部。」

「同意。但現在該怎麼辦？時間不夠，這時候已經來不及了。」我又開始哭，我就是忍不住。

「沒關係，需要哭就哭吧，發洩出來就是了，幸好妳哭的模樣很漂亮。」

「我早就不是美女了。」

「妳怎麼會這麼想？妳很美啊，但說真的，要是妳願意多花點心思——」

「謝了。」

「抱歉，但我說的是老實話。素顏不會讓妳散發清秀魅力，只會讓妳看起來黯淡憔悴而已。妳身材很好，但妳似乎總是想用同一套舊衣服掩藏曲線。」

「這的確就是我的目的。」

「哎，別這樣。」

她說得沒錯，我整個人好邋遢。我又想到了愛德華，他一定覺得自己幸好當初沒跟我繼續走下去，逃過了一劫。

「我剛在牛津街遇到某個前男友。」講完之後，我盯著她的臉，想知道她作何反應。

「哪一個？」

「不需要講這種話，我又沒幾個前男友。」

「比我多啦，到底是誰？」

「不重要。我只是覺得自己很寒酸，人生一塌糊塗，我只是想說，真希望他剛才沒看到我這麼潦倒的模樣。」

「誰管那麼多啊？現在，妳只需要專心在重要的事就夠了。為妳自己買個新衣櫥，多買些新衣服新鞋子，有高跟的那一種，還有，穿上新行頭的時候要化妝。明天妳得要看起來開心自信，信用卡給它刷下去就對了。瑪德蓮知道他今天找妳懇談過了，所以她一定以為妳很沮喪，搞不好以為妳之後就不來了，但妳當然會繼續上班。我們要開始在社群媒體放假消息，一定要掌控情勢，妳知道自己該做些什麼吧。」

「嗯，我知道。」

「好，那就去逛街，然後回家。早點睡覺，明天進來的時候要容光煥發，宛若妳根本什麼都不在意。」

我聽從她的指示，喝光了酒，付錢。當我的人生風雲變色之際，我總是謹守分際，不過，我現在已經準備要把事情搞大。在離開酒吧之前，我從筆記本撕下寫有「瑪德蓮計畫」的那張紙，揉皺，丟入戶外火爐裡，看著那團白紙轉為焦黃，焚燒成灰。

現在

二〇一六年十二月二十六日，夜晚

我第一次向下墜落的時候，忘記了害怕的情緒，因為我忙著注意推我的那隻手，居然跟我自己的如此相似。而當我摔跌在底下的幽暗世界之後，最深沉的恐懼也籠罩而來。我想要尖叫，但就是沒有辦法，那熟悉的手正緊緊扣住我的嘴。我發不出聲音，幾乎無法呼吸。當我因為過度恐懼、從不斷循環的惡夢中驚醒過來之後，我又陷入了清醒的另一場惡夢。就算我想破頭，一心渴求知道答案，我依然不知道自己出了什麼事。

大家似乎來來去去，喃喃低語、奇怪聲響、各種氣味交雜在一起。模糊形體在我身邊游移，我彷彿待在水面之下，被我自己的錯誤所淹沒。有時候，我覺得自己躺在混濁池塘的底部，骯髒液體的重量不斷壓迫著我，讓我全身充滿了秘密與污穢。某些時候，我覺得淹死反而是種解脫，一了百了，沒有人看得到我躺在底下，但話又說回來，我本來就像是個隱形人。現在，我的周邊變成了以慢動作在運轉、觸摸不到的新世界，而我依然動也不動，昏躺在幽暗底層。

我偶爾會想辦法浮出水面，正好能夠讓我專注聆聽聲響，讓它們加快速度、再次恢復成可供辨識的音源。比方說，現在就是這樣。我聽到翻紙的聲音，想必是他熱愛的某本愚蠢犯罪小說。其他人來了又走了，但他一直在這，我再也不是一個人了。我覺得好奇怪，既然我現在醒過來了，他怎麼不趕快放下書？衝到我旁邊？後來我才想起來，對他來說，我沒醒，根本看不出任何變化。我現在已經喪失了時間感，現在可能是白天，也可能是晚上，我只是個安靜無聲的活死人。我聽到開門聲，有人進入病房。

「嗨，雷諾茲先生，已經這麼晚了，你不能待在這裡，但這次我們可以通融一下。昨天晚上你太太被送進來的時候，我也在當班。」

昨天晚上？

我覺得自己已經在這裡躺了好幾天。

醫生的聲音聽起來很熟悉，不過，如果他是我的主治醫生，我覺得他聲音耳熟也是理所當然。我開始想像他的長相，應該是嚴肅的人，雙眼疲憊，額頭看得見好幾條明顯的溝紋，都是他目睹悲傷場景而留下的蝕痕。他應該是身穿白袍，但後來我才想到他們現在已經不做那種打扮，看起來就和一般人沒兩樣，所以我對那個男人的想像圖像也逐漸褪逝不見。

我聽到保羅的書掉了下去，他像個蠢蛋一樣東摸西找。只要碰到醫生，他就會被嚇得半死，我猜他現在已經站起來準備握手，其實，一定是這樣沒錯，我不需要看到他，也知道他會做出什麼樣的行為，他的一舉一動都在我的預料之中。

醫生問道，「要不要找個人幫你看一下手？」

他的手怎麼了？

保羅回道，「不需要，沒事。」

「你的瘀傷很嚴重，確定嗎？一點都不麻煩。」

「只是外觀看起來很可怕而已，其實沒那麼嚴重。但還是謝謝你。你知道她這個狀況會持續多久嗎？一直沒有人可以給我答案。」保羅的聲音聽起來好陌生，悶悶的，虛弱無力。

「在目前這個階段還很難說。你的妻子在這場車禍中的傷勢非常嚴重……」然後，我恍神了好一會兒，因為他的話在我腦中不斷重複出現。我努力回想，但依然一片空白，我不記得有車禍，我連車都沒有。

保羅問道，「你剛才說她入院的時候你在當班，還有別人嗎？我的意思是，有別人受傷嗎？」

「就我所知是沒有。」

「所以她一個人？」

「現場沒有其他車輛。接下來的這個問題，對我來說有點難以啟齒，但在你太太的身上有好些傷痕，你知道是怎麼來的嗎？」

什麼樣的傷痕？

「我想是因為車禍吧，」保羅回道，「我以前沒有看過……」

「了解。你太太有沒有自殘過？」

「當然沒有！她不是那種人。」

保羅，我是什麼樣的人？

要是他以前能夠多關心我一點，也許他現在就會知道答案了。

醫生問道，「你提到昨天她離家的時候怒氣沖沖，知道為什麼嗎？」

「只是不順心罷了，工作有些狀況。」

「家裡的事都還好嗎？」

我們三個之間陷入一陣尷尬的沉默，最後是保羅開口，打破僵局。

「等她醒來之後，她還會是原來的她嗎？她會記得一切嗎？」我覺得很納悶，他不希望我記得的到底是哪一個部分？我想得好專注，差點漏聽了醫生的答案，

「要過一陣子之後才能斷定她是否能完全康復。她的傷勢非常嚴重，當時沒有繫安全帶……」

我上車一定繫安全帶。

「……她一定是高速衝撞擋風玻璃，頭部承受嚴重撞擊，現在這個狀況可說是十分幸運。」

幸運……

醫生說道，「我們也只能靜觀其變了。」

「但她會醒來吧？」

「抱歉，我們是不是可以聯絡誰來陪你？親戚還是朋友？」

保羅回道，「沒有，我只有她而已。」

聽到他這麼說我，我的心也融化了。但這句話以前並不適用，我們剛認識的時候，他知名度超高，每個人都想要親近他，他的第一本小說一炮而紅，他討厭我這麼說，他總是解釋自己的一炮而紅其實是他的台下十年功。不過，好景不常，人生有起落，但一落就是一敗塗地。自此之後，他就寫不出來了，文思枯竭，他的成功摧毀了自己，而他的失敗摧毀的是我們。

我聽到關門的聲音，不知道自己是不是再次落單，然後，我又聽到了微弱的敲觸聲，我猜保

羅可能是在傳簡訊。但腦中的影像卻卡了一會兒，我這才想起自己以前從來沒有看過他發簡訊給任何人。他目前生活中只有另外一個人，他的母親，她一直拒絕與其他人溝通，只有在需要什麼東西的時候才會偶爾打電話，還有他的經紀人，但對方習慣寫電郵，因為現在也沒什麼好談的了。保羅與我會互傳簡訊，但我想他現在傳訊的對象不是我，我的思緒音量驚人，他一定聽得見。

「我已經通知他們了，他們知道妳在醫院。」他嘆了一口氣，挨近床邊，我想他指的一定是我的家人。我朋友不多。我們之間又是一陣沉默，有股無法解釋的寒意流過我整個背脊。

一想到我父母，我就心如刀割。他想要聯絡他們，我覺得理所當然，不過，他們經常在外旅行，最近如果想要聯絡他們，恐怕有難度。我們經常好幾個禮拜都講不上話，但其實他們不在國外旅遊的時候亦是如此。我不知道他們什麼時候會過來，然後，我又想了一會兒，應該說到底連他們會不會來也不知道。我不是他們最疼愛的小孩，只是從小養到大的女兒而已。

「賤貨……」保羅的語調幾乎讓我認不出來，我聽到他的椅腳正在刮擦地板，眼瞼前的陰影突然變得濃黑，我知道他正站在我面前，我又忍不住尖叫，但什麼事都沒發生。

現在，我們兩個人的臉好靠近，他在我耳畔低語，我的頸脖感受到他的氣息，

「撐下去。」

我不知道他講那句話是什麼意思，但這時候有人開了房門，我得救了。

「啊天哪，安珀！」我妹妹克萊兒進來了。

保羅回道，「妳不該來的。」

「我當然要來，你應該要早點打電話給我才是。」

「真後悔打電話給妳。」我不知道眼前那兩坨模糊黑影在吵什麼，克萊兒與保羅明明一直相處得很好。

「好，我人已經在這了，到底發生了什麼事？」她又往前走了幾步。

「他們在距離家裡好幾英里之遠的地方找到了她，車子全撞爛了。」

「他媽的誰管你那台車啊？」

我從來沒有開過保羅的車，我從來不開車。

「安珀，不會有事的，」克萊兒握住我的手，「我在這裡陪妳。」她的冰冷手指頭緊緊扣住我的手，不禁讓我想起了我們的青春歲月。她一直喜歡手牽手，我不愛這一套。

「她聽不見妳講話，她昏迷不醒。」保羅的語氣有一種詭異的欣喜。

「昏迷？」

「妳得意了吧？」

「我知道你很生氣，但這不是我的錯。」

「難道不是嗎？我想妳也有權知道這樣的結果，但這裡不歡迎妳。」

我的腦袋快速急轉，那些話讓我墜入五里霧中，我覺得自己彷彿身處在平行宇宙，不知道周邊的人到底在搞什麼名堂。

克萊兒問道，「你的手怎麼了？」

他的手怎麼了？

「沒事。」

「你應該要找醫生看一下。」

「不需要。」

我看不見的這間病房開始旋轉，我拚命掙扎，想要停留在水面，但我周邊與體內的漩渦卻吞噬了我，逼我回到下方的幽暗世界。

「保羅，拜託，她是我姊姊。」

「她警告過我，不能信任妳這個人。」

「不要胡說八道。」

「是嗎？」現在變得格外安靜，「給我滾。」

「保羅！」

「我說給我滾！」

這一次，克萊兒沒有任何遲疑，我聽到她的高跟鞋聲響，離開了病房，房門開了又關上，我再次與這個狀似我丈夫、但行為舉止卻宛若陌生人的男子共處一室。

之前

二〇一六年十二月十九日，星期一晚上

我下了火車，走在安靜的郊區街道，準備回家見保羅。我還是覺得找不到任何方法可以挽救我的工作，但也許至少這一招可以讓我爭取到足夠的時間完成任務。我不會告訴他的，時候未到，搞不好永遠不需要告訴他這件事。

我們在一起之後，這也不是我第一次丟工作。本來的電視記者工作在兩年前突然就沒了，因為我的主編突然變得太過友善，而且獻殷勤的次數也未免太多了一點，總是喜歡以鹹豬手示好。某個晚上，他把手伸入我裙內，第二天，他停放在員工停車場的寶馬汽車就被刮得亂七八糟。他以為是我幹的，自此之後，螢光幕裡再也看不到我的臉孔，但也沒有繼續被吃豆腐就是了。趁他在找理由開除我之前，我主動請辭，老實說，我鬆了一口氣，因為我討厭上電視。但保羅卻大受打擊，他喜歡我的那個版本，他愛的是那樣的我。我開始整天與他窩在家裡，我再也不是他當初娶的那個女人，我無業，再也不會出現光鮮亮麗的打扮，而且我再也無法貢獻新聞故事。我們去年曾經參加某場婚宴，坐在我們隔壁的夫婦詢問我在做什麼，我還來不及開口，保羅已經搶先一步回答，「一事無成。」他摯愛的那個人已經變成了他憎惡的廢物。

他說，看到我一整天待在家，讓他很難下筆寫作，但他在花園後面有個漂亮小木屋，所以他明明可以假裝我不在家。六個月前，克萊兒看到「咖啡早晨」的徵人廣告，她把鏈結寄給我，慫

恿我去試試看。我沒想到自己能得到這份工作，但我真的辦到了。

我沿著花園步道前行，步履跌跌撞撞，伸手在包包裡找鑰匙。屋內傳出的音樂與笑聲讓我好困惑，保羅不是一個人。我記得下午曾打電話找他，但他一直沒接電話，也懶得回撥給我。我打開大門的時候，雙手不禁微微顫抖。

他們坐在沙發上，笑得好開心，保羅坐在他平常的位置，而克萊兒則佔據了我的座位。他們前方的桌子擺了一瓶快喝光的紅酒，還有兩個酒杯，呈現出某種悠緩平靜生活的情態。

她一直不喜歡喝紅酒。

他們看到我的時候，臉色有些詫異，我覺得我像是闖入自宅的入侵者。

「嗨，姊姊，一切都好嗎？」克萊兒起身吻我的雙頰。她的名牌緊身牛仔褲好貼合，簡直像是噴上去的顏料一樣，而下面是兩隻保養得宜的小腳丫，她站起來的時候，那緊身白色上衣的裸露部位也未免多了一點。我不記得看過這件衣服，一定是新的。她的這種打扮，彷彿以為我們依然年輕，男人仍舊會用那種目光打量我們，就算是真的好了，我也不覺得那些人會在我們附近出沒。她的一頭金色長髮梳得好直順，全部塞在耳後，宛若戴了隱形髮箍，所有的外表細節都打點得一絲不苟。她的香水氣味飄入我的鼻孔、喉嚨，我連舌頭都嚐到了那股味道，熟悉卻危險，病態的甜美。

保羅坐在座位裡，開口問我，「妳下班後去逛街了？」

他微瞇雙眼，盯著我的購物袋，裡面放了摺得整整齊齊的新衣服，外頭還包著一坨保護棉紙。我不說話，擺明就是要挑釁他，看看他敢多說什麼。這是我的錢，我自己賺的，愛怎麼花是我家的事。我把購物袋放在地上，發現手指早已在我的手心上留下深紅色印痕。

「出了一點事，」我對保羅講完之後，又面向克萊兒，「不知道妳會過來，一切都還好吧？」我知道他們在家裡搞什麼把戲。

「都很好啊，大衛又在加班，我過來想找妳來個姊妹談心，但忘了妳和我不一樣，妳有自己的社交生活。」

她太做作了，那笑容簡直讓她的臉隱隱發疼。

「小孩呢？」丟出這問題之後，她的笑容立刻消失不見。

「和鄰居在一起，沒問題，我不會把他們交給不可靠的人。」她面向保羅，但他卻盯著地板不放。她的雙唇沾有酒漬，而且臉頰有些緋紅，她本來就不是個能喝酒的人。然後，我看到了，她雙眸中的那種神色，我以前見識過的那一抹危險力量，她也發現我注意到了，而我永遠不會忘記那代表了什麼含意。她說道，「我該走了，沒想到今天留得這麼晚。」

「我是很想請妳再坐一會兒，不過我需要找我老公談一談。」我指的是保羅，但我的潛意識卻認定腳本指涉的對象應該是另一個。

「當然沒問題，回頭見囉，希望妳工作一切順心。」她拿起外套與包包，而她的酒杯還剩下一半的酒。大門一關上，我就後悔不已，我知道自己應該跟過去、向她道歉，所以她知道我依然愛她，我們之間感情融洽，但我沒有。

保羅開口，「喂，氣氛搞得好僵。」

我沒回話，連看都沒看他一眼。反而把大門鎖到底，拿了克萊兒的酒杯，走到廚房。他跟在我後面，站在廚房門口，看著我將深紅色的液體倒入水槽。酒汁潑灑在白瓷表面，我立刻打開水龍頭沖洗乾淨。

「對，晚上回家的時候，看到自己的老公與妹妹窩在一起愜意享受，的確有點怪怪的。」我先前喝下的酒發揮作用，讓發音變得有些模糊，從保羅的表情看來，想必他一定覺得我不可理喻，或是善妒，不然就是兼而有之。不是這樣，我只是很害怕，親眼目睹他們這樣共處，到底背後有什麼意涵？我很確定她知道我不會在家，所以她支開小孩，她早就計畫好了。我沒辦法對他解釋這一點，他不會相信我，他對她的了解程度又比不上我，他不知道她有多厲害。

「妳別鬧了。我是說，妳怎麼剛才就直接講出那種話叫她離開？她特地過來看妳，因為她心情十分沮喪。」

「哦，如果真心想見我的話，也許可以先打通電話吧。」

「她說她打過了，而且打了好幾次，但妳一直沒回電話。」我想起來了，克萊兒今天的確打過電話給我，一共有兩次。第一次是我與馬修在談話的時候，彷彿她早已嗅到有狀況。我面向保羅，但話就是說不出口，他現在的一舉一動都會讓我不爽。他依然是個好看的男人，但他選擇的生活基調卻讓他變得元氣大傷，暮氣沉沉，宛若閃亮銀器因時間的摧折而變得黯淡晦暗。他太瘦了，他的膚色宛若忘了這世界還有太陽，而且頭髮也太長了，他這個年紀的男人早就不會以這種髮型示人，但他就是一直沒長大。看到他的下巴線條，我知道他在生我的氣，但也不知道為什麼，卻讓我興奮莫名。我們好幾個月沒做愛，自從結婚紀念日之後就沒有了，也許自此之後，我們的性生活就是這樣了吧，變成每年一次的犒賞。

我面向瓦斯爐，手指彎曲成習慣的姿勢，我不習慣在他面前做出這種動作，但我現在也不管了。

他開口問道，「辦公室是不是出了什麼事？」

我沒回答。

「我不知道妳為什麼要待在那種地方。」

「因為我需要啊。」

「為什麼？我們又不缺錢，妳可以回去電視圈找工作。」

一陣靜默朝我們的對話鋪天蓋地而來，掩蓋了我們一直憋在心裡、卻一直說不出口的話。廣播殺死了他的電視明星，我繼續盯著瓦斯爐，開始默唸數字。

「妳不要搞那種動作好嗎？跟瘋子一樣。」

我沒理他，繼續我的例行公事，我知道他死盯著我。

公車的輪子轉啊轉。

我們最近的互動似乎只有吵架而已。

轉啊轉。

我努力再努力，拚命要維繫我們的感情，但我們漸行漸遠的速度卻越來越快。

轉啊轉。

我不是那種愛哭鬼，我有別的方式表達自己的哀傷。

公車的輪子轉啊轉。

我真希望我能對他說出真相。

整天轉不停。

童年的某段記憶，突然在我腦中乍現，真希望永遠想不起來。

「妳還好嗎？」保羅問完之後，終於從門口走進來。

「不好。」我輕聲細語，讓他擁我入懷。

那段記憶是事實，但並非真正的全貌。

很久以前

一九九一年九月十六日，星期一

親愛的日記：

今天是很有趣的一天，我到了新學校報到。這件事其實沒那麼有趣，因為我經常換學校，不過，今天的感覺很不一樣，這次應該會一切順利。我的新級任老師似乎是個好人，要是媽媽看到她的話，一定會這麼說，「麥克唐納女士很喜歡吃東西吧？」媽媽常講這種話，她的意思就是指某人過胖。媽媽說，保持體面很重要，因為雖然大家都說不要以貌取人，但其實每個人都會這麼做。麥克唐納老師比媽媽老，但是比外婆年輕，她向全班介紹我的時候，並沒有像其他老師一樣、先來一段表達歡迎的歌舞表演，反而是直接叫我入座。教室裡只有後方擺了張空書桌，所以我就坐在那裡了。就新學校的第一天來說，今天還算不錯，媽媽說我這次可以一直念下去，不需要轉學了，但其實她以前也說過這種話。

我們班正在讀某個女孩的日記，她名叫安妮．法蘭克，不過，他們才剛開始而已，所以我並沒有落後太多的進度。我隔壁的女孩與我大方分享她的課本，她說，叫她泰勒就是了，但其實這是她的姓，而不是她的名字。我發現她的外套有粉筆灰，我知道她是那種沒人緣的小孩。

說到我們的回家功課，我們必須每個禮拜寫一篇日記，有點像是安妮．法蘭克，但她持續得比較久。這份作業最棒的就是呢，我們不用交給老師，因為麥克唐納老師說日記永遠屬於個人隱私。我本來覺得可以根本不用寫，反正沒有人會知道，不過爸爸媽媽正在樓下吵架，我也改變了想法，那就還是寫吧。

我覺得我的日記不會像安妮．法蘭克的那麼有趣，我也不是什麼有趣的人。麥克唐納老師說，如果我們想要持續寫下去，只要想出三件能夠誠實面對自己的事就夠了。她說，想出三件事，人人都做得到，而對自己誠實遠比對別人誠實重要得多了。好，所以我有三件事想告訴你，都是真的喔。

一、我快十歲了。

二、我沒有朋友。

三、我爸媽不愛我。

講出真相，就是這麼討厭。

我外婆死於癌症。她生病的時候，我們就搬進來了，但她也沒有因此而好轉。她六十二歲，聽起來似乎是很老，但媽媽說其實這個年紀算死得太早了。我以前經常黏在外婆身邊，她總是帶我去好玩的地方，仔細聽我說話。她一直沒什麼錢，但卻在去年聖誕節給我這本日記。她覺得，要是能讓我寫下自己的感覺，也許可以幫助我面對各種狀況。之後，將近過了一年，我一直沒有把她的話放在心上，但現在悔不當初。真希望當初可以把她說過的話都寫下來，因為我已經慢慢忘了。

我覺得我爸媽以前很愛我，但我頻頻讓他們失望，他們的愛也被磨蝕殆盡。他們甚至也不愛對方，總是吵架，大吼大叫。他們幾乎什麼事情都可以吵，但絕大多數的問題都是錢，我們家最缺乏的那個東西，他們也會吵我的事。有一次，他們吵得太大聲，有個以前的鄰居還因而報警。媽媽說實在很丟臉，等到警察離開之後，他們又因為丟人現眼而吵了起來。我們現在已經搬離那個地方，所以媽媽說不重要，而且，大家應該管好自己的事就夠了。當我們搬到這裡的時候，她說這是個「全新的起點」，而且，「能交些新朋友不是挺好的嗎？」她並沒有注意到我以前根本沒有朋友。

只要我們一搬到新的地方，我就會開始努力結交新朋友，但必須道別的時候，總是讓我十分悲傷。現在，我已經懶得理會這種事了。當別人問我要不要去參加他們的生日派對的時候，我只會淡淡回道，不了，謝謝，家裡不允許，雖然，事實並非如此。我甚至不會讓媽媽看到邀請卡，而是直接把它們扔進垃圾桶。去別人家裡之後，就會有麻煩了，因為他們也想要來妳家。反正，外婆總說書本是更好的朋友，她總是告訴我，只要妳願意的話，書本可以帶引妳到任何地方，我想她說得沒錯。

外婆死掉之後，媽媽說我們會重新裝潢房子，但並沒有。我睡在外婆房間的床，就是她一睡不醒的那張床。媽媽說我可以買新床，但我不想，時候未到。有時候我覺得我還是可以聞到她的氣味，這想法有夠蠢，因為床被早已洗過好多遍了，而且那根本就不是外婆當初使用的寢具。我的臥室裡其實有兩張床，另外一張是外公的，但他不是死在那裡，他死在老人之家。

我聽不見任何聲響，也就是說，他們不吵了，目前啦。接下來，爸爸會開紅酒，為自己倒一大杯，而媽媽此時也會從冰箱拿出食材、準備煮晚餐，為她自己弄杯飲料，看起來像是水，但其實不是。我長大以後一定滴酒不沾，我不喜歡酒精對人造成的那種影響。接下來，我們就會靜靜吃微波爐食品義大利千層麵，然後，他們其中一人終於想起來了，詢問我第一天上學的情況。我會告訴他們，一切都好，講一點老師與班上的事，他們也會假裝聆聽。爸爸一吃完晚餐，立刻就會帶著剩下的紅酒進入他的書房，那裡本來是外婆的縫紉間，爸爸重新命名，但其實他不會在那裡看書，只是待在裡面看小電視。媽媽開始清洗碗盤餐具，我則一個人坐在客廳裡看電視、等上床睡覺。到了九點鐘的時候，媽媽就會告訴我該上樓了，她擔心自己會忘記這件事，還特地設了鬧鐘。等到我上床之後，他們就會以為我睡覺了，繼續開始吵架。在我小時候，外婆會唱歌哄我睡覺。公車的輪子轉啊轉。以前我不喜歡那首歌，但我現在偶爾會唱給自己聽，蓋過爸爸的吼聲與媽媽的哭聲。這就是我的生活日常，我講過了，不像安妮．法蘭克的那麼有趣。

現在

二〇一六年十二月二十七日

我聽到滂沱大雨，宛若一排小手指不斷敲打窗戶，想要讓我趕緊醒來，脫離這個昏眠的無底深淵。我開始想像那憤怒的雨滴因為無法打破魔咒，只能化成淚水，沿著玻璃撲簌而下。我想現在一定是夜晚，因為現在比之前安靜多了。我幻想自己能夠站起來，走到窗邊，把手伸到外頭，享受雨滴落在肌膚的感覺，抬頭仰望夜空。我好渴望能有這樣的機會，不知道自己能不能再次看到星星。

我們的組合成分都是肉身與星辰，但最後都成了灰燼，最好要趁在世時閃露光芒。

房內只有我一個人，但我的腦海中一直聽到保羅的聲音，撐下去。我也很想，但我已經越來越無能為力，我不懂他和克萊兒到底在爭執什麼，他們明明一直很合得來。她雖然是我妹妹，但凡事都比我搶先一步，大家都說我們兩個很像，但她是金髮美女，而我一頭深髮，就像是個委靡的插畫藝術家。她符合了我爸媽的期待，是進化版的新女兒，他們認為她完美無瑕。我在家裡一開始也有這種地位，但等到她一進入我們家之後，我就被遺忘了，他們對她的了解並不像我那麼透徹，他們也沒看到我所見識到的真相。

我覺得自己開始漂游，我拚命掙扎，然後，正當我打算放棄的時候，門開了。

我知道是她。

克萊兒使用的一定是與母親一樣的香水，她行事總是依循固定模式，而且，她總是噴得好濃。她在房內緩步走動，我也聞到了她衣物柔軟精所散發的幽微氣味。我猜她應該穿的是充滿女人風韻的緊身衣，我根本塞不進去的那種衣服。我聽到她的細高跟鞋踩踏在地板上的聲響，不知道她到底在看什麼。她時間很充裕，反正只有她一個人。

她拉了張椅子，坐在病床附近，開始靜靜端詳我。我陸陸續續聽到翻頁的聲響，她有備而來。可以想像她那美美的雙手把書放在大腿上面的畫面。我覺得自己的病房像是無菌圖書館，而我自己則是幽魂管理員，示意每一名來客必須要保持安靜，噓。克萊兒平常看書速度很快，所以，我一發現沒聽到紙頁急速翻動的聲音，我就知道她就是在裝，這是她的專長。

她開口說道，「真希望爸媽也能在這裡。」

他們不在這裡，我反而覺得好慶幸。

她希望他們能夠出現在這裡，完全是為了她自己，而不是為了我。他們搞不好覺得這一切都是我的錯，他們一向如此。我聽到她放下那本她假裝在看的書，站起來，與我之間的距離又更近了一點。我腦中的各種思緒變得越來越嘈雜，逼得我只能專心聆聽，但它們爭先恐後，互相推擠，所以我也沒有辦法擇一專心思考。克萊兒的臉與我好貼近，我已經聞到她氣息中的咖啡味。

她輕聲說道，「妳的頭髮裡還有玻璃。」

她的話一入耳，我就覺得自己正被人迅速往後拖拉，宛若穿過一條漫長的幽黑隧道，逆向而行。我發現自己坐在枯樹的枝頭，低頭一看，發現自己依然穿著醫院的病袍，我認出腳下的街道，我住在這裡，距離我家不遠了。遠方傳來暴風雨的呼嘯聲，我聞到了焦味，但我不怕，我伸手撫觸剛落下的雨滴，但我的手依然十分乾燥。我看到的一切都是濃黑色，只有遠方出現一抹微光。我看到了好開心，但後來才發現那不是星星，而是車頭燈，雙道光束，風勢越來越猛烈，我看到一台車直衝我而來，速度未免太快了，我低頭看著底下的街道，有個身著粉紅色絨布睡袍的女孩站在路中央，她正在唱歌。

一閃一閃小星星。

她仰頭看我。

我想知道你是誰。

她唱錯歌詞了。

高高掛在世間之上。

車子逐漸逼近，我對她大叫，趕快離開馬路。

這不是藥物作用，是妳要發瘋了。

就在這個時候，我才發現她沒有五官。

我看著那台車為了閃避她而急轉打滑，最後撞上了我坐的這棵樹。強大的衝擊力幾乎把我震落，但遠方有人對我大喊，撐下去。我下方的時間流速變慢了，小女孩笑得不可遏抑，然後，我看到可怕景象，某個女人的身體撞到擋風玻璃，飛了出來，她以慢動作在空中拋飛，身上還夾帶了上千片的碎玻璃，她的身體直接重摔在下方的街道，我又望著那小女孩，她不笑了，伸出食指，碰觸那原本應該是嘴唇的位置，噓。我回頭望著那女人的身體，我知道那是我自己躺在那，但我不想再看下去。我閉上雙眼，一片寂靜，只有金屬外殼扭曲變形的汽車音響依然在播放廣播節目的聖誕歌曲。音樂戛然而止，我聽到瑪德蓮的聲音透過吱嘎電波傳了出來。我坐在枝頭，雙手摀耳，但依然聽得見她不斷重複同一段話：

嗨，歡迎來到「咖啡早晨」。

世事絕非偶然。

我開始尖叫，但瑪德蓮的聲音卻越來越大，我聽到有人開門，我從樹上跌下來，回到了我的病床。

「我回來了。」開口的是保羅。

克萊兒回道，「看到了。」

「也就是說妳可以走了。我在病房，妳就不需要待在這裡，我們先前說好了。」

「那是你自以為是，」她回道，「我才不走。」

克萊兒拿起她丟在床尾的書，又坐回自己的座位。房內安靜了好一會兒之後，我聽見保羅坐在病房的另一頭，這種狀態似乎僵持了很久，我不知道在這個過程中自己是清醒還是昏睡，我也不知道我是不是錯失了什麼，我被偷走的那些時間，還有那些我想要觀察卻苦無機會的互動過程。

我聽到更多的聲音，新的人，起初大家都在互相交談，所以入耳的那些字語全都夾纏在一起。我必須要非常專注，才能聽清楚他們在說些什麼。

病房門口有聲音傳來，「雷諾茲先生？我是高級督察吉姆．韓德利，這位是警員希雷。我們能不能到外面說話？」

「當然沒問題，」保羅問道，「是不是與這起意外有關？」

那名警探回道，「我們還是私下談比較好。」

克萊兒開口，「沒關係，我離開吧。」

當她離開病房的時候，我的腹底不禁抽痛了一下。我聽到房門喀嚓一聲關上了，有人清了一下喉嚨。

警探問道，「前天晚上你太太開的是你的車，對嗎？」

「對。」

「你知道她要去哪裡嗎？」

「不知道。」

「但你看到她離開？」

「對。」

我聽到一陣悠長的吸氣聲，「過沒多久之後，你太太被救護車送進醫院。我有兩名同事立刻趕到你的住處，但你不在家。」

「我跑出去找她了。」

「徒步？」

「對，第二天早上他們又過來找我，我已經在家了。」

「所以你知道警察前一天晚上到過你家？」

「哦，不是這樣，但因為你剛才說……」

「昨天早上去你家的警察是要過去通知你，你太太在醫院。而前天晚上第一次到你家的那些警察，是因為接獲報案，你和你太太在路上大聲吵架。」保羅沒吭氣，「如果你不知道你太太去了哪裡，那你又要去什麼地方找她？」

「我喝醉了，畢竟是聖誕節。而且我腦袋一片渾沌，我只是在外頭東晃西晃了好一會兒……」

「我看到你手上有繃帶，發生了什麼事？」

「我不記得了。」

他說謊，我也不知道為什麼自己這麼篤定，但我就是聽得出來。

「當你太太剛被送進來的時候，我們曾經詢問過這裡的醫護人員。他們說她的身上除了這次車禍的創傷之外，還有一些舊傷，你知道是怎麼來的嗎？」

什麼舊傷？

保羅回道，「我不知道。」

這次開口的是女警員，「你沒發現她脖子有傷痕？臉上出現瘀青？」

「沒有。」

「雷諾茲先生，我想我們還是找個更隱密的地方談一談比較好，」那名警探說道，「我們想請你跟我們到派出所走一趟。」

病房內一片死寂。

之前

二〇一六年十二月二十日，星期二早晨

我開口說道，「我動用關係，幫你在朗廷飯店訂了位置用餐。」

「太好了，吃什麼？」馬修的目光根本沒有離開他的電腦螢幕，不到十分鐘，我們的節目就要開始了，幾乎每一個人，甚至連瑪德蓮也不例外，都已經進入了錄音室。

我回道，「早午餐。」

「是要和誰見面？」他心不在焉，抬頭看我，但我發現當他一看到我的新衣、妝容，還有精心吹整的髮型的時候，他的表情立刻就起了變化，他微微挺身，挑起左眉大表讚賞。我不禁懷疑他真的是同志嗎？或者之前都是我誤會了。

「今天的來賓群，五十多歲的女性，我們上禮拜講好的。」

「有嗎？」

「是啊，你說要等節目結束之後帶她們出去用餐，討論一下未來的構想。」

「什麼樣的未來構想？」

「你說我們必須要激發更多的創意，讓觀眾耳目一新。」

「這的確像是我講的話。」

才不是。他陷入遲疑，我立刻丟出更多早已演練嫻熟的台詞，「她們已經準備好要在節目結

束後與你直接碰面，但如果你改變主意的話，我可以想藉口幫你取消，你覺得怎麼樣？」

「不，不需要，我現在已經想起來了。瑪德蓮也會和我們一起用餐？」

「沒有，這次只有你與來賓。」他皺起眉頭，「所以她們可以針對節目的優缺點暢所欲言。」這個部分就屬於我的即興發揮了，雖然是臨時脫口而出，但也的確奏效。

「好，這也的確是合理安排。我三點鐘排了物理治療，所以餐敘結束之後，我就得立刻趕回家。」

「老闆，沒問題。」

❖

「今天『咖啡早晨』的現場來賓有珍．威廉斯，也就是英國最暢銷女性月刊《Savoir-Faire》的總編，以及作家兼主持人露易絲．佛特，與我們聊一聊身為五十多歲女性媒體人的甘苦談。」瑪德蓮講完開場之後，喝了一小口的水。她在錄音室裡的表現如此扭捏，我還是第一次看到。我把手放到桌下，指甲死陷在膝蓋裡，只有這樣的強烈痛楚，才能斷絕我逃出這幽暗小空間的渴望。

昨天晚上，趁保羅在我們就寢前去洗澡的時候、我花了五分鐘的時間，弄了一個假推特帳號。我貼了幾張在網路上找到的貓咪圖，等到我起床的時候，已經有一百多個追蹤者。我討厭貓，我也不能假裝自己了解社群媒體。我的意思是，我知道要如何操弄，我不明白的是為什麼會有這麼多人願意花這麼多的時間沉溺其中。那不是真實的世界，那只是噪音。話說回來，他們的這種行為讓我覺得很開心。瑪德蓮．佛斯特是不是要離開「咖啡早晨」了？我在二十分鐘前貼出這句話，現在已經被轉發了八十七次，而#佛斯特完蛋了的標籤關鍵字也變得非常熱門，這都是喬想出的主意。

我平常很少化妝，今天的妝讓皮膚感覺好沉重，鮮紅唇膏顏色與新衣服十分搭襯，這套精心挑選的盔甲讓我覺得安心，這整套保護膜面具隱藏了我的傷疤，也舒緩了我的罪惡感，我之所以會這麼做，還不都是因為我得要生存。我發覺自己出現異常狀況，趕緊低頭看著自己發紅的手指頭。起出，我以為自己在流血，但後來才發現是因為我一直在摳自己塗了唇膏的嘴巴。

我把雙手壓在屁股下面，眼不見為淨。我得保持冷靜，不然我就過不了這個難關，我發現我現在開始咬下唇，牙痕位置就是我剛才摳個不停的地方。我停止動作，全神貫注盯著瑪德蓮喝了一半的水杯。當我的焦點從視覺轉到聽覺的時候，氣泡水的嘶嘶聲響也似乎變得更嘈雜。我又開始注意聆聽她吵鬧的講話聲，努力把自己拉回正軌。

我對著桌邊的每一位錄音室來賓微笑，她們真好，通告發得急促，但都願意出席。她們聊個不停，我也趁機觀察她們的臉龐，看起來大家出現在此的理由都一樣，為了自我推銷，但其實不然。坐在這裡的每一個人都各有動機，如果你追根究柢，想要知道我們最純粹的意圖是什麼，那麼最基本的公分母都是希望被聆聽，需要讓自己的聲音蓋過現代生活的嘈雜聲響。我這次不想當提問者，我只希望有人能夠仔細聽我的答案，讓我知道我自己的真相版本是否依然正確無誤。有時候適當的行事方式反而是背道而行，不過，這就是人生。

我一直撐著笑容，臉部肌肉也開始發疼。我努力裝出自己是個開心的人，效果很成功，但也把自己搞得很累，我發現自己頻頻張望錄音間牆上的時鐘，我時間不多了，不過，在這個空間裡，時間的速度卻變得緩慢，讓我每一分鐘都如坐針氈。我低頭看腳本，只要一覺得無聊，就會抬頭看著時鐘的分針往前移動，一直看到發呆。我以前沒注意到時鐘滴答聲居然這麼響亮，它變得越來越大聲，我幾乎已經聽不到來賓們在說些什麼。我望著音控室的團隊同仁，大家似乎都在盯著我。我開始找喬，但她不在那裡。我又開始摳嘴唇的皮膚，但隨即停手，想到我這麼缺乏自制力就不禁好生氣，我把沾了唇膏的手指頭往衣服亂抹，紅加紅，想要扮演不是自己的自己，我還得更努力。

節目終於結束，看到瑪德蓮進入辦公室，我竊喜不已，因為我知道她等一下會看到什麼東西。我向來賓一一道謝，總得有人做這個工作吧，然後，把她們交給已經穿上外套、準備帶她們出去用餐的馬修。我進入洗手間，檢查自己的面具是否安然無恙，發現瑪德蓮的個人助理也待在那裡，她正呆望著鏡中的自己。她看起來好疲倦，而且眼中有一股憂傷，讓我好想出手拯救她。我對她微笑，她也對我淡淡一笑。她每天早上的工作之一，就是要檢查瑪德蓮的郵件，這位名主持人是忙碌的重要大人物，才沒有時間自己處理郵件。她總是有一堆信件得處理：大部分都是新聞稿、邀請函、提供試用或試閱的免費品。小組其他同仁，再加上我的郵件總量，遠遠比不上她一個人。此外，還有粉絲郵件，這種信件會在節目結束之後、放在她的桌上。她喜歡在空檔閱讀這種類似私人信函的郵件，然後，她會拿出紅色小貼紙，將那些值得回覆的信件標註記號。她從來不留那些信，她吸納讀者的讚美，但吐出的卻是傲慢，這是她天生獨具的光合作用。這些紅標信件的回信內容是瑪德蓮的簽名照，她從來不寫回信，就連簽名也懶得動手，這是她個人助理的另一項工作內容。我看著她重新整理妝容，不禁覺得很好奇，她每天都得要冒充另外一個人，到底有什麼感覺。

我前往會議室，與其他人一起等待彙報。我入座的時候，喬對我點點頭，「瑪德蓮計畫」目前完全依照既定步驟進行，大家正竊竊私語，討論瑪德蓮要離開的網路謠言，耳語不斷散播，讓我好開心，謊言只要講述的次數夠多，看起來就像是真的一樣。她一進入會議室，熱烈的八卦討論也立刻結束。瑪德蓮猛力關上玻璃門，坐在桌邊，我猜她也看到了推特。她不知道要怎麼列印自己的腳本，但她玩推特卻不成問題。我知道每當節目結束之後，她就會檢查自己的推特帳戶、確保她那五萬多名的「追蹤者」依然死忠不移，她終究會發現社會大眾對她的自私性格其實並不買單。

「我的咖啡呢？」她對著眾人大吼大叫，她私人助理的臉頰瞬間火燙。

「瑪德蓮……就在那裡。」她指了指桌上熱氣蒸騰的咖啡杯。

「那不是我的馬克杯，我要告訴妳多少次？」

「那個在洗碗機裡面。」

「洗啊，給我用手洗。馬修人呢？」

我盯著這個難搞的女強人，不禁心覺納悶，她的火氣究竟從何而來。我很了解瑪德蓮，就連某些我不該知道、她也不希望我知道的事，我也摸得一清二楚，但依然無法解釋她現在的滿腔恨意。我清了清喉嚨，桌子下方的雙手已經緊握成拳，到了這個時候，我的台詞也該上場了。

「馬修帶著珍與露易絲去外頭開會了，順便吃點東西。」

瑪德蓮問道，「啊？為什麼？」

「我也不確定，他說他今天就不會進來了。」

瑪德蓮沉默了好一會兒，她低頭看著桌面，原本就佈滿皺紋的臉龐，如今又多了一條小溝痕，大家都在等她開口。

「好，那就隨便找哪個人跟我好好解釋一下，『五十多歲的女性』這個主題是怎麼來的？我今天早上才第一次聽到。」

我讓其他人開口，自己則往後一靠，端詳我的敵人。她的深色鏡框眼鏡壓住她的朝天鼻鼻尖，鏡面後面的那雙漠然雙眼，正忙著掃視整個會議室。

咩，咩，小黑羊，你身上有羊毛嗎？

她那宛若巫婆般的長指甲，不耐敲打著自己的筆記本，我發現白色紙頁裡有夾東西，某個紅色信封的簇新邊角，她已經看過了，我自顧自露出微笑。

第一階段，大功告成。

很久以前

一九九一年十月二十四日，星期四

親愛的日記：

好，坐在我旁邊的那個女孩，也就是泰勒，想要跟我交朋友。她沒有說出口，不過我就是感覺得出來。但有個問題，她人很好，似乎沒什麼人緣，不過，我覺得這也沒關係。廣受大家歡迎，其實也沒想像中的那麼美好，大家會對你產生過多的期待，還不如默默隱身在人群之中，等到發光發熱的時候，大家自然會注意到你。

我們今天在更衣室換裝、準備要去打曲棍球的時候，有個人緣很好的女孩欺負泰勒。她名叫凱莉·歐尼爾，她的皮膚總是看得見陽光曬痕，因為他們家經常去度假。她心地很壞，她笑泰勒的胸部是飛機場，這也太蠢了，我們都是平胸啊——大家都十歲而已。每個人都哈哈大笑，倒不是因為這有哪裡好笑，而是因為大家都怕凱莉，這種畏懼感也是一樣蠢，她只不過是個被寵壞的白癡罷了。泰勒的臉色漲紅，但她很厲害，眨了眨眼睛，就是不讓淚水流出來。外婆曾經告訴我，要是不讓眼淚流出來的話，它們就會轉為體內的毒素。媽媽說，只有小嬰兒才會哭，哭泣是一種軟弱的表現。我覺得這要看掉下的眼淚是哪一種類型，因為我發現媽媽總是一直在哭。

最近有三件事，讓我在四下無人的時候哭得非常傷心：

一、外婆死了。

二、我的鋼筆漏水，弄髒了我的《小婦人》。

三、沒吃晚餐就上床睡覺，害我的肚子好痛，痛到睡不著覺。

曲棍球不好玩，超無聊，我們比賽到一半的時候就開始下雨了，體育老師說，只是一點小雨，沒事。她看起來就是獨自運動也可以自得其樂的那種人。

她說，曲棍球草地因為過度使用又缺乏養護，所以已經變得一片光禿。所以我很小心，盡量不要跑向光禿禿的草皮，希望可以讓草早點長出來。我在濕答答的草地上追球，不小心滑了一跤，我不想摔得狗吃屎，趕緊伸出雙手撲到前面，也不管球棍了。等到我站起來之後，我才發現出了什麼事。我的曲棍球棍飛出去，砸中了凱莉．歐尼爾的臉，她的鼻子啊什麼的都在流血，這是意外，所以我也不覺得有什麼好抱歉的。外婆總是說，沒有所謂的意外，事出必有因。有時候你也不是故意的，但就是會出事，就算大家都不相信你，也並不表示你做出這種事是出於惡意。

我聽到樓下有盤子破碎的聲響，我站在梯台上面，專注聆聽了好一會兒，爸爸大吼大叫，他說他的頭差點就被砸中了。盤子自己也不會飛到半空中，所以我猜是媽媽丟過去的。有一個國家，叫做希臘，那裡的人喜歡互砸盤子取樂。凱莉．歐尼爾今天在更衣室的時候，曾經向別人提起這件事，正好被我聽到。她去過希臘度假，而且有兩次。我從來沒有出過國，但是我曾經去過布萊頓。我們曾經去那裡度假，就一次，我和爸爸媽媽。我覺得那時候他們很開心，當然，他們現在一點也不開心，我已經不記得爸爸微笑的時候到底是什麼樣子，而媽媽總是滿臉愁容，身材也不像以前那麼苗條。她本來都穿牛仔褲，現在開始改穿鬆緊帶束腰的緊身褲。我的確聽過爸爸抱怨她放任自己身材走樣，也就是說，外表大不如前，別人也不想多看一眼。

我關上自己臥室的房門，但還是可以聽到他們的聲音。我把外婆留下來的門擋放在床邊，反正它現在也不需要執行任務，所以我乾脆讓它與我相伴。我很喜歡它的觸感，沉重的褐色金屬，形狀像是知更鳥。它是外婆最喜愛的物件之一，現在也成了我的寶貝。當鳥的最大好處就是可以隨時飛走，但這隻就沒辦法了，它必須留在這裡，陪伴我，與我一起待在這個房間。它沒辦法飛翔或歌唱，也沒辦法飛到遙遠的地方、建一個自己的鳥巢。其實，就算它能飛，我也不覺得它會做出這種事。

我要好好想一想，是不是該跟泰勒當朋友。外婆總是告訴我，睡覺的時候有掛念是對的，也就是說，在你上床睡覺的時候，腦袋裡想的是自己擔心的事，所以你就會作相關的夢，要是運氣不錯，醒來的時候就會想出答案了。我醒來的時候，幾乎馬上就忘了我的夢，它們從來沒有給過我任何答案。

之前

十二月二十日，星期二下午

我提早返家，希望能與保羅聊一聊，可是他不在家裡。我以為他出去散步了，他經常出去閒晃，他說文思枯竭的時候，散步可以幫助他找回寫作的靈感。他最近寫不太出來，我猜他的創作世界一定安靜得可怕。這間屋子也一樣安靜，我不知道該做什麼才好。我打開冰箱，盯了好一會兒，其實也不必看那麼久，因為裡面幾乎沒有東西。我拿了一瓶碳酸飲料，坐在餐桌前，面向花園。無雲天空一片湛藍，草坪綠意如茵，宛若夏日一樣，但光禿禿的樹木與空氣中的寒意卻洩了底。這幅畫面與我上禮拜見到的景象相比，可說是大異其趣。那天晚上，我一個人在家，保羅又去尋找他的靈感了，我覺得外頭有人躲在暗處，想要闖進來。我發誓我真的聽到了腳步聲，而且有人企圖打開後門發出的聲響。我講給保羅聽，他說這是我的幻覺，所以我就沒多想了。

我伸出手指頭，打開那瓶易開罐飲料，瞬間發出了吡響，彷彿想要告訴我什麼秘密似的。我喝了一小口，好冰，連牙齒都在發疼，但我很享受那種刺激的痛感，喝了一大口。我再次眺望花園，發現有隻知更鳥棲息在某根圍欄柱上方。

我盯著牠，牠似乎也回瞪著我，一切發生得太快了。一大坨羽狀物決意全速朝我衝來，最後卻被玻璃門阻隔了去路。巨大的撞擊聲響害我嚇了一跳，連飲料都不小心打翻了。知更鳥的小小身軀往後彈落，幾乎是以慢動作的姿態、掉在草地上。我衝到花園平台區的門口，但沒有開門，只是站在那裡盯著那小小的鳥兒背躺在地，牠依然在拍翅，宛若在飛翔一樣，而牠已經閉起了雙眼。我不知道我們這樣僵持了多久，這個小生命在垂死掙扎，我不由自主愣住了，而該來的還是來了。

知更鳥沒有動靜，翅膀無力癱軟在鳥身兩側。

牠的紅色胸口慢慢陷軟，不動了。

兩隻細小的鳥腳也垂落在濕漉漉的草地。

不知道為什麼，我覺得這是我的責任，但是我沒有辦法打開門或走出去，此時此刻，我需要這道阻隔的玻璃所帶來的安全感。我跪在地上，低著頭，想要看個仔細，彷彿看到牠的鳥喙吐出了最後一口氣。我記得有個朋友曾經告訴我，知更鳥是不散的幽魂，飛到你面前是為了要傳達訊息。我不知道牠到底要傳達什麼訊息給我，我發現我的手臂已經寒毛直豎。

敲打玻璃的聲響嚇壞了我，我抬頭一看，克萊兒的臉正擠在窗邊，她雖然與鳥兒只有幾步之遙，但卻沒有注意到鳥屍。我站起來開門，她沒等我開口邀請入內就直接進來了，彷彿她才是這間屋子的主人。當初是她幫我們物色到這間房子，她在網路上看到這個物件，立刻約了仲介看屋。我從善如流，這間房子是真的很棒，不過，選擇某個東西與擁有它，畢竟是兩碼子事。

她順手脫下外套，開口問道，「妳在幹什麼？」一如往常，她打扮得光鮮亮麗，仔細熨燙的衣裝清爽整潔，雖然她家裡有兩個小孩，但她的外表卻一絲不苟。她為了想知道我到底在不在家，總是在房子後面探頭探腦，這種行為讓我好生厭惡。大家都知道應該要去按前門的電鈴，要是沒有人應門的話，就該識趣離開。但克萊兒不是如此，她還好幾次開口跟我要鑰匙，我總是說找時間處理，但從來沒有。

「沒在幹嘛，我覺得我好像看到了什麼。」

「妳今天提早回來了。」

「聖誕節快到了，沒那麼忙。」

「保羅沒聽見妳回來？」她把外套擱在某張餐椅的椅背上，儼然把這裡當成自己的家。

「他不管這種事。」話一出口，我就對自己的措辭懊悔不已，我的語氣引人側目，一向如此。

她回道，「嗯，逮到只有妳一個人在家，真好。」我點點頭，我的確覺得自己被她逮個正著。

「要不要喝點什麼？」

「不需要，我也不能待太久，等一下得去接雙胞胎。」她坐在餐桌前，我拿了幾張廚房紙巾、擦乾剛才潑出來的飲料，然後坐在她對面，我的座位依然溫熱。我忍不住一直盯著她的後方，鳥屍就在門口外面而已。

「所以呢？」我不是故意這麼唐突，不過，我與克萊兒的對話情境，與我和別人說話的時候不一樣。那就像是你打開了收音機，他們正在播放你腦中早已在哼唱的歌曲，你當然不可能預先知道會聽到什麼歌，但說也奇怪，冥冥之中就是會發生這種事，而我與克萊兒之間正是如此。

她回道，「所以……我有點擔心妳，心想應該要好好聊一下。」

「我很好。」

「真的嗎？妳看起來不是很好，一直沒接我電話。」

「我很忙，我有全職工作。」我仔細端詳她的表情，我明明心裡有話不吐不快，但也只能讓時間壓抑自己的衝動。她看起來比我年輕多了，彷彿她的臉龐在過去這幾年來一直忘了要變老。

「我只是很累而已。」我真希望可以告訴她實情，像一般姊妹那樣分享彼此的秘密，但我也不知該從何說起。我們一模一樣，但也完全不一樣，而我們的語言裡卻找不到這樣的字彙可以形容這種關係。

我開口問道，「妳記得我大學最後一年的男朋友嗎？」她搖頭，她在撒謊，我已經後悔講出這件事了。

「他叫什麼名字？」

「愛德華，妳不喜歡他。講這個也沒辦法讓妳想起來啦，反正我的男友妳都不喜歡。」

「我喜歡過保羅。」她使用的是過去式，但我刻意置之不理。

「昨天我在牛津街與他巧遇，我覺得這也未免太巧了。」

「我應該是想起來了。個子高大，相當英俊，而且充滿自信。」

「我覺得妳沒見過他。」

「這件事的重點到底是什麼？妳不會要和他搞婚外情吧？」

「沒有，我沒這個打算，只是閒聊而已。」

我盯著餐桌好一會兒，希望她趕快離開，但她就是不走。

「保羅最近怎麼樣？」

「這得要問妳，妳最近和他相處的時間可比我多了。」我居然這麼勇敢，講出這種話，不禁讓我自己嚇了一大跳。現在，我們正航向未知的領域，我知道自己開始使用某種她完全不了解的語言，這可能是我們有生以來第一次需要翻譯。她起身準備走人，已經拿起椅背上的外套，我也沒打算留客。

「顯然我來得不是時候，我還是不要打攪妳吧。」她打開後門，又回頭丟了一句話給我，「記得我就住附近。」她講完之後就走了。

她的話並沒有安撫的效果，反而比較像是威脅。我豎耳傾聽，她走向房屋側邊，踩踏在碎石路面的聲響越來越模糊，最後，終於聽到大門被重甩關上的聲響。

我的思緒又回到了那隻知更鳥。我一度以為牠又回魂過來，飛走了，但當我走向玻璃門的時候，卻看到那褐色的鳥身動也不動、躺在那片如茵的綠毯上面。我打開後門，過了一兩秒之後才走出去，我小心翼翼，不想驚動那令人怵目驚心的小東西。我花了好久的時間才鼓起勇氣，伸手拾起鳥兒。牠比我想像中的還要輕盈，宛若全身的組構成分只有羽毛與空氣而已。牠被丟入垃圾桶，落在底部時發出了一聲砰響，不禁讓我聯想到牠剛才撞到玻璃時的聲音，我實在無法拋卻籠罩心中的那股罪惡感。我進入屋內，洗手，抹了肥皂之後開始不斷搓洗。擦乾之後，我又打開水龍頭，再次洗手，一遍又一遍，直到肥皂全部用完之後才罷休。這次，我把依然濕答答的雙手插入口袋，想要放下心中的懸念。

某個生命，宛若像是垃圾一樣，就這麼給扔了，感覺好詭異。前一分鐘還活得好好的，下一分鐘就斷了氣，一切都只是因為一時失策，某個錯誤的轉折。

現在

二〇一六年十二月二十八日，星期三早晨

現在想要區分夢境與真實，已經越來越困難了，而這兩者都讓我一樣懼怕。雖然我記得自己在哪裡，但卻完全沒有時間感。早晨支離破碎，而我再也不知道什麼是下午或晚上。我逃離了時間，衷心盼望它將來會把我找回去。時間，有一股自己的氣味，就像是熟悉的房間一樣。當它不再屬於你之後，你會對它充滿想望，對它口水直流，渴求不已，你會發現自己願意不惜一切、讓它回到你的身邊。在它還沒有歸返之前，你只能暗藏被偷走的每一秒，貪婪抓住被誤用的每一分鐘，將他們拼湊在一起、成為借來的時間所組成的一條細鏈，你期盼能夠讓它繼續延長，能夠到達下一段的人生篇章，如果，真的還有下一段。

我聞得到失落時間的氣味，也聞到了其他東西。我獨自一人已經有好一段時間了，自從我開始計算秒數之後，一直沒看到保羅，也沒有其他人進入我的病房。最後，我在第七千秒的時候停了下來，也就是說，我躺臥在自己的糞便裡已經超過了兩個小時。

她們的聲音經常出現，讓我從夢中之夢甦醒過來。現在，我已經開始覺得很耳熟了。同一組護士進入我的病房，確定我還有呼吸，是不是在睡覺，然後又丟下我一個人胡思亂想，憂心忡忡。我這樣講並不公平，其實她們還做了很多事。為我翻身，其實我不知道為什麼，我現在是面朝左側，如果我有選擇權的話，這正好是我喜歡的睡姿，以前的我也曾經擁有選擇權。大多數的

糞便集中在我的左大腿，我有感覺，而且也聞得到。由於我的嘴是被迫張開的，我簡直覺得自己像是在舔大便一樣，這個念頭讓我好想吐，這又是另外一件我做不來的事。插入喉中的導管已經變成我身體的一部分，我幾乎已經忘了它的存在。我覺得自己像是超時空奇俠的新製怪獸，部分是女人，部分是機械，而皮膚與骨頭則夾纏了導管與管線。我希望她們能在保羅回來之前把我整理乾淨，如果他還會回來的話。門開了，我以為是他，但那白麝香的氣味卻告訴我，不是他。

「早安，安珀，今天覺得怎麼樣？」

我想想看，我覺得自己像是一坨屎，我身邊堆滿了屎，全身散發屎臭味。

這些人幹嘛要一直跟我講話？他們明明知道我沒辦法回答，而且他們也不覺得我聽得見。

「哦，親愛的，千萬不要擔心，我們馬上就幫妳清理乾淨。」

謝謝。

有兩名護士為我清潔身體。她們從來沒向我做過自我介紹，所以我也不知道她們的真實姓名，但我還是自己編了綽號，「北方護士」，因為她的口音似乎是來自約克郡。她工作的時候喜歡低聲喃喃自語，但就連她這樣的輕聲細語，我都覺得她的母音聽起來格外響亮。在她忙著刷洗的時候，我也感覺到她雙手的粗糙觸感，她猛力刮擦我的皮膚，簡直把我當成了有陳年頑垢的髒鍋，而且，她似乎一直很疲倦。今天她身邊的是「一天四十根護士」，聽到她的名字，就已經可以猜到她的特色，她的聲音嘶啞低沉，似乎總是覺得這世界很不順眼。當她站在我身邊的時候，我就可以聞到她指尖的尼古丁，我的舌頭也嚐到她吐納的殘味，甚至還聽到了她肺部的飄散菸氣。當她們在清理我的身體的時候，我聽到了她們塑膠圍裙的聲響，還有桶子裡的濺水聲，肥皂的氣味，還有戴著塑膠手套的手、摩擦我肌膚的那種觸感。

等到她們清理乾淨之後，又把我翻到右側。我不喜歡這個方向，感覺很不自然。她們其中一個為我梳髮，還特地為我先抓住髮根，所以梳齒就不會用力拉扯我的頭皮。我已經全身是傷，她不想繼續弄痛我，這也不禁讓我想到自己小時候被外婆梳頭髮的情景。「北方護士」拿了個感覺像是小海綿的東西，清理我口腔內部，然後，又為我的雙唇塗抹凡士林，的確乾燥又痠痛。這個氣味騙了我的大腦，讓我誤以為自己可以舔得到。有時候，這個護士會告訴我她正在做什麼，有時候她就是忘了。其實我真正需要的是水，但是她就是不給我半滴水。我不知道自己在這裡待了多久，但我已經開始習慣自己的新模式，我們適應環境的速度還真快啊。某段記憶突然閃現，我想到外婆垂死時的模樣，不知道她當時會不會口渴，公車的輪子轉啊轉。

之後，我不知道到底過了多久，他來了，他的聲音衝破了我為自己築起的高牆。

他開口說道，「安珀，他們現在放了我，但我知道他們以為是我傷害了妳，妳一定要醒過來。」

我不知道他在對我下達命令之前，為什麼不先打聲招呼？但後來我才發現自己沒聽見他進來的聲響，想必他在這裡已經待了好一會兒了，搞不好還說了些什麼，但我就是沒聽進去。他彷彿在模仿自己的聲音，只是聽起來很拙劣，雖然我是他的妻子，但卻沒辦法精準判讀他的語氣，反正感覺就是不對勁。當然，我應該要能夠分別憤怒與恐懼的語氣差別才是。也許這就是重點，也許它們聽起來就是一模一樣。

我記得他與警察一起離開這裡。他沒有提起這件事，雖然我好想知道，但他就是什麼也不說。他反而為我讀報，他說，醫生認為這應該可以幫助我早日復原。這些新聞報導全都是悲傷的故事，我在想，不知道他是不是刻意略過那些令人開心的新聞？或者，現在已經完全沒有這種新聞了？然後，他又不說話了，那些他沒有說出口的字字句句，讓我好恨，我希望他能夠講出當他不在我身邊的時候、他究竟出了什麼事。我得要知道真相，自從時間拋下我之後，它就持續往前大步邁進，我再也追不上它的腳步。我聽到保羅站起來，現在我也只能自力救濟填補空白，警察並沒有逮捕他，因為他回來了，但還是有狀況，他明明待在這裡，但卻被消音了。我的腦中開始浮現他盯著我的畫面，一想到自己在他眼中的模樣，就讓我渾身不自在，我想我一定讓他很失望。

我找不到支撐，開始四處漂浮，腦中的各種聲音壓過了病房中的寂靜。最吵鬧的是我自己的聲音，一直不斷提醒我自己曾經說過與做過的一切、我不曾說過與做過的一切，還有我應該要說出口與有所作為的一切。它要出現了，我有感覺，在水面大浪來襲之前，總是會先出現漣漪。我已經學到了經驗，它要怎麼處置我，就隨便它了，因為投降真的輕鬆多了，等到它準備好，我就任由它恣意沖刷吧。水勢有起有落，人們載浮載沉，我好擔心哪一天會被這樣的惡水就此吞噬，再也無法浮出水面。當我沉落之後，想要再回到上面可說是十分艱難，而我這次更墜落到前所未見的深底，就算我記得要怎麼回到正常狀態，我也不認為當我回到那裡之後，還能辨識出自我的樣貌。

保羅開口，「我真想知道妳能不能聽見我在說話。」

我一陣頭暈目眩，我想要確定他的語氣，但那些字句聽起來已經失真，而且充滿了爆裂聲響。他的聲音逐漸扭曲成某種侵略性十足的語調，我聽到他起身時椅腳刮擦地板的聲響，宛若是給我的警告。他靠過來，貼近我的臉，仔細端詳，彷彿覺得我在偽裝。

然後，我感覺有一雙大手正逐漸靠近我的喉嚨。

那股驚嚇感持續的時間還不到一秒鐘，因為我立刻發現這並不是真實的感覺，不可能。也許是某段我寧可遺忘的黑暗記憶，但這也不合理，保羅絕對不會做出那種事。我想要搞清楚那股感受究竟從何而來，但我現在已經不記得什麼是真什麼是假。保羅來回踱步，我真希望他坐著不動就好，聆聽他在病房裡走來走去，其實很耗神。我不希望一看到我丈夫就讓我害怕不已，但他卻已經不是他了，我根本不認識這個版本。

克萊兒來了，我暫時鬆了一口氣，隨後陷入一團迷惑。我本來以為他們會再度吵架，並沒有，我以為他現在就會離開，也沒有。

當她上山的時候，她往上爬。

他們之間似乎氣氛不變。

當她下山的時候，她往下跑。

他們似乎是在彼此相擁，我也不奢望她會詢問他警局的事了，因為從他們的對話來判斷，顯然她早已知道了。

當她在半山腰的時候，

病房之外的劇情不斷開展，而我卻置身事外。

她不上不下。

我好嫉妒克萊兒所知道的真相，這一切都讓我好嫉妒。

媽媽與爸爸第一次把克萊兒帶回家的時候，她一天到晚哭個不停。她需要他們的密切關注，而且她所表現出的行為態度，擺明了要逼我們的生活軌道以她為中心。爸媽沒有聽到我在晚上的哭泣，也沒有看到我哭完之後的神情，我成為隱形的女兒。她在夜晚的尖叫聲會驚醒大家，但媽媽會起床陪她，一開始的時候，想要克萊兒的就是媽媽，我對她來說是不夠的，現在，我已經看透了這一點。雖然我們家負擔不起，但人口數還是從三個變成四個，爸媽的親情，沒辦法餵飽兩個女兒。

之前

二〇一六年十二月二十日，星期二晚上

我最近一直在買東西，這一次採買的是食物。我先拿出冷凍食品，接下來是冷藏食物，然後繼續整理其餘的東西，讓一切就定位。食物儲藏間最費工，我把所有東西拿出來，每一個罐頭與瓶瓶罐罐。然後，開始擦拭櫃架，一共擦了兩遍，小心翼翼將每一項物品依照尺寸排好，標籤面外，大功告成的時候已經天黑了。我看到花園那頭的小屋有亮光，也就是說，保羅依然在裡面埋頭寫作，也許他剛好突破瓶頸。我把一瓶卡瓦酒放入冰箱，今天工作上算是小有斬獲，的確值得大肆慶祝。「瑪德蓮計畫」的開場很成功。我發現冰箱門那裡有瓶喝了一半的白酒，我完全沒印象。我不喝白酒，保羅也是，但他也許是拿來煮菜。我拿出那瓶礙眼的白酒，為我自己斟了一杯，開始煮菜。

晚餐快煮好了，我把盤子放在我們從來沒使用過的餐桌上頭，播放音樂，又點了兩根蠟燭。現在萬事俱備只欠老公，當他在寫作的時候，不喜歡被人打擾，但現在已經八點多了，我想要與他共度剩下的夜晚時光，要是他知道有他最愛的羊排，想必也不會介意。所以我走入花園，寒氣狠撲我的雙頰而來。草地有些濕滑，而且視線不明，只能勉強靠著小屋的微弱光線慢慢前行。

「晚安，我的駐地作家。」我打開門，以愚蠢的低沉聲音呼喚他，我發現小屋裡空蕩蕩的，笑容也立刻消失不見。我站在那裡東張西望了好一會兒，彷彿覺得保羅躲起來了，然後，我回頭

張望，看著一片漆黑的花園，搞不好他會從樹叢後面跳出來，對我大吼一聲，「嘿」！

「保羅？」我的眼睛明明告訴我他不在家，我不知道我為什麼還要呼喚他的名字。一陣恐慌從我胸口升起，鎖住了我的喉嚨。他也不在屋內，我在裡頭待了兩三個小時，理應會看到他或是聽到他的動靜。一直待在這裡的老公不見了，我一直沉浸在自己的世界裡，根本沒注意到他早已消失無蹤。我不能反應過度，我總是會反應過度，胡思亂想，擔心會發生最壞的狀況。我想，保羅不在這裡，一定可以找出簡單的解釋原由，但我腦中的聲音卻沒有這麼樂觀，我衝回屋內，泥濘的草地害我差點滑倒。

我回到屋內之後，再次呼喚保羅的名字，沒有回應。我打他的手機，聽到樓上隱約傳出鈴響。我瞬間鬆了一大口氣，因為我發現手機在我們的臥室裡，也許他只是在小睡，或是人不太舒服。我衝上樓，推開臥室的門，臉上掛著微笑，我這麼恐慌真是莫名其妙。床鋪得整整齊齊，而他不在床上，他從來不鋪床，我好困惑，愣了一會兒之後，再次撥打他的手機，熟悉的鈴聲出現了，我判斷是在臥室沒錯，但音源卻來自於緊閉的衣櫃。我抓住把手，手指微微顫抖，我告訴自己，別鬧了，這一定有合理解釋，保羅不會躲在衣櫃裡，我們又不是在玩捉迷藏的小朋友，而且這也不是把屍體藏在櫥櫃裡的恐怖電影。我扭了一下把手，打開他的衣櫃門，什麼都沒有。我撥他的手機，發現他最喜歡的那件外套的口袋裡正透出手機微光。失蹤手機的疑團解決了，但失蹤老公依然成謎。我突然發現某個粉紅色的禮物袋，看來似乎很昂貴，它被藏在保羅稱之為「寫作制服」的那排牛仔褲與棉質上衣的後方，但還是有部分露了出來。我把它取出之後，盯著裡面不放，然後，小心翼翼拆開保護棉紙，裡面是黑色的緞面與蕾絲內衣，我以前常穿那種東西，然而現在指尖碰觸時的感覺好陌生。也許是給我的聖誕節禮物吧，這不是他平常會買的那種物品，胸罩看起來有點小，我瞄了一下標籤，尺寸不對，希望他還有留著收據。

我恍恍惚惚走下樓，想要確定瓦斯爐已經關上，就在我進行例常檢查程序的時候，那個喝光的白酒瓶突然吸引了我的目光，過了一會兒之後，我終於恍然大悟，那是克萊兒最喜歡的一種酒，她剛才來過我家。我伸手摀嘴，衝向廚房水槽，大吐特吐，嘔完所有的東西之後，我開始吐口水，打開水龍頭，拿了擦碗巾抹臉。檢查瓦斯爐三遍之後，我拿起包包，檢查裡面的東西，手機、錢包、鑰匙，當我的目光每確定過一項物品之後，我還會大聲講一次，彷彿只有說出來，一切才變得真實。我準備離開，在門廊停下腳步，又打開包包，手機、錢包、鑰匙。這一次我說話的速度比較緩慢，而且目光停留的時間也比較久，說服自己親眼所見的物件存在無誤。在我關門之前，又檢查了最後一次。

克萊兒的家就在一英里之外，走路不算遠，但我應該要穿外套才是，冷死了。

我雙手護胸，大步往前走，低頭看著人行道。我經過了一整排房舍，它們看起來長得都一模一樣，就在這個時候，我聞到一股淡淡的瓦斯味，它蜿蜒進入我的鼻孔，又沿著喉嚨而下，讓我覺得一陣噁心，所以我又稍微加快腳步。克萊兒住在這裡多年，現在這已經成了他們的房子，隔壁的那間修車場、也就是大衛工作的地方，也同樣成了他們的財產。我對這條街道瞭若指掌，就算閉著眼睛，也可以從這裡走到她家大門口。但我沒有，我眼睛睜得大大的，第一個映入眼簾的是保羅的車，相當獨特的車款。一九七八年份的名爵Midget綠色二手車，保養得很好，復古風華盡現。他當初是拿第一本小說的預付版稅買下了這台車，他對它的熱愛，幾乎與我討厭它的程度一樣強烈。

我大步走向車道，胸口一緊，覺得自己搞不好要停止呼吸了。我的包包裡有克萊兒家的備份鑰匙，但就這麼直接闖進去，我覺得不太好。她當初給我的時候，就是希望我能夠盡快把我家的鑰匙也交出去，但我總是百般推託。

我一直按門鈴，我不知道這是什麼狀況，但我只希望一切盡早結束。天氣冷得讓人受不了，我看到了自己吐出的霧氣。裡面有小孩在哭，透過霧面玻璃，我看到某個越來越巨大的成人模糊身影。克萊兒的老公猛力拉開大門，笑了一下，我只會對登門推銷員才會露出那種微笑。我不知道我們為什麼一直處不來，畢竟我們還是有共同點，我們都擁有克萊兒，所以，也許這正是我們不對盤的真正原因。

「嗨，安珀，妳吵醒了我的雙胞胎，真是謝了。」現在他的臉連一絲笑容都看不到。他依然穿著工作服，沒開口請我進去，我的妹夫塊頭魁梧，但是卻只有一丁點的耐心與時間。

「抱歉，大衛，我沒想到他們在睡覺。我的問題可能有點奇怪，但我還是得問一下，保羅是不是在這裡？」

「沒有，」他回道，「他怎麼會跑來這裡？」他面色疲憊，還看得到黑眼圈，娶了我妹妹之後，讓他急速老化。她總是喊他大衛，所以我們也跟著這樣叫，但其他人都叫他戴夫。

我繼續說道，「但他的車在這裡。」大衛的目光飄向我後方，停在修車廠前庭的那台車。

「對，沒錯。」我沒接腔，他的皺紋陷得更深，彷彿那張臉馬上就要碎裂了。他看著我的腳，我也低下頭，原來我依然穿著拖鞋。兩隻骯髒的絨毛哈巴狗正抬頭看我，縫上去的眼珠子似乎相當訝異，也充滿了同等的憐憫。我是在超市的兒童用品區找到了這雙拖鞋，但我不管，尺寸剛好，而且我就是喜歡。

他開口問道，「妳還好嗎？」我思索了一會兒，給了他一個最誠實的答案。

「不好，其實真的不好，我覺得自己狀況很糟糕，我想找克萊兒談一談，她在家嗎？」他的身體變得更挺直，神情轉為疑惑，然後，臉色變得很難看。「克萊兒整天不在家，我以為她和妳在一起。」

很久以前

一九九一年十一月十三日，星期三

親愛的日記：

我滿十歲已經整整一個月了，年紀轉為兩位數，真的會有不一樣的感覺嗎？老實說，我不確定。我還是有很多事情不能做，依然是個小不點，而且每天都好思念外婆。我好氣媽媽，其實有很多原因，但最重要的是她今天晚上出席家長會時所做出的那件事。爸爸得工作到很晚，所以她一個人去了學校，由於沒有爸爸可以陪她講話，所以她就開始和其他家長閒聊。她回家的時候，興奮得要命，她跟正常人不一樣，不是因為我的優秀成績而這麼開心，而是因為她認識了泰勒的媽媽，發現我居然結交到這麼好的朋友。她一直講一直講，還追問我為什麼沒有提到泰勒，我說我就是不想說，我們兩個就這麼不說話，坐了好一會兒。

媽媽終於發現我不想講話，她起身離開餐桌，為自己弄了杯莫西托雞尾酒。我不知道裡面裝的到底是什麼，但她說那是她的開心飲料。她為我弄了杯檸檬汁，加了一大堆冰塊，而且還在上頭放了片薄荷葉，所以我的飲料看起來就跟她的一樣，但我趁她沒注意的時候，趕緊丟掉了那片薄荷葉。她從冰箱裡拿出麵包粉炸雞排與波紋薯條，這絕對是我最愛的晚餐。接下來，她又從櫥櫃裡取出番茄醬、將它倒放，又準備了兩個盤子，外婆最好的餐具。因為爸爸不在家，所以她從他的書房拿出小電視，擱在廚房，我們就邊吃邊看《加冕街》影集，這樣就不用努力想話題聊天了。用餐氣氛算是很愉快，不過，就在她喝了第三杯莫西托之後（我之所以會計算她喝下的莫西托杯數，純粹是因為擔心這可能是讓她發胖的主因），她摧毀了一切。

「由於妳在新學校的表現非常好，所以我準備讓妳有個驚喜。」她雙眼微閉，她只要一喝酒，就會露出這種神情，所以就算是在大白天，她看起來也像是昏昏欲睡。我問她是不是甜點，她說不是，而且神情十分嚴肅，她反問我是不是忘了牙醫說過的話，有關我的牙齒還有甜食。我其實沒忘，但我真的一點也不在乎。外婆總是會為我弄甜點，不是包裝類食品，而是親手做的點心。巧克力蛋糕、維多利亞海綿蛋糕、太妃糖布丁、蘋果酥餅，每一個都好好吃。現在我想起來了，外婆根本沒有牙齒，她只有假牙，上床睡覺的時候會把它放在杯子裡。就算我牙齒會像外婆一樣掉光光，我還是想要吃蛋糕。媽媽問我到底有沒有在聽她說話，只要我陷入沉思，我就再也聽不見她的聲音，只要她一發現就會問我這個問題。我點點頭，但並沒有開口回應，因為我還是覺得很不爽，因為沒吃到任何甜點。然後，她微閉雙眼，露出微笑。

「我詢問泰勒的媽媽，是否可以在下個禮拜找一天讓泰勒來我們家裡玩？她說好，妳說是不是很棒呢？」她喝光自己的雞尾酒，把杯子放回桌上，那張胖乎乎的臉露出愚蠢大笑，「當然是趁妳爸爸上夜班的時候，這樣一來就只有我們三個女生而已，等著看吧，一定很好玩！」我氣得說不出話來，不發一語就離開餐桌，然後衝上樓，鑽進自己的房間，拿了門擋關門，我連波紋薯條都還沒吃完呢。我本來以為自己會哭出來，但並沒有。

泰勒不可以來我家，我根本還沒決定要不要和她當好朋友。媽媽實在讓我太生氣了，她做了許多讓我好厭惡的事，但現在我想到的主要有三個：

一、她喝酒喝太兇了。
二、她一直在撒謊，比方說，她總是告訴我，我們再也不需要搬家了。
三、她希望我跟其他小孩一樣。

我就是跟其他小孩不一樣，媽媽摧毀了一切，每次都這樣。

現在

二〇一六年十二月二十八日

我的父母終於到了醫院。早在他們走入病房之前，我就已經聽到他們的聲音。

他們的婚姻實屬罕見，濃情蜜意維持了三十多年之久，但這種愛也讓我覺得悲傷又空虛，基於習慣與依賴而相守在一起，不是真愛。房門開了，我聞到了母親的香水味，過於濃烈的花香調，噴得也太多了。我聽到父親以那一貫的惱人方式清了清喉嚨，他們兩人站在床尾，與我保持一定距離，他們總是這樣。

父親開口，「她看起來很慘哪。」

母親回道，「搞不好其實沒那麼嚴重。」

我們已經將近一年沒說話，而他們的聲音中也完全聽不出絲毫情感。

她又開口，「我覺得她聽不見我們講話。」

「我們應該要在這裡多待一會兒，誰知道接下來會怎樣。」爸爸說完之後，坐在我床邊，我喜歡他這樣。「小可愛，妳不會有事的。」他握住我的手，我開始想像有滴眼淚從他臉頰滑落而下、懸在下巴，最後滴在雪白的醫院床被。當然，這是出於我的幻想，我從來沒有看過爸爸掉淚。他的手指裹住我的手，也觸發了我五、六歲時的某段記憶，我們父女兩人手牽手，一起走路，那時候克萊兒還沒有進入我們的世界。我們要去銀行，他非常匆忙，他經常匆匆忙忙。一雙長腿不斷邁開大步，我必須跑步才能追上他，就在我們快要到達銀行的時候，我絆倒了。膝蓋冒出小血珠，一直往下流，弄髒了我的腿，就連雪白的襪子也染紅了。好痛，但我沒哭。他面露愧色，但並沒有親吻安慰，我依然記得他的聲音。

小可愛，妳不會有事的。

之後，他不發一語，只是趕去銀行的步伐稍微慢了一點。

克萊兒來到我們家之後，他們對她卻百般呵護。她就像是個全新又珍貴耀眼的洋娃娃，我早已經破損不堪，滿是刮痕。我爸爸呼喚我的小名是「小可愛」，而他卻叫克萊兒是「小公主」。我不恨我的父母，我只恨他們對我的愛就這麼劃下終點。

房內的空氣好凝重，充滿了懊悔的靜默，房門開了，一切丕變。

是我妹妹，她開口打招呼，「你好嗎？」我聽到保羅應聲，這才發現他一直和大家待在病房裡。保羅與我爸爸媽媽一直相處得不好，但我沒有想到他們之間居然這麼彆扭。爸爸認為寫作不算是真正的工作，沒有正職的男人就不算個真正的男子漢。克萊兒問道，「最新狀況如何？」

「他們說她現在很穩定，但想要知道以後的狀況還得再等一陣子。」

她回道，「我們只需要保持樂觀就是了。」

她說這種話當然很容易。

我有好多問題。如果我現在很穩定，我想那就表示我不會死，反正目前還不會，我想，大家最後終會一死。就我的個人經驗而言，生命比死亡來得更可怕，對於無可避免的事物，害怕，其實並沒有什麼意義。既然我現在躺在這裡，我最害怕的莫過於沒辦法完全甦醒，得永遠困在自己的軀殼裡。我想要安撫自己的波動心緒，專注聆聽他們的對話內容。有時候我聽得見，有時候聽到一半就消失了，或者，我沒有辦法把它們轉譯成合理的解釋。

我們一家人好久沒有聚在一起，所以大家圍繞在我的病床旁邊，氣氛似乎有些詭異。我們本來每年都會一起過聖誕節，但後來就沒了。我現在等於是全家人共聚的中央擺設品，但我依然是個隱形人，沒有人握我的手，沒有人在哭，沒有人表現出理應展現的態度，彷彿這裡根本沒有我一樣。

「你們看起來真的好疲憊，」開口的是克萊兒，體貼的那個女兒，「我們出去走走吃點東西吧？」沒有人接腔，最後是父親打破了沉默之咒。

「撐下去，撐下去就對了。」

為什麼每個人堅持要告訴我撐下去？撐下去做什麼？我不需要撐下去，我只需要趕快醒來。保羅吻了我的額頭，我原本以為他不會和他們一起出去，但我卻聽到他朝門口移動，跟在他們後頭、離開了病房。我被拋棄了，我不知道自己為什麼要這麼驚訝，我本就如此，克萊兒奪走了我所愛的每一個人。

我心目中的那個想像病房，有一扇隱形窗戶，現在，傳來大雨急落在窗面的聲響。這首雨滴搖籃曲的確轉移了我的憤怒，但卻還無法澆熄我的火氣。

我不會再讓她從我身邊奪走任何人。

宛若病毒的沉默盛怒佔據了我的心。我腦中的那個聲音，聽起來很像是我自己的呼喊，洪亮又清晰，而且態度強硬。

我需要離開這個病床，我得要醒過來。

然後，我真的辦到了。

幫助我呼吸、進食、吃藥、讓我不需承受煎熬的那些儀器的聲響，我依然聽得見，但管線不見了，喉中的導管也被移除。我睜開眼睛，坐了起來，我得要趕緊告訴別人才行。我下床，奔向房門，打開之後衝出去，但我卻重摔在地。就在這時候，我才發現自己好冷，雨滴落在我的身上，我好怕睜開眼睛，果然，一睜開就看到了她，那個沒有五官、身著粉紅色睡袍的小女孩，她與我一起躺在路中央，我沒有辦法移動身體，一切靜止不動，我彷彿在看某幅靜照一樣。

我看到那台撞毀的汽車，還有殘爛的樹，它的粗壯樹根突然動了起來，朝我與那小孩蜿蜒而來。它們纏住我們的四肢與身體，猛力擠壓不放，把我們牢牢釘在柏油路面，我覺得我們幾乎要被完全覆蓋，再也看不到這個世界。我發覺那小孩怕得要命，所以我告訴她要勇敢，也許我們可以一起唱歌，她不肯，時候未到。雨勢更加兇急，把我困住的那張照片也開始變得污髒模糊。感覺大雨要把我們沖走，讓現場不留任何痕跡。雨滴猛落，甚至從柏油路面反彈到我的嘴巴與鼻孔，我覺得自己快要溺死在這張髒兮兮的水彩畫裡面了，然後，它突然停了，就與剛才開始落雨的速度一樣快速。

那小女孩低聲說道，沒有黑夜的映襯，星辰無法發光。

我的身體依然被樹根固定在原地，但我可以抬頭仰望夜空，我盯著星星，從來不曾看過這麼明亮巨大的光芒，然後，小女孩開始唱歌。

一閃一閃小星星，如果妳在這裡，那又是誰在車子裡？

樹根鬆開了我，我的雙臂起了雞皮疙瘩，然後，我又望向小女孩手指的方向。的確，車內有人影，駕駛座的門開了，有個黑色人形衝出來，逃走了。一切靜悄悄，動也不動。就在這時候，出現轉動門鎖的聲響，又把我帶回了待在醫院囚房的昏睡身體，我剛才看到的一切都消失了。惡夢結束，但我依然好怕。那天晚上還有別人在車內，這一點我十分確定，現在，又有人進入我的房間，感覺很不對勁。

有個男人對我開口，「聽得見我說話嗎？」我認不出他的聲音，他朝病床走來，恐懼立刻盈滿我身。

他又重複了一次，「我說，聽得見我說話嗎？」當他問我第三次的時候，已經走到了我床邊。他嘆了一口氣，後退，打開我床邊的某個東西，然後，我聽到手機開機的聲音，是我的手機。接下來，是輸入密碼的聲音，我一直保留原始設定，從來沒有更動過。不知道這個人是誰，反正他正在聽我的語音留言，一共有三通留言，雖然聲音模糊，但還是可以聽得出內容。第一通是克萊兒，她說她打來只是想確定我沒事，她的語氣似乎是早已知道我有狀況。之後是保羅怒氣沖沖的留言，他想知道我人在哪裡。然後，我病房內的這個陌生人開始播放第三通留言，是他自己的聲音。

發生這種事，我很抱歉，一切都是因為因為我好愛妳。

我覺得我全身冰涼。接下來，我又聽到了嗶響。

留言已全數刪除，現在已無任何新留言。

我不認識這個人，但他卻認識我。我怕得要死，就算我現在有能力尖叫，恐怕也叫不出來。

「安珀，希望妳躺在這裡的時候，千萬不要自艾自憐，」他開始撫摸我的臉，我好想縮進枕頭裡，他的指腹不斷敲打我的頭，「也許妳聽到了什麼話，深覺困惑，但這並不是意外，」他的手指滑向我的腮幫子，最後落在我的唇間，「一切都是妳自找的。」

之前

二〇一六年十二月二十一日，星期三早晨

我關掉鬧鐘，不需要了。我幾乎整晚都沒有闔眼，現在也甭想睡了。想必失眠一定是因為我擔心失蹤丈夫而產生的症狀，但我整晚沒睡的原因並不是這個。我一直想到那隻死掉的知更鳥，那了無生息的小小鳥屍。一整個晚上，我不斷聽到牠在垃圾桶裡振翅的聲響，彷彿牠還沒死，我擔心牠當初可能只是失去意識，而我把牠丟棄的那一刻，牠只不過是睡著罷了。

我望著床上空蕩蕩的那一邊。還是沒有保羅的消息，地板上有一瓶喝光的紅酒，我想要靠酒精入睡，但完全沒有效果。紅酒儼然成為某種過度濫用的抗生素，我的身體已經對它免疫。我本想打電話報警，因為保羅失蹤了，但我覺得自己很蠢，我不知道該怎麼說才好，只要一講出我的擔憂，一定會讓別人覺得我是瘋女人。

我的心從保羅轉移到克萊兒身上。等到她終於回我電話的時候，她似乎很惱怒，因為我先前指責她明明知道我老公的下落。她告訴我，她和朋友一起出去，而美好的夜晚就被我毀了。丟下這句話之後，她立刻掛了電話。她非常清楚我怕的是什麼，我愛他們兩個人，但我一切都看在眼裡，只是隱忍不發作，現在卻全面爆發。有人拉動關鍵的繩線，他們就會掉落無法挽救的深淵，搞不好現在說這個都已經太遲了。

天色依然昏暗，所以我開了燈，環視整個空間，我不想放過任何一個可能類似蛛絲馬跡的東

西。我想起藏在保羅衣櫥下方的女性內衣禮物袋，又把它拿出來，取出裡面的內衣內褲，輕柔的薄緞材質，蕾絲滾邊，對我來說絕對是太小了。我褪下自己的睡褲，同時又脫去自己的上衣，把那堆淺色衣物就直接留在地板上，然後，我開始試穿胸罩，上面依然有標籤，小紙板的尖銳邊緣刺進我皮膚，我把雙乳塞進那過小的罩杯，然後站在全身鏡前面，我已經好久沒看到自己的這種打扮，鏡中的映像其實沒像我想像的那麼糟糕。我的外表不像我自覺的內心世界那麼醜惡，但我還是不喜歡我眼前的這個模樣，小腹微凸，畢竟我現在飲食幾乎沒有任何節制。我討厭這具身體，就與我痛恨自己的程度不相上下，它沒有達到它的應盡職責，沒有辦法滿足他的期待。我不想繼續看下去，所以關了燈，但依然可以看到自己的鏡射鬼像。我抓起睡衣，再次蓋住身體，新內衣咬肉咬得好痛。應該不是買給我的，這種想法在我腦中的音量越來越大，讓我無法置之不理，所以我把它脫掉，放回我當初找到的地方，重新展開自己的一天。

此刻依然一片昏暗，但我很熟悉這房子，就算摸黑也可以行走自如。小木屋是保羅的私密天地，不過房子後方的小書房卻是我自己的世界，僅能放下小書桌與椅子的私人房間。我坐下來，打開檯燈，這張書桌是二手貨，所以它隱藏了許多我不知道的秘密，但我也有專屬於自己的秘密。這張書桌的抽屜是一大四小，看起來就像是知悉一切、面露微笑的木品。我打開抽屜，從裡面抽出白色棉質手套，戴好，然後抽出紙與鋼筆，開始寫東西。寫完之後，我十分篤定，措辭準確，這就是我希望他們看到的內容，我把那張紙摺了兩次，塞入紅色信封，然後就去洗澡了，我想要洗去所有的罪惡感或是焦慮的殘跡，準備去上班。

我到達的時間比平常早，大辦公室裡空無一人，但瑪德蓮辦公室的燈已經亮起。我脫掉外套，把包包扔在辦公桌，想要甩去籠罩全身的倦氣。我需要保持警覺，對於接下來的任務一定要全神貫注，我還沒坐下來，就聽到她的門發出吱嘎聲響，開了。

「安珀是妳嗎？聊一下好不好？」我翻白眼，我知道不會被別人看見的。現在雖然不需要裝模作樣，但我還是收起臭臉，前往角落的小辦公室，插在口袋裡的雙手已經緊握成拳、擺出防衛姿態。

我態度冷淡，輕輕敲了一下微啟的房門，然後大力推開。她就在那裡，一身黑，總是這種打扮。她彎身靠在辦公桌前，整張臉皺成一團，幾乎貼住了電腦螢幕，唯有如此，她才能看清楚上面的字。推特上的謠言工廠依然火力全開，而且對於她可能離開的原因又多了更多的臆測，我不知道她是不是正在看新的

#瑪德蓮．佛斯特的標籤關鍵字的討論串，內容琳琅滿目。

「等一下，我正在想事情。」她總是這樣，只有她自己的時間最寶貴，而且她就是要讓我知道這一點。她開始敲鍵盤，但我看不到她在打些什麼字。

「妳今天提早進來，真是太好了，」她繼續說道，「我希望在大家上工之前，能和妳單獨談一談。」

我努力壓抑自己，不作任何反應，讓臉上的每一條肌肉都文風不動。她摘下眼鏡，她的粗壯脖子掛了條粉紅色眼鏡珠鍊，所以眼鏡就在下方晃呀晃的，我真想緊緊勒住那條珠鍊，但還是趕緊把那個畫面拋諸腦後。

瑪德蓮問道，「怎麼不坐下來？」

「我站著就好，謝謝。」

「坐下來。」她露出兩排整齊的瓷牙，更顯語氣強烈。我堆滿笑容，乖乖入座。這是製作人每天早上的必經過程，進入這迷你空間，坐在軟墊矮椅上面，等待瑪德蓮拷問當天節目的每一條新聞。我壓低身子，想要平衡身體重心，這小椅太矮了，坐起來渾身不舒服，這都是為了展現她的控制欲，顯然我完全沒她這種本事。

「你知道馬修昨天與來賓談話的事？」

「嗯。」我迎向她的目光，她點點頭，把我從頭到尾看個仔細，彷彿在打量我今天這身行頭，這是另一件新衣服，但她顯然覺得不怎麼樣。「我要妳幫我一個忙，」她終於說出口，「要是妳聽說任何我想要知道的事，我要妳立刻告訴我。」我覺得她可能忘了自己曾經想逼我走路，或者，她以為我不知情。

我回道，「一定。」要是有條毒蛇纏住她脖子，我也絕對不會告訴她。

「安珀，我們必須要站在同一陣線，要是他們把我趕走的話，就會找來全新的工作團隊，他們總是耍這招。他們也會換掉妳，別以為妳可以倖免。一定要記得，下次再聽到什麼風吹草動，一定要告訴我，知道嗎？」講完這段話之後，她又戴上眼鏡，對著鍵盤猛打字，示意我會議結束了。

我好不容易才從軟墊矮椅順利起身，隨即離開她的辦公室，將門關上。

「妳還好嗎？」我剛回到自己的座位，就聽到喬低聲問我，她正好剛進辦公室。

「嗯，很好啊。」我知道瑪德蓮會透過她房門玻璃監看外頭的動靜。

喬回道，「妳明明看起來不太好。」

「我不知道保羅跑去哪裡了，他昨天晚上沒回家。」話才一出口，我就立刻後悔了。她開口問道，「又是克萊兒嗎？」那幾個字宛若甩了我一巴掌，原有的恐懼轉為憤怒，但是喬的確露出了真誠關切的表情，她會知道我這麼多的過往，也不是她的錯，講出口的人是我。

我不知道答案，所以我給了她一個我期盼的答案。

「我想不是。」

「我們一起去喝杯咖啡吧？」

「不用，謝了，我很好。」我別過頭去，打開自己的桌上型電腦，盯著螢幕。

「隨便妳。」她丟完這句話之後就離開了。

確定她離開之後，我才開啟自己的電郵信箱。收件匣裡塞滿了一堆垃圾信，我不想要也不需要的那些商品的折扣消息，不過，卻有一封信吸引了我的目光。我的滑鼠移到那個熟悉的姓名旁邊，盯著主旨欄唯一的那句話，彷彿有超高的翻譯難度。

嗨。

我開始伸手摳唇皮。我心裡有數，應該要刪去這封電郵才是。我隨意瞄了一下辦公室，依然只有我一個人。我開始摳上唇的皮，把它放在自己的桌上，由於昨晚喝了酒，這片碎皮也沾染成紫色。我記得昨晚失眠的時候、曾經從錢包裡取出這張名片，以大拇指撫摸上頭的凸紋字，我想起自己在手機裡開了電郵，輸入他的姓名，在主旨欄躊躇許久，隨興寫了幾句話，我還擔心這麼晚寄發電郵很奇怪，但還是按下了傳送鍵。羞恥感讓我的雙頰瞬間緋紅，我不記得自己到底寫了什麼。

我打開電郵，讀了兩遍，第二次讀得比較慢，仔細轉譯每一個字。

為了往日時光。

我一邊閱讀，也一邊在試探自己的反應。要是我閉上雙眼，眼前依然能夠浮現這句話的作者樣貌。

快樂回憶。

也不是所有回憶都令人愉快。

要不要一起喝一杯？

我又摳了一片唇皮，它又乾又硬，黏在我的指尖，我盯了好一會兒，然後又把它與其他皮屑放在一起。

保羅不見了，我的婚姻岌岌可危，我在幹什麼？這個提議流產了。

「嗨，地球呼叫安珀？」喬在我面前揮舞雙手，我關掉電郵視窗，撥掉桌上的那小堆唇皮，驚覺自己臉頰火燙。

我脫口而出，「妳是不是經常扮演太空入侵者？？」

她微笑以對，「什麼？沒有啊，為什麼這麼問？」

「因為妳侵入了我的私人空間（意同太空）。」一聽到這句話，她的笑容就消失了。

「抱歉，我曾經聽別人講過那種梗，覺得很好玩。我不是故意要兇妳的，我剛才完全沉浸在自己的世界裡。」

「我注意到了。請不要擔心，我想他沒問題。」

「誰？」我不知道她是不是瞄到了愛德華寫來的電郵。

她皺眉，開口問道，「保羅嗎？是不是妳先生？」

「對，沒錯。真抱歉，我今天有點恍神。」

瑪德蓮的聲音從她辦公室傳了出來，她在呼喊她的個人助理，我們兩個人也趕緊閉嘴。瑪德蓮盛氣凌人站在辦公室門口，將自己的信用卡與待辦事項清單交給了她，要拿乾洗衣物、還交代了自己的密碼與其餘她必須要知道的事情。看到她對別人說話的那種態度，真的讓我好火大。

當我們在進行早晨簡報的時候，我想到了愛德華寫的電郵，進了錄音室、訪談來賓、接叩應的時候，也依然惦念不忘。整個早上我幾乎都聽不見別人在說什麼，我應該要覺得愧疚才是，但我沒有。保羅已經好幾個月沒碰我了，我並沒有做出任何不當的行為，我們只是互相寒暄問好，那只是某段時空的回憶罷了。回憶不會傷害任何人，只有讓別人知道的時候才具有殺傷力。

很久以前

一九九一年十二月七日，星期天

親愛的日記：

泰勒昨天來我家了，我怕得要死。爸爸又得加班到深夜，所以我擔心會丟人現眼的也只有媽媽而已。她開了她那台破爛的藍色福特Escort到學校接我們下課回家，基本上，那台車就只是裝了輪子的鐵罐而已。泰勒家的車子是富豪，而且還有一台雷諾5汽車。媽媽再三確定我們兩個有繫好安全帶，平常她並不在意這種事，然後，她給了我們一人一瓶利賓納，讓我們在路上喝，這個舉動也很異常。從學校開回家只需要五分鐘而已，所以我們不喝水就會渴死嗎？當然不是。我原本以為車子發動不了，但就在試第三次的時候，引擎咳咳咳了好多下，終於上路了，媽媽開了個有關車子的玩笑，她老是這樣，真的是非常丟人。

我們在車子裡的時候，其實沒講什麼話。媽媽一直透過後照鏡看著我，還向泰勒和我詢問了好幾個蠢問題，比方說，用白癡的唱歌語調問道，「今天過得怎麼樣啊？」面對那種問題，我的回答都一樣，很好，但泰勒卻講出了許多細節，還告訴她有關我們美術課畫像的事，這一點就讓我很生氣了，因為我畫的是外婆，我想給大家一個驚喜。

我們一到家，我就開始注意泰勒的表情反應。看到外婆房子的第一印象就是油漆。外婆喜歡藍色，所以我們有藍色的大門、窗戶，還有車庫，但油漆都剝落了，就像是鼻子被火燒到一樣。

有時候我也會出手幫忙，因為我喜歡用手指摳油漆的那種感覺。我們家每扇窗戶都有原本是純白色的紗網窗簾，還有個路面中央總是有一灘油的水泥車道。泰勒自始至終的神色都一樣，就連她那一側的車門壞了、有時候會卡住，而必須從我這一邊下車，她的表情也沒有任何變化。

我們終於進入屋內，媽媽說，我得讓泰勒參觀我的房間，好吧。其實沒花多少時間，因為沒什麼好看的。我告訴她，這以前是外婆的房間，她就是在裡面死掉的。我以為她會嚇得半死，但並沒有，她的表情還是一模一樣。我們並沒有重新裝潢，所以我的房間依然貼的是外婆挑選的藍色條紋配白色小花的壁紙，地上還有一片踩踏多年而扁到不行的地毯。兩張單人床的顏色與衣櫥、梳妝台一致，全都是散發清潔劑氣味的深褐色木材。這感覺很像是住在博物館，但我有權可以觸摸這些東西。泰勒說她喜歡我的房間，我覺得她只是客套而已，她就是那樣。她說她臥室的地毯是粉紅色，我們都覺得那應該比藍色可怕多了。

她走到我的書櫃前面，我真的覺得渾身不自在。我說，也許我們該下樓去了，看看媽媽準備了什麼樣的微波爐料理，準備要毒死我們兩個人，但她就是站在那裡動也不動，彷彿沒聽到我所說的話。我不喜歡別人碰我的東西，但我必須要保持冷靜。原來，泰勒也喜歡看書，就和我一樣，她曾經看過某些一樣的書，還講了一些我根本沒聽過的書，但聽起來很酷。媽媽叫我們下去吃晚餐的時候，我其實真的很生氣，但我們下樓的時候、甚至吃炸魚薯條的時候，依然繼續聊書聊個不停，媽媽給我們一人一個冰淇淋的時候，我們還在聊書。冰淇淋上面有神奇巧克力醬，原本是液體狀，但後來卻變得硬硬的。就像是血一樣。

吃完晚餐之後，媽媽說我們可以看大電視，但我們卻上樓聊天。後來，媽媽跑到我臥室門口，她說泰勒該走了，我覺得好難過，問她是不是可以待久一點，媽媽挑了一下她的隱形眉毛，她老是喜歡做出這種愚蠢動作。她不像我，她根本沒有眉毛，因為她年輕的時候都拔光了，現在她只好拿眉筆畫出眉毛，看起來就和小丑一樣。她問泰勒是不是想要留在這裡過夜，我還來不及開口，泰勒就說好，所以媽媽就打電話給泰勒的母親，她也說沒問題，因為今天是星期五。

我們家只有三間臥房，但完全沒有空房間。爸爸媽媽以前住老家的時候會共用一間臥房，但他們現在各佔一間房，媽媽說，這都是因為爸爸會打呼，但我知道其實是因為他們再也不喜歡對方了。我又不是蠢蛋。泰勒與我睡在同一間，她睡的是外公的舊床——我想他是不會介意的。

等到我們上床之後，媽媽進來，吩咐我們必須在十分鐘之內關燈，然後又拿了兩瓶塑膠瓶礦泉水、放在我們的床邊桌。這又是媽媽的異常行為，突然之間，她似乎非常關心我是不是口渴。她離開之前，在房門口站了一會兒，對我們微笑，而且還說出了最奇怪的一段話：

「看看妳們兩個，就像是天生同類一樣。」

然後，媽媽關了主燈，關門，我開始陷入恐慌，請她別這樣。她又推開了門，還以外婆的知更鳥門擋壓住了門。確定她回到樓下之後，我向泰勒道歉，因為媽媽怪怪的，我不知道她那句話是什麼意思，泰勒哈哈大笑，她說她也聽過這個成語，她說，這表示我們兩個人看起來一模一樣。

我們真的遵照媽媽的指示，十分鐘之後就關了燈，不過我們還是繼續聊天，泰勒閉著眼睛講話，講著講著就睡著了，但我覺得她並不是因為嫌我無聊。雖然房內已經熄燈，但是從窗簾隙縫透進來的月光卻可以讓我看到她熟睡的臉龐。一開始的時候，我不知道媽媽到底是什麼意思，我比泰勒矮多了，而且她非常瘦，但她看起來的確是有點像我，我們都有褐色長髮。

我發現我喜歡泰勒，主要是因為這三件事：

一、她真的很有趣。

二、她和我一樣都喜歡看書。

三、她和我的生日正好是同一天。

我們在同一家醫院出生，而且是同一天，只差了幾個小時而已。要是我出生在泰勒家，我的生活一定好過多了。打從一開始接我放學的就會是富豪汽車，而且泰勒的外公外婆都還在世。不過，這樣一來，我的外婆就不是我的外婆了，這樣一定會讓我很傷心。我望著泰勒睡著的模樣，將近一小時之久，這就像是在看另外一個版本的自己一樣。

我有了朋友，我本來沒打算交朋友，但也許這樣也不錯，因為我們是天生同類。

現在

二〇一六年十二月二十九日

我的病房裡有人。他偷聽我手機裡的語音留言，全數刪除之後，又說我之所以會躺在醫院裡，根本是咎由自取。那不是作夢，我現在睡不著了，因為我怕得要死。我知道的那些事讓我害怕，我不知道的那些事也一樣讓我害怕。我不知道他來這裡是多久以前的事，但至少他沒有回來。時間不斷延展，我已經無法辨識它的面目，我希望有人能夠為我填補空白，我的時間有了多處空白，我彷彿被困在某人的身體裡，而這具肉身先前過的是什麼樣的生活，我完全不記得。

「早晨巡房即將結束，這最後一個案例十分有趣，有誰要講一下？」我聽到一群醫生聚集在床尾，在我的耳中，他們的聲音聽起來都一模一樣，我想要叫他們出去。

趕快把我治好，不然就給我滾蛋。

我只能被迫聆聽他們在講話，彷彿我這個人根本不存在一樣。他們輪流發言，分享我的病情狀況，他們對我所知真的是少得可憐，而且錯誤百出，他們還討論我什麼時候會醒來。我必須告訴自己，重點就是什麼時候，而是否會醒來並不是我想要的選項。他們講完了那些錯誤的答案之後，全部離開了病房。

我一定是睡著了，因為我爸媽再度出現。他們分坐病床兩側，幾乎沒有發出任何聲響，宛若根本沒人一樣。我真希望他們能講話，隨便說點什麼都好。但他們似乎小心翼翼，不敢發出任何聲響，彷彿不想吵醒我一樣。母親所坐的位置十分靠近我，我聞到了她身體乳液的氣味，而那股香氣也讓我想起我們在湖區做水療度假時的一段回憶。

那是克萊兒訂的行程，等於是給我們母女三人的犒賞，不過，我們出發的時候，克萊兒已經懷了雙胞胎，大腹便便。她的身體產生了巨大變化，和我截然不同，她變得好胖，而且動不動就覺得累，所以她在那週末幾乎都待在自己的房間。也就是說，因為少了她。母親與我必須手忙腳亂、自行張羅一切。旅程的最後一天，雨勢終於停了，一直沒露臉的太陽緩緩西沉，母親與我也到樓下的餐廳吃晚餐。

我們坐在某張小桌，俯瞰廣大的溫德米爾湖。我還記得自己看到第一顆星星出現在漣漪水面上方的星空，心想怎麼這麼漂亮啊。我告訴母親，趕快欣賞一下，光線真是完美。她回頭瞄了一眼，然後又繼續專心看酒單，不發一語。多年來，克萊兒已經成為鞏固我們母女關係的黏著劑，要是沒有她，我們註定會漸行漸遠。媽媽說她不計較喝什麼，只要是酒就可以了，然後，又把酒單給我，我點了自己看到的第一瓶紅酒，我覺得自己得好好喝一杯。

前菜還沒來，我們已經喝光了一半。媽媽喝得快，我也跟隨她的步調。我們似乎無事可做，早在到來的第一天晚上，我們能聊的就全聊完了，話匣子也空了，但這瓶酒卻改變了一切。

「妳有什麼感覺呢？我的意思是克萊兒啦，還有小孩呢？妳還好吧？」媽媽吞吞吐吐，彆扭說出了這段話。她也許是想要表達關心，但依然宛若一記打中腹部的重拳。她想要孫子，這不是秘密，而我卻令她大失所望，總是這樣。

我與保羅剛開始交往的時候，克萊兒與大衛已經開始做試管嬰兒。這個關鍵詞會讓婚姻生活搖搖欲墜，而它對人所造成的改變更是可怕，克萊兒沒辦法擁有自己深切想望的東西，也讓她整個人都變了。

保羅也好想要小孩，大家都看得出來，但我必須等到克萊兒生小孩之後，才會停吃避孕藥，我不能比她先懷孕，我不可以對她做出這種事。她是我妹妹，但什麼事都領先一步。比我先交男朋友，比我早結婚，比我早懷孕。在這些不言而喻的比賽中，她是永遠的贏家。我們就是這樣，一直如此。

做了三次的試管嬰兒之後，他們終於成功了，克萊兒順利懷孕，我也停吃避孕藥，我心想，這時候嘗試懷孕就不會惹惱任何人了。但我萬萬沒想到我們做人也困難重重。我們做了檢查，許多的檢查，但就是找不出我們兩個人有什麼問題。某名醫生認為這可能是基因問題，但我知道不是。我心中的某個部分斷裂了，我非常確定——多年前發生了某一事件，這是我應受的責罰。

我們繼續嘗試，每個月都不間斷，做愛成了某種例行公事。保羅想要他等待多時、我也早已做出承諾的小嬰兒，但顯然他對我的身體已經再也沒有任何慾望。我們不再做愛，什麼也不做了，我失去了對性的興趣，而保羅失去了對我的興趣。他專心寫作，他說只要我們擁有彼此就夠了，但我們已經失去了彼此，這是問題的癥結。他覺得我應該要早點停用避孕藥，最後就是來不及了。他從來沒說出口，但我知道他在怪我，我從來沒有看過哪個男人跟他一樣，這麼渴望一個完整的家，而我也近距離目睹他的悲傷逐漸化為某種陰鬱憎惡的情緒。

我母親一直不知道這些事。她以為我一直沒生小孩是因為忙於事業。我還記得那天晚上她盯著我，等待一個我不知道怎麼說出口的答案，同時她還得忙著自己想辦法填補尷尬的空白。

「我沒事，真的很為她開心。」我終於給了她答案，但字斟句酌的後果就是聽起來問題重重，空洞又虛假，我覺得這是因為母親的問題讓我猝不及防。遇到棘手的對話主題的時候。我喜歡事先準備。我喜歡先在腦海中提前演練，想出所有可以派上用場的台詞，不斷練習自己要講出的答案，直到找不出破綻、熟記在心才善罷甘休。熟能生巧未必是真理，但我只要有演練過，大家通常會比較願意相信我講的話。

我們聊了克萊兒的事好一會兒。媽媽滔滔不絕，讚美她在懷孕過程中行事周全，將來一定是個很棒的媽媽。對克萊兒的每一句讚美，也等於是在一次次羞辱我，但我不同意她的說法，我知道克萊兒是天生的媽媽，對於她所愛的人，她一定是拚命保護到底。母親每喝下一口酒，從嘴裡吐出的話語似乎也變得越危險。在意外發生之前，總是會有那麼一時半刻讓你知道自己會受傷，但你卻無能為力。你大可以把手舉到自己的面前、閉上雙眼、尖叫，但你知道這也不會改變即將發生的事。我知道那天晚上它隨時會到來，但我根本沒想要踩煞車，搞不好，我還踩下了油門。

我脫口而出，「妳有沒有想過我為什麼沒有小孩嗎？」這些話我早就醞釀多時了。因為我妹妹不在現場，反正她聽不到。

「又不是每個人天生就是當媽的料。」她回答的速度也未免太快了一點。

媽媽又喝了一小口酒，我深呼吸，我還沒來得及把自己想講的話釐清順序，她卻搶先一步開口。

「其實呢，如果想要當個好媽媽，就必須要把小孩放在第一位。安珀，妳的個性一向自私，就連小時候也一樣。我不確定妳是不是可以勝任母職，不過，也許大家說的一點都沒錯。」我覺得很受傷，剎那之間，體內的空氣全沒了，因為這些思緒爭先恐後想要佔位。我應該要打退堂鼓才對，保護自己不要繼續受傷，但我卻繼續討打。

「大家怎麼說？」

「事出必有因。」她喝光了酒，又為自己斟了一杯。我記得自己的心跳好大聲，覺得全餐廳的人一定都聽到了。我眺望湖面，她的話一直在我腦中不斷盤旋，我只能努力不讓自己的眼淚掉下來。接下來，一陣靜默，這樣的氣氛讓人好不舒服，所以我母親決定繼續下去，把那些最好永遠別說的話一股腦講出來。

「其實，我覺得我們還真像，我和妳之間的共同點，其實比妳以為的還要來得多，我也一直不想生小孩。」她大錯特錯。從她講出這句話的這一刻起，我想生小孩的欲望就變得與保羅一樣強烈，我要證明她是錯的。

「妳不想要我嗎？」我在想她一定會對我好好解釋清楚，她其實不是這意思。

「不想，我從來就不覺得自己是當媽的料。會生下妳，純屬意外。妳爸爸和我某晚在床上玩得太過火，如此而已。我不想懷孕，當然也不想要小孩。」

我繼續問道，「但當我一出生妳就愛上我了吧？」

她哈哈大笑。

「不是，妳討厭死了！我覺得我的人生完蛋了，彷彿妳摧毀了一切，一切就是因為我們喝多了，不夠小心！妳剛出生的那幾個禮拜，都是我媽媽負責照顧妳，我甚至根本不想看妳，大家都擔心我會……當然，我才不會傷害妳。」她明明經常傷害我，但自己卻渾然不知。「不過，妳慢慢長大，情況也慢慢好轉。妳長得好快，看起來總是比實際年齡大，妳現在也一樣。妳比其他小孩更早開始走路、更早開始講話，然後，妳總是領先一步，也成為常態，彷彿妳天生如此。」

「克萊兒呢？」

「當然，克萊兒是不一樣的故事了。」

當然。

還真剛好，就在這個時候，我聽到克萊兒的聲音，我又回到了現實之中，躺在病床上，不知何去何從。我的人生總是充滿諷刺，這次也不例外，我與母親坐在一起，等待克萊兒進來修補我們的關係，教導我們要如何與對方相處，以免讓我們漸行漸遠。

克萊兒開口，「妳也在啊。」我腦中出現她們彼此擁抱的畫面，母親一看到摯愛的小孩出現，臉龐立刻發亮，想必一頭金色長髮的克萊兒必定身著漂亮衣裳、以輕盈的腳步進入病房。她坐下來，以雙手盈握我的其中一隻手。

「看看這手啊，就跟媽媽的一模一樣，只是少了皺紋而已。」我猜她們在床邊互視彼此，露出溫暖微笑。我的確長得像媽媽，一樣的雙手雙腳，同樣的髮色與眼眸。

「不知道妳是不是能聽見我講話，但有些事我一定要讓妳知道，」克萊兒繼續說道，「我真的是不忍講出口，但我得告訴妳，他很想過來陪妳，只是身不由己。」我覺得自己正在屏氣，但機器卻不斷把氧氣打入我的肺部，「保羅覺得警方不會放過他，他說得沒錯。他們說車內除了妳的指紋之外，只有他的指紋，而且他們似乎很確定開車的人不是妳。還有，妳的瘀青，脖子上的傷痕，妳鄰居說聽到你們在街上大吼大叫吵架。我知道保羅不會對妳做這種事，但現在最重要的是妳要趕快醒來。」她緊捏我的手，捏得好痛。我感覺一陣幽暗向我撲捲而來，我的脖子、下巴、臉龐全被蓋住了。我想睡覺，我受不了，但我得撐下去，她的最後一句話在遠方隱現，而且音質有些失真，但我還是聽得很清楚。

「保羅被逮捕了。」

之前

二〇一六年十二月二十一日，星期三下午

我走在回家的路上，從嘴巴冒出的一坨坨小小的熱氣雲團，讓我看得好入神，我這才發現我正自顧自在微笑。這種時候怎麼可以笑呢，所以我趕緊收斂神色。天色慢慢黯淡退位，逐漸亮起的街燈正為我引路回家。我關上入口大門，另一隻冰涼的手進入自動駕駛模式，在包包裡尋找房子主門的鑰匙，手指頭終於逐漸轉暖，找到了東西，我進入屋內，聽到聲響。我門也沒關就踉蹌衝進小門廳、進入起居室，發現保羅躺在沙發上看電視。失蹤的丈夫回來了，他隨便瞄了我一眼，目光又飄向電視螢幕。

他開口，「妳今天提早到家了。」就這樣。我沒看到他、也沒聽到他的聲音已經超過二十四小時了，而他想說的就只有這句話。

我開口問道，「你去哪裡了？」我的聲音微微顫抖，我不知道自己是否真的想要知道答案，我氣得要命，但也鬆了一口氣，畢竟他平安無事。

「去我媽媽家了，反正妳漠不關心。」

「你在胡說什麼？我擔心死了，你可以打電話跟我說啊。」

「我忘了帶手機，而且媽媽家的收訊本來就不好。要是妳以前願意陪我一起去看她的話，妳當然會知道那裡沒辦法用手機。我有留字條給妳，也打過家裡的室內電話找妳，我本來以為出了這種狀況，妳應該會與我們一起度過難關。」

我回道，「你沒打電話給我，我也沒看到字條。」

「我把字條留在廚房。」保羅盯著我的雙眼，我大步走進廚房，流理台果然有字條，我立刻把它拿到面前、看個仔細。

媽媽摔倒了，我得趕過去確定一下她的狀況，等一下應該會帶她去急診室。保羅留

我開始回想昨晚的情景。我忙著準備我們兩人的晚餐，還得要整理食物儲藏櫃，我在廚房裡待了好久，但不記得這張字條。

保羅站在廚房門口。

我開口說道，「先前根本沒這張字條，你現在才放在這裡的。」

「妳在胡說八道什麼啊？」

「那時候小屋的燈還亮著，我以為你在寫作，我忙著準備我們的晚餐。」

「哦，難怪了。」我順著他的目光望過去，現場就與我昨晚離開廚房時的情景一模一樣，裝滿食物的鍋碗依然放在瓦斯爐上頭，一滴不剩的白酒瓶，一切亂七八糟，真不敢相信廚房這麼髒亂，我就這麼撒手不管。

「妳根本也懶得問她到底怎麼了。」保羅講個不停，我繼續忙著檢視現場。木頭砧板上那堆削下來的馬鈴薯皮已經變成褐色，我削下來的肉比皮多，因為我習慣用刀子去皮。我沒有辦法忍受廚房變成這個樣子，所以，他雖然繼續跟我講話，但我已經開始動手收拾。

他開口說道，「拜託不要跟我吵好嗎，今天我已經夠難受的了。」

我也不想吵。我忙著清理，他繼續解釋，但我不相信他說的任何一個字，我沒辦法忍受髒污與謊言，我只希望一切就此停止，我不記得生活究竟是從什麼時候開始走樣，我只知道狀況不對勁。

「安珀，她的髖骨斷裂，她躺在廚房地板打電話給我的，我必須立刻放下手邊的一切趕過去。」我打開烤箱，發現之前放進去的羊排已經縮皺成一團，幾乎只剩下骨頭，「要是妳媽媽出了這種事，妳一定也會和我一樣。」才不呢，因為她要是出了那種狀況，一定會打電話給克萊兒。

「那你的車為什麼會在克萊兒家？」我把那堆肉骨頭丟進垃圾桶，轉身看著他。

他不假思索，立刻回道，「什麼？因為我的驗車文件過期了，要是不解決這問題，我就不能續保，所以戴夫說他會幫我看一下。」

大衛，不是戴夫，她不喜歡戴夫這名字。

他對於一切都有合理解釋，而所有的拼圖碎片似乎也都兜得起來，我覺得是我自己耍白癡，我犯下了蠢行，也讓我態度軟化。

「對不起。」我喃喃道歉，不確定自己是否該低聲下氣。

「我也該向妳道歉。」

「你媽媽沒事吧？」

我們離開髒兮兮的廚房，坐下來，聊了一會兒。我開始扮演他所需要的體貼妻子，他告訴我，他一直是個很棒的兒子，而這卻只凸顯出他是個失敗的丈夫。我現在也沒有時間演練台詞，所以也只能被迫即興演出。這不是什麼能夠獲獎的精采演出，但已經足以滿足這位唯一觀眾的需求。我一直不喜歡保羅的母親，她一個人住在諾佛克海岸附近的老舊破屋，我討厭那個地方，只去過幾次而已。我總是覺得她可以一眼看透我，而且壓根不喜歡我這個人。

保羅開始講述自己在醫院的夜晚，我專注聆聽，想要追出是否有任何漏洞，並沒有。我望著他的雙唇繼續嚅動，期盼他的聲音能夠壓過我心中不斷湧出的各種質疑，我想要相信他，真的。我的手機放在咖啡桌上，而且我發現有通未接來電……也許保羅先前曾經打過電話給我，我只是沒看到罷了。

我開口問道，「想不想喝酒？」保羅點點頭。我帶著手機進廚房、聽取留言，但我聽到的並不是我老公的聲音。

很久以前

一九九一年十二月十四日，星期天

親愛的日記：

昨天晚上我住在泰勒家，我不想走了。她住在全世界最漂亮的房子裡，而且還有全世界最和善的爸爸媽媽。她從一出生就住在那間屋子裡，他們從來沒有搬過家，跟我完全不一樣。他們家食物儲藏間的門口甚至還有許多記號，標示泰勒出生之後每年的身高變化，食物儲藏間其實就是一個很大的櫃子，專門放食品。他們家有許多吃的東西，所以當然有這個需要，對了，而且他們家不買冷凍食品。等到我長大以後，我也想要一個有食物儲藏間的房子。

泰勒說她爸爸媽媽就跟我父母一樣奇怪，但才不是這樣。她媽媽真的對我很好，而且她爸爸也不需要晚上加班。等到他回家之後，我們一起吃晚餐，食物非常美味。泰勒媽媽親手做的義大利千層麵，煮食的工具是烤箱，也不是微波爐。她爸爸媽媽從來不吵架，而且她爸爸真的超爆笑，一直講蠢笑話。

吃完晚餐之後，他們說我們可以留在泰勒的房間玩耍，或者與他們一起看電影，他們家有一台我從所未見的超級大電視。我覺得泰勒想帶我上去她的房間，但我說我想要看電影。她媽媽為我們弄了爆米花，她爸爸關掉了所有的燈，所以我們就只會看到聖誕樹的燈泡與電視螢幕所發出的光，這就像是在電影院一樣。她爸媽坐在沙發上，泰勒與我則一起坐在地板上的豆豆椅，我們看起來就像是和樂的一家人。其實我沒怎麼在看電影，反而一直在注意這個客廳，一切都很完美，真希望我能住在這裡。

等到電影播完的時候，泰勒已經睡著了，所以我覺得自己也應該要假裝睡著才是。她媽媽把她抱起來，而當她爸爸以雙臂抱住我的時候，我一開始其實有點害怕，但他們把我們當成小嬰兒、就這麼把我們帶上樓了。

泰勒的房間只有一張床，所以我們就睡在一起。床被好香，宛若草地一樣。泰勒睡得很熟，但我沒辦法，這是我一生中最美好的夜晚，我不希望它就這麼結束了。我抬頭望著她的臥室天花板，發現了數百顆星星。我知道那只是在黑暗中會發光的貼紙，但還是好美。我把手舉得高高的，要是我的手指停留的位置剛剛好，再加上瞇眼的效果，就可以產生觸摸星星的錯覺。

雖然我聽到泰勒的父母已經就寢，但我還是睡不著，腦袋裡的思緒亂紛紛。我起床，走進浴室，發現漱口杯有三支牙刷。我先前曾經問過泰勒，她也解釋得很清楚，她自己的是紅色，她爸爸的是藍色，她媽媽的則是黃色，她還說他們一家人總是使用固定的顏色。然後，她說我可以使用綠色牙刷，那麼我就可以成為他們的一份子了。不過，我不想要綠色，我屬意的是紅色。

我悄悄回到臥房，泰勒依然睡得很熟，所以，我就做了某件壞事，我不是故意的，但就是發生了。我走向梳妝台，拿起她的珠寶盒。她先前曾經告訴我不要碰這東西，但這句話卻讓我心癢難耐。我慢慢打開，望著裡面的小小芭蕾女伶在旋舞，她應該是隨著什麼音樂起舞才是，但有人弄壞了發條。我望著這小娃娃轉啊轉，臉上帶著草莓色的笑容，靜靜跳舞。盒子裡面放了一只金手鐲。我把它湊到面前，看個仔細，發現裡面刻有泰勒的生日，也可以算是我的生日，我們同一天。另一側寫的是「親愛的女兒」。我不是故意拿走這手環的，我只是想要知道戴上去是什麼感覺，我一定會還回來。

之後，我上了床，稍微扭動一下身子，讓我可以正對泰勒的臉，我們兩人的鼻子幾乎碰在一起。雖然她在睡覺，但看起來似乎依然在微笑，也許是因為她很幸運吧，我猜她的夢一定比我幸福多了。

以下是泰勒擁有、但我卻沒有的三件事：

一、好酷的爸爸媽媽。

二、漂亮的房子。

三、自己的星星。

我真開心，現在泰勒與我已經是朋友了。我會把手鐲還回來的，我保證。我希望我們不要再搬家了，因為萬一搬走的話，我一定會很想念她，真希望我也能住在有爆米花香氣與星空天花板的房子。

現在

二〇一六年十二月二十九日

我的家庭與眾不同，早在童年時代，我就很清楚這一點。我一直盼望我的爸爸媽媽能夠像其他父母一樣，對子女展現毫無保留的愛。在母親把克萊兒從醫院帶回來之前，我們家並不完美，但至少比她進來之後的狀況好得太多了。那時候，根本沒有人理我，現在也一樣。

保羅沒有回來，每當房門打開的時候，我都希望進來的人是他。但自從醫生早晨巡房過後，進來探望我的全都是拿錢辦事的人。他們會和我講話，但我想要知道的那些事，他們卻從來不說。我想，在不知道問題的狀況下，也很難給對方答案。要是保羅真的被逮捕的話，我得趕快醒來，必須想起到底發生了什麼事。

傍晚巡房匆匆結束，我已經不再是大家的焦點，現在，我成了舊聞，有某個比我更悲慘的病人住進了醫院。對於這種無法復原的病況，就算是好人也會疲倦。「一天四十根護士」剛才與另一名護士聊天，提到了自己接下來要去度假的事。她準備要與某名男性網友一起去羅馬，而且她似乎比以前開心多了，態度也溫柔許多。我不知道她的真名，可能是叫卡拉？我覺得她跟這種名字就是很相配。她不算我喜歡的護士，但當她不在的時候，我依然會想念她，她現在已經成為我日常生活中的一部分，我一直不是喜歡變動的人。

在這個全新世界之中，我必須依賴全然的陌生人，他們替我清潔身體、更換衣服、以導管為我進食，還拿尿袋收集我的尿液、為我擦拭沾屎的屁股，他們做了這麼多事照料我，但我依然又冷又餓又渴，而且好害怕。我聞得到外頭多人病房的晚餐氣味，我覺得自己的嘴裡開始分泌口水，滿心期待永遠不會送入我病房的某種東西。我的食物滑入導管、進入喉嚨，值此同時，呼吸儀器繼續為我發出嘈雜的規律呼喘，彷彿它覺得這種事真是無聊透頂。我願意不惜一切，只求能夠再度親嚐真正的食物，享受它碰觸舌面的快感，大嚼特嚼，將熱食吞入肚內。我想念吃吃喝喝，自由活動，但我只能拚命壓抑這樣的念頭，什麼都不要想。

我聽到有人進來，應該是男的，因為有股隱約的體臭。不知道到底是誰，反正他們沒開口，也不知道他們在做什麼。在毫無預警的狀況下，有人伸手摸我的臉，然後又有人硬是撐開我的右眼，對著它照射強光。突如其來的白光讓我什麼都看不見，後來，他們終於又闔起我的眼瞼。正當我逐漸平靜下來的時候，他們又對我的左眼做出同樣的事，我陷入前所未有的迷茫。我不知道身分的這個人離開了，讓我覺得好慶幸，我從來沒想到躺在床上會這麼讓人不舒服。我朝右方側躺已經超過了六千秒，算到第六千秒之後，我就懶得再算下去了。他們應該很快就會來替我翻身，每次只要讓我朝右躺準沒好事，我覺得這是我的倒楣方位。

我覺得有東西滴在我的臉上，涼涼的，又來了，小小的水珠，落在我的皮膚。感覺像是雨滴，但不合理，我基於本能睜開雙眼，看到了上方的星空，屋頂彷彿被掀開了，我的病房內正在下雨。我可以睜眼，但動彈不得，我低頭看著病床，發現它已經成了在緩波上漂流的小船。我告訴自己，不要害怕，這是夢，只不過又是另一場夢罷了。雨勢越來越猛烈，蓋住我鬆軟四肢的床被也變得又濕又冷。我覺得好陌生的這具身體開始發抖。床被下面有東西在移動，不是我。身穿粉紅睡袍的女孩從床尾的被褥裡現身，坐在那裡看我，我們宛若鏡像一樣、互看彼此，她的頭髮已經在滴水，而她的臉上依然沒有五官。她不能說話，但她也不需言語，沉默是我們的共通語言。這是她的選擇，我的生活完全依從她的選擇。她伸手向上，指著幽暗天空，我看到了星星，有數百顆，感覺好近，彷彿伸手就可以碰到一樣，如果，我能動的話。但那並不是真正的星星，而是各式各樣的發光貼紙，它們開始漸漸剝落，掉到了床上，白色塑膠的尖銳邊角也開始捲縮，現在的天空出現了許多星狀的空洞。小女孩開始唱歌，我真的不想聽到她的歌聲。

搖啊，搖啊，搖小船，順著小河輕輕漂。

她從床被下方伸出雙手，我看到那手腕出現一道金黃色閃光。

開心，開心，開心，真開心。

她抓住已經變成小船的床的兩側，左晃右晃，我想要開口阻止她，但我沒辦法講話。

人生不過是一場夢。

我閉上雙眼，也就只能由她翻船了。水好冰，而且一片暗沉，我沒辦法游泳，因為我動不了，我只能像顆肉色的石頭一樣、無力陷落黑暗之中。在水波之下，我依然聽得見她的扭曲歌聲。

人生不過是一場夢。

我睜開了雙眼。

我看到醫生與護士在我身邊忙成一團。

這畫面是真的。

然後，大家一片靜默，只有一個人開口。

「這是心室顫動（VF），我們必須要電擊。」

我的名字縮寫不是那兩個字母。

「退後！」

大家的面孔消失了，我現在只看得見白色天花板。

一切都是白的。

我閉上雙眼，因為我不知道眼前會出現什麼景象，我好害怕。這時候，我聽到床尾傳來父親的聲音。

「小可愛，撐下去！」我覺得彷彿聽到鬼魂在講話。

我再次睜開眼睛，他對我微笑，我覺得我真的可以看見他。我覺得現在的他好蒼老虛弱，好疲倦。一切都是白的，現場的原色形體只有我與爸爸，還有從我臉頰滾落而下的淚水。

「發生這種事，我真的覺得很遺憾。」我想告訴他，沒關係，但我還是沒辦法講話。我想要再次握住他的手，但我動不了。

「如果我知道那將是我們最後一次說話，我絕對不會講出那些事，我不是故意的，我愛妳，我們兩個都愛妳，一直如此，人生不過是一場夢。」他轉身離去，沒有任何顧盼。我又成了她，那個拚命想要跟上父親腳步的小女孩，他放慢了腳步，但依然把我遠遠拋在後頭。

之前

二〇一六年十二月二十二日，星期四早晨

「如果您是剛加入『咖啡早晨』的聽眾，我們十分歡迎，」瑪德蓮繼續說道，「我們今天已經開誠布公，討論了許多有關不倫的事，接下來我們要在節目中繼續探討，為什麼某些女性覺得沒辦法對偷吃的另一半睜一隻眼閉一隻眼，而為什麼其他女性卻選擇原諒與遺忘，我們也要訪問那些偷情的女性。現在，安珀也加入了主持陣容，妳提到妳永遠沒辦法真正認識一個人，就連妳自己也一樣，安珀，再多說一點嘛。」瑪德蓮講完之後，翻白眼，又開始看節目接下來的腳本內容，然後，她又抬頭看我，「怎樣？妳想要替自己辯白的理由是什麼？」她說出的每一個字音開始出現變化，宛若電池快要沒電了一樣，後來，她在錄音室的桌上吐得亂七八糟，她抬頭，抹抹嘴，繼續開口。

「安珀？」瑪德蓮嘴裡冒出的是保羅的聲音。

「安珀？」我在床上坐了起來，保羅說道，「妳剛才在作惡夢。」

我在一片漆黑中眨眼，全身冒汗，感覺不對勁。

他說道，「妳沒事了。」

但不是這樣，我掀開被子，衝進浴室。我一手抓住馬桶，另一手把我臉上的頭髮撥開。過沒多久之後，我聽到保羅下床的聲響，立刻關上浴室的門。

「妳沒事吧？」他的聲音從松木門板的另一頭傳過來。

「沒事。天氣冷，快回到床上，我馬上就過去。」我說謊。過沒多久之後，他也不再多說什麼，又回去床上了。

我沖完馬桶之後，洗臉，對著鏡子刷牙，凝望著自己的面孔，鏡中有個瘋婆子在瞪著我，所以我的目光飄向地板。我吐了一口牙膏泡沫，裡面夾雜了紅色血絲，然後我抹抹嘴，雙手的食指與大拇指貼在一起，移到臉龐兩側，開始輪流拔眉毛，將細小的毛髮撒在水槽裡，我開始數算，白色磁磚上一定要有十根暗色細毛，我才會罷手，永遠就是十根。時間消磨得夠久了，我打開冷水水龍頭，把臉沖乾淨。

我努力壓低聲音，悄悄打開門，查看保羅的狀況。他已經又睡著了，張開的嘴巴發出了輕微鼾聲。我從臥室門背取下自己的睡袍，溜到梯台，走向我的小書房。一切乾淨整潔，完全就是我上次使用後的狀況。我拿出自己的白色手套與鋼筆，盯著空白的信紙，太累了，想不出來該寫什麼是好，我想起麥克唐納老師的三件事規則，立刻文思泉湧，我自顧自笑了。

親愛的瑪德蓮：

希望妳喜歡我寫給妳的這些信，我知道妳深愛閱讀自己的粉絲來信。

我不是粉絲。

我有三件事一定要讓你知道：

一、我知道妳表裡不一。

二、我知道妳做了哪些事，沒做哪些事。

三、如果妳不遵從我的要求，我一定會讓每一個人知道妳的真面目。

我會繼續寫，確定妳看到信件為止。當然，墨水不可能保存一輩子，所以我們最好不要失聯太久，如果墨水用完了，我會找到別的方法，讓妳聽到我的話。

「妳在幹什麼？怎麼不回床上睡覺？幹嘛要戴魔術師手套？」保羅穿著T恤四角褲，站在書房門口盯著我，我被抓到了。

「我睡不著，心想聖誕節快到了，居然到現在還沒寫卡片，還是趕緊動筆比較好，但我的手好冷。」他看我的眼神怪怪的。

「好吧。對了，媽媽剛才傳簡訊給我，她覺得醫生們想要殺她，我得過去那裡一趟。」我覺得她根本不知道該怎麼傳簡訊。

「現在嗎？」

「對，就是現在，她需要我立刻趕過去。」

「我陪你過去。」

「不需要，我自己來就好。我知道妳現在非常擔心自己工作的事，反正我出去一下就回來了。」

我還沒時間回話，他已經離開書房門口。我聽到他打開了蓮蓬頭，熱水器也開始轟隆作響，看起來他也不是很匆忙。我摺好我的信，放入紅色信封，又把白色手套放回抽屜裡面。我經過浴室門口的時候，還留有一點隙縫，滾滾蒸氣冒了出來。我從濕答答的霧氣向內偷看，發現我老公全裸站在淋浴間。我已經好久沒看到他這個模樣了，心中湧現一種奇怪的感覺，有厭惡，也覺得釋然。我立刻溜回我們的臥房，從床邊桌拿起他的手機，六點五十五分，我不知道已經這麼晚了，感覺依然像是半夜一樣。我在保羅的手機裡輸入他的密碼，我記得在好幾個月之前，我第一次想要猜出他的密碼，先是我們的結婚紀念日，然後是我的生日，他的生日，當然，他這個人想到的只有自己。我開了他的簡訊，最後一封已經是二十四小時之前的事了，是我發的，完全沒看到他媽傳來的簡訊。我聽到淋浴聲沒了，趕緊放下手機，又回到床上，面向牆壁。

我開口問道，「你要怎麼過去？搭火車嗎？」

「不，開車比較快。」

「車子不是需要驗車文件嗎？」

「大衛說已經準備好了，我可以直接到修車廠前庭取車，反正我有備份鑰匙。」

「他是不是也傳訊給你？」

「沒有，他是昨天晚上打電話給我的，為什麼要問這個？」

「沒事。」

不管是什麼事，他一定找得到說詞。

他臨行前吻了我一下，還說了聲我愛妳，我說我也愛你。這種皺縮變形的陳腔濫調早已失去了原本的意義。我躺著不動，聆聽老公逐漸離去的聲響，過沒多久之後，我聽到大門關上的聲音，立刻衝上床，躲在臥室窗簾後面，目送他離開。

保羅才剛走，我就跟著下樓，進入廚房，開燈。我喉嚨好乾，所以為自己倒了一杯水，準備回到樓上。我站在瓦斯爐前面，確定已經關好，達十二次之久，靠空出的左手手指喀嚓計數。我發現門廊邊櫃上的電話答錄機頻頻閃紅燈，唯一還會撥打這支室內電話號碼的人也只剩我爸媽了，但他們也早就不再打電話給我。我的食指心不甘情不願，在播放鍵上方晃了好久，似乎是不敢碰觸，唯恐被燙傷一樣，我喝了一大口的水，讓它沖散我的恐懼，終於，我按下了那個按鈕。保羅兩天前打回來的，所以他的確有打電話給我，讓我知道他待在他媽媽家。我不知道自己怎麼會沒看到這台機器的閃光，經過它旁邊好多次了。我刪除留言之後，又對著「全部播放」的那個按鍵躊躇了許久，我不該再聽他的聲音了，但我還是按了下去。我閉上雙眼，父親的熟悉聲音盈滿了我的雙耳與內心，嗨，小可愛，我是爸爸，聽到留言就回電話給我吧。他這樣呼喚我已經是好久之前的事了。我拚命忍住的淚水，此刻已開始撲簌簌奔流，從臉頰滑落之後，懸在下巴，撐不住之後又落到睡衣上頭，流下了一灘悲傷的濕痕。這通留言我存了好久，保羅說我很變態，他就是不懂。出於本能的好奇之心，我拿起電話，重撥最後一次撥出的電話號碼，響了幾聲之後，我聽到喀嚓一聲，接下來是某段預錄的留言歡迎詞。我把話筒重重甩回去，怒氣沖沖盯著它，彷彿把它當成了罪魁禍首，我從來沒有用室內電話找過克萊兒。

之前

二〇一六年十二月二十二日，星期四早晨

我今天上班遲到了好幾分鐘。瑪德蓮已經在辦公室了，但不重要，今天我沒心情理會她。我依然覺得好恍惚，彷彿正在夢裡作夢。在保羅離開之後，我又檢查了一次他的衣櫃下方，裝了黑色蕾絲內衣的漂亮粉紅禮物袋已經消失，他帶走了，是要送給他媽媽的禮物嗎？我想不太可能。

我靜靜坐在辦公桌前，其他同仁也陸續到來，同事們向我道早安，我也點頭回禮，這就像是在聆聽某段卡住的錄音、頻頻播放同一句話。今天我不想講話，客套話啊什麼的都不想說，我今天早晨真的很不舒服。現在，應該是沒有人在看我，我開始端詳辦公室女同事的臉龐，看起來都緊張兮兮，有些疲倦，十分失落，她們是落難在詭譎海洋、想要靠踩水仰面漂浮的一群人，她們不是我的朋友，真的。如果把對方壓到水底下就不會淹死的話，我們一定都不會客氣。我想我也不需擔心這些人，她們看不到我的真面目，她們連她們的自我都看不見了。

瑪德蓮從辦公室衝出來，對著某人大吼大叫，我與她四目相接。她在對別人說話，但她卻盯著我，在那一瞬間，我差點以為她知道了一切，我的嘴裡出現了一股無法去除的苦味，噁心感再次衝上我的喉嚨，我走向洗手間，盡可能表現出冷靜態度。一進去之後，我馬上衝進廁所，沖馬桶，低頭的時間配合得剛剛好，盼望沒有人聽到我的嘔吐聲。只是膽汁罷了，因為我沒有吃東西，不知道這是不是因為緊張或是罪惡感作祟，抑或是兩者都有。反正，我得趕快讓自己恢復正

常，我沒有時間再這樣下去了。我聽到門外傳來喬的聲音，她覺得我應該要在進錄音室之前、趕緊先去一下藥房，距離我們這棟大樓不遠處就有一家。我覺得她說的很有道理，我多等了一會兒，確定自己已經吐完之後，打開廁所門，洗手，現在裡面又只剩下我一個人，不禁鬆了一口氣。

節目結束之後，我就覺得好多了。不過呢，瑪德蓮卻很慘，整個早上一直在跑廁所，而且全身盜汗，她覺得自己一定是食物中毒，我倒是覺得，比較可能是因為我們進錄音室之前、我在她咖啡裡下的瀉藥發揮了作用。瑪德蓮喜歡咖啡，喝得很兇，只要是黑咖啡，來者不拒。她也喜歡開車上下班，她覺得大眾交通工具「骯髒，充滿了細菌叢生的通勤客」。她現在狀況不佳，沒辦法開車回家，所以我主動開口願意幫忙，她嚇了一跳，而這個舉動也讓馬修大為激賞。起初我覺得她應該會拒絕，但她突然又衝了一次廁所，似乎又重新考慮我的提議，我也竊喜不已。

我們離開辦公室的時候，我幫她拿包包，因為她覺得自己「好虛弱」。我們到達停車場的時候，我假裝不知道哪一輛才是她的車，她打開自己的黑色福斯Golf的車門，將車鑰匙交給了我，然後自己窩進後座，宛若她的車瞬間變形、成了計程車。她對我大吼，報出了她家的郵遞區域，我趕忙把它輸入導航系統，然後，她警告我「他媽的一定要給我小心開車」，還有「要注意路上的那些外國人」。

我開車上路，她也睡著了，我覺得她現在這模樣比較討人喜歡。安靜無語，她入睡的時候，惡毒話語被困陷在身體裡，但她清醒的時候，卻從嘴巴裡源源不斷滲漏而出。

我討厭在倫敦開車，太擁擠也太吵雜，路上行人太多，而且每個人都行色匆匆，但其實只有少數人真的必須如此急迫。出了市中心之後就好多了，路面比較寬敞，人也沒那麼多。

導航系統提醒我們，再過十分鐘就到達目的地了，而這時候車子也發出警告聲響，儀表板上的紅色標誌開始拚命閃爍。

我開口說道，「妳快要沒油了。」透過後照鏡，我看到我的乘客雙眼微張，又醒了。

她回我，「不可能。」

「別擔心，我覺得靠這些油開回妳家一定沒問題。」

「我看起來是在擔心嗎？」我們再次在後照鏡裡四目相接，我以時速四十英里的速度前進，卻一直盯著她不放，似乎有點太明顯了，我趕緊又把目光移到前方的路面。

自此之後，我們都不再開口講話，直到我左轉進入她住的那條路之後，她才又開口對我大吼，告訴我要在哪裡停車、又該怎麼停才對。但我其實聽不太進去，我忙著抬頭張望她說是她家的那個地方，心中有種說不上來的感覺，我認得那裡，我以前來過。

很久以前

一九九二年復活節

親愛的日記：

泰勒與她的父母趁著復活節假期出去玩了，我覺得自己好可憐。學校上課的最後一天之後，我就再也沒有看過她，我必須等到下禮拜二恢復上課的時候才能再見到泰勒。她寄了明信片給我。兩天前，媽媽笑得好開心，衝進我的臥室，把它交給了我。她以為我會很開心，並沒有。泰勒沒有我似乎非常快樂，我覺得她完全沒有想念我的意思。

今年我沒辦法度假了，就連英格蘭的隨便哪個地方也去不成，媽媽說我們負擔不起。我說爸爸一直拚命工作，我們應該有很多錢啊，她卻只是大哭。她最近一直哭，而且贅肉也消失了，也許是因為太過傷心，根本吃不下東西。上個禮拜的某個夜晚，她實在太難過了，沒辦法做午餐或晚餐。他們不准我碰瓦斯爐，所以我只能吃洋芋片和餅乾。我問媽媽，是不是還在因為外婆過世的事而傷心，她告訴我，一切都讓她傷心欲絕。

媽媽說要是我夠乖的話，她會在下禮拜找一天、再次帶我去布萊頓。我問她，要是我不乖呢，又要帶我去哪裡？但她聽了之後卻笑不出來。我曾經提醒她，我現在已經十歲半了，繼續玩那種兒童搖搖車實在有點幼稚，但我覺得在碼頭散步也很好，而且我喜歡海洋的聲音。現在我比較大了，媽媽也開始找兼職工作，就像是泰勒媽媽一樣。雖然她應徵了一大堆工作，但目前卻沒有任何消息。每次她去面試的時候，總是穿那套看起來有一百年歷史的黑色套裝，而且臉上的妝總是太濃，然後，回家的時候又喝酒喝一整個下午。如果我是老闆，我也不會找她來工作，這個人太愁雲慘霧、也太懶散了。在學校放假之前，有整整三天，我穿的都是同一件襯衫，她說沒關係，不會有人注意的，然後對我噴灑噁心的香水，所以我一整天都散發出她的那種臭味。

我的午餐盒最近也發生了很好玩的轉變。爸爸的工作內容之一就是要負責裝填甜食機器的產品。所以他工作的一大好處就是可以帶回一盒盒免費的巧克力與洋芋片。上個禮拜，他帶回來一大盒四十條裝的奇巧巧克力。學期的最後一天，我們家已經沒了麵包，所以媽媽就沒辦法準備奶油洋芋片三明治，反而拿了兩條奇巧當我的午餐，我是沒差。不過，午餐檢查員卻注意到我沒吃東西，以為我忘了帶午餐，雖然我告訴她我其實沒忘，但她還是把我送到熱食區、與其他小孩一起用餐，這一點真棒，因為泰勒就在那裡吃午餐。

一如往常，她一個人坐在那裡，所以我就過去和她坐在一起。但問題來了，顯然媽媽上次並沒有繳膳食費給學校，所以我再也不能享受熱食，最後，我猜麥克唐納老師一定是看我很可憐什麼的吧，因為她自己掏腰包幫我付了錢，還告訴我不要擔心。等到我拿到自己的炸魚薯條的時候，其他人早已跑出去玩了。我一個人吃午餐，幾乎可以看到操場上的全校學生。我看到了同班的一群女生，而且泰勒就站在她們的中間。她們不斷把她推來推去，簡直把她當成了布娃娃，她看起來也不是很開心。她想要離開，但她們卻牽手圍住她，硬是把她推回中央。我雖然還是好餓，但立刻丟下薯條，還說我也不需要甜點了，隨即衝向操場，但我沒找到泰勒，也沒看到其他女孩的蹤影。我又跑向中庭，她有時候會獨自坐在那裡的台階，但她人也不在那裡。

我回到教室，但現在依然是休息時間，裡面沒人。有東西吸引了我的目光，不尋常的事物。我走到我們班的魚缸前面，看到死金魚漂浮在微綠的水面。幾個禮拜之前，泰勒曾與我一起合力清洗魚缸，麥克唐納老師教我們可以把水管放入水中、壓吸另外一頭，水就會跑出來了。只要步驟正確，流速會十分順暢，還可以直接集入水桶裡面。這都是因為地心引力的關係，就像是月亮與星星一樣。一開始嘗試的時候，我還不小心把魚缸裡的水潑到自己身上，惹得泰勒哈哈大笑。我想，自此之後就再也沒有人洗過魚缸。

我知道那條魚死了，但還不知道自己該以什麼樣的情緒面對這件事。我小時候也遇過金魚死掉這種事，外婆把牠丟入馬桶沖掉，我好難過。但那是我的金魚，曾經屬於我。這條魚不是我的，我正在摸索自己的感受的時候，我的雙手卻不聽使喚，自行打開了魚缸蓋。我不知道為什麼，我就是想握住牠，牠又濕又滑，涼涼的。泰勒在這時候進入教室，她望著死魚，又望著我，她從我手裡接下金魚，把牠放回缸裡，又把蓋子蓋回去。她就像是那種會從帽子裡變出兔寶寶的魔術師，也從袖子裡取出一坨衛生紙，把我的雙手擦乾淨，然後也抹乾自己的雙手。看到她安然無恙，我真是開心。

去年我有兩顆復活節彩蛋，一個是爸媽送的，另一個是外婆送的，外婆的比較好，因為敲開巧克力外殼之後，裡面還有糖果。我算了一下，一共有十三顆，我之所以會記得這數字，是因為它同時具有不祥與吉祥兩種含意。今年我只收到一顆彩蛋，但也很好啦，因為是泰勒送的，我沒有回贈任何禮物，但我一定會想辦法的。也許我可以給她一點奇巧，我們家裡有一大堆。

現在

二〇一六年十二月二十九日

我爸媽死了。我不知道有沒有人會忘記這種事，但我就是這樣。他們出現在我的醫院病房，感覺就像是別人一樣真實，然而，他們一直不曾存在。這是不可能的，他們已經過世一年多了。心靈是一種威猛的工具，它可以創造一整個世界，而且它為了要幫助你保護自我、要弄各種手段也絕對是游刃有餘。爸媽過世的時候，我們之間處於冰點，就連客氣寒暄也做不到。我記得父親生前對我說過的最後一段話，我依然聽得見他講話時的聲音，那是一段殘忍椎心的記憶。

「安珀，聽我說，我們關係之間的距離都是妳造成的。妳十多歲之後，就窩縮在自己的小小世界裡，妳不肯讓我們進去，我們百般努力，也無法找到妳，多年來都是如此。這世界並不是以妳為中心，妳要是有了自己的小孩，就會明白這種道理了。」

自此之後，他們再也沒有打電話給我，我也不肯與他們聯絡。

他們離世的時候，打電話通知我的人是克萊兒，死因是義大利的某起公車車禍。我看到了那條新聞，但是當主播提到恐怕有英國旅客身亡的時候，我壓根沒想到那電視裡的聲音其實是在直接對我講話。我們一直不知道出了什麼事，真的不清楚，有人猜測是公車司機在駕駛的時候睡著了。這條新聞喧騰了一天左右，我們的父母又再次被眾人所遺忘，但我們卻沒辦法。某人在某地遇到某種慘事，變成了新聞，但我們卻必須繼續獨自觀看後續發展。他們在護照上寫的緊急聯絡人是克萊兒，不是我。就連面對死亡的時候，他們選擇的是她，不是我。

克萊兒處理一切，安排他們回家、籌辦葬禮、與律師打交道。我負責清理他們的住處，整理遺物，將他們生活中的各個物件轉送到其他地方、留給其他的人。克萊兒說，她會受不了，沒辦法做這種事。

一想到他們出現在醫院病房裡的情境如此真實，我還是震驚不已。想必我一定是極度渴望向別人傾訴自己的孤單，所以我的心靈就不得不讓我的父母還魂返世。其實，如果你真的需要亡者撫慰的話，他們與你之間的距離並不遠，他們只是在某面隱形之牆的另一邊而已。悲傷只屬於自己，罪惡感也是，這些都是無法與人分享的情緒。他們死掉的時候，克萊兒真的是傷心至極，她哭出來，哭了好幾個禮拜之久，而我在內心掉淚卻是一輩子。現在，我對於內心世界裡所呈現的一切都充滿質疑，我想要釐清究竟什麼是真實，什麼是夢境。

門開了，有人拉了張椅子，他握住我的手，我知道是保羅，那種盈握的方式，錯不了。他的手部肌膚可說是很柔軟，但中指卻有一塊硬繭，那是他抓筆寫作過於用力的跡痕。他回來了，一定是被警方釋放了。我們就這麼靜處了許久，我可以感覺到他盯著我看，他不發一語，只是握住我的手。護士回來，為我更換躺臥位置，他遵從指示，在外頭等候。而等到她們離開之後，他又進來了。我想知道他出了什麼事，我也想知道警方的說法，他們到底以為他做了什麼。

有名護士進來告訴他，探訪時間已經結束，他沒有回答，但想必他的臉一定是對她訴說了些什麼，因為她改口說沒關係，他想要待多久都可以。無論警方到底認為他做了什麼，但這些護士顯然認為他是個好丈夫。我們這次沉默相對的時間又更久了，他找不出合適的措辭，而我的語言能力也早已被剝奪得一乾二淨。

他終於開口，「對不起。」

我正覺得奇怪，他是為了什麼事要對我道歉？然後，我發現他朝我靠過來，慣常性的恐慌又出現了。我不知道自己為什麼要害怕，然後，那段記憶又突然閃現，某個男子的雙手掐住我脖子，雖然機器把氧氣強灌進入我肺部，但我依然覺得自己無法呼吸。保羅雙手撫摸的是我的臉，不是脖子，但我也不知道他在做什麼。他把某個東西塞入我的耳朵，我想要大叫，我的世界的聲軌變得有些乾癟，我不喜歡，畢竟我現在也只剩下聽覺而已了。

「你在做什麼？」開口的是克萊兒，聽到她的聲音，我嚇了一大跳。我不知道她在這裡多久了，我根本不知道她在這。

「醫生說這樣也許有幫助。」保羅再次握住我的手。

「警察讓你離開了？」

「顯然是這樣沒錯。」

她開口問道，「你還好嗎？」

「妳覺得呢？」

「你看起來超慘，而且身上有味道，也該好好洗個澡。」

「謝了，我一結束就趕過來。」

「好吧，反正結束了。」

「還沒有，他們仍然覺得我……」

但對我來說已經結束了，因為我再也聽不見他們的聲音，我的耳內盈滿音樂，它的搏動與血液進入我的身體，讓其他的感知全部消失無形，最後，我的心中只有它，其他的一切，其餘的人都消失了，累積在某段記憶中的一連串音符把我帶離了這裡，因為這是保羅與我走進結婚禮堂時的音樂，歌詞把我拉回到了那個當下。

我會努力修補妳的心。

那時候，我還不知道自己的心已經支離破碎，他就已經想要修補我的心，直到現在，他依然在努力不懈。

這段記憶的邊角已經有些模糊，但這是真實事件，所以我慢慢回味，緊緊抓住那段回憶。在記憶的角落地帶，我看到保羅將某枚戒指套入我的手指，他對我微笑，我們好幸福，真的，那時候的確如此，現在我已經想起來我們有多麼幸福洋溢，真希望我們能夠再次回到那樣的狀態，現在已經太遲了。

那是場小型婚禮，我朋友一直不多，其實是因為我喜歡的人本來就不多。我認識的每個人都不免有各種缺陷，一旦我已經相當熟悉這個人、看出對方的所有問題之後，我就不是很想浪費時間與他們相處了。我並沒有特意迴避那些沮喪悲傷的人，因為我覺得我比他們優越，我純粹只是不想看到自己的影子罷了。而且，與我親近的每一個人，最後都遍體鱗傷，所以我也懶得繼續結交新朋友。我早就學到了教訓，把握已經擁有的一切才是上上策。

音樂停止，我又回來了。現在出現的是呼吸器的規律聲響，再加上某個不是那麼耳熟的嗶嗶聲響。有個護士也進來了，她在床邊來回走動，圍裙也不斷發出噓的聲音，它的確得其所願，因為病房內一片沉靜。現在，我塗抹自己人生的方式是聲音，不再是數字，我那經常性加班的雙耳負責執起筆刷，嗶嗶聲沒了。護士離開之後，保羅與克萊兒又恢復交談，我十分好奇自己剛才錯過的那些話到底是什麼。

「保羅，你不要再自責了，這是意外。」

「我不應該讓她離開的。」

「你一定要振作，她需要你，但你現在卻委靡不振，你需要好好洗個澡，休息一下，然後才能釐清思緒。」

「他們還是覺得開車的人是我，而且我是那種喝醉酒打老婆的男人。別提了，我又不是那種人。」

「我知道。」

「他們討厭我，就是不肯放棄，他們一定會回來找我，我知道。我不會再離開她了，如果妳想走的話就走吧。」

我極度盼望聽到他們的對話，但他們卻不說了。那時候有別人開車，這一點我十分確定，但不是保羅。克萊兒也相信保羅，不禁讓我鬆了一口氣。

她開口問道，「我留下來陪你一會兒好嗎？」

「隨便妳。」

他們就這麼靜靜坐著不動。保羅又為我播放了另一段回憶，我們上次度假時愛上的那首歌。越來越多的歌曲，也帶來越來越多的回憶，然後，音樂突然沒了。房內恢復寂靜，而且壓迫感益發沉重。

克萊兒問道，「想不想聊一下寶寶的事？」

什麼寶寶？

保羅回道，「不要。」

「你知道了？」

「我說過了，我不想聊。」

我希望他們能聊一下。

但他們再也沒提起這個話題了。呼吸器大聲喘息，宛若在呼應病房內的這股挫敗氣氛。

「好，時間已晚，我要回去了，」克萊兒說道，「我可以送你一程，不然也可以幫你帶些乾淨衣服過來，帶盥洗包給你。要不要把你家鑰匙給我？」

不要給她鑰匙。

「載我回家就好，我兩個小時之內會再回來。」

「你需要休息。」

「我需要陪在安珀身邊。」

「好吧。」

克萊兒親吻我的臉頰，我也聞到她的薄荷洗髮精氣味，不知道我的頭髮現在是什麼樣子，一定看起來像是許久沒洗了。保羅也吻了我，然後把那小小擴音設備從我的耳內拔出來。我希望他不要走，他們關上房門，丟下我一個人，與自己的沉默和機器相伴，我的心情也頓時變得低迷。

我聽到門開了，心想也許是保羅改變心意，回來陪我，但那個人不是保羅。

「嗨，安珀……」某名男子對我開口，然後，我聽到了上鎖的聲音，我知道是他，他以前也到過這裡，刪除了我的語音留言，「我剛遇到妳老公，邋遢得要命，我不知道妳看上他哪一點。我聽同事說我們差點就看不到妳了，但妳還是從鬼門關前回來了，所以，看起來妳是毫髮無傷嘛。」

同事。

他在這裡工作？

「妳知道嗎？我們這裡給昏迷病人使用的某種藥劑，正好是美國人拿來執行死刑的同一種藥？所以今晚我還能看到妳，真的是嚇一大跳，因為那樣的劑量的確可以奪走妳的小命，看來我計算能力有問題。」

這不是真的，不可能發生這種事，醒來，趕快醒來。

「每個人都會犯錯，重要的是得學到教訓。從現在開始，我會更努力好好照顧妳。」

這不是夢。

「不客氣。我知道如果妳可以開口講話的話，一定會感激我的。」

我認識這個男人。

他伸手撫摸我的臉。

現在我想起來他是誰了。

他挨到床邊親吻我，然後又慢慢舔我的臉頰，彷彿是在品嚐我的肌膚，我的內心不禁一陣驚顫。他又移到呼吸導管的側邊，親吻我的嘴，把舌頭探入我的雙唇裡，咬住我的導管與牙齒，他的手在我身體四處遊走，最後伸到病袍下面、托住我的乳房。等到他結束之後，又把我調整為原來的姿勢。

「妳說得沒錯，我們應該要慢慢來。」他丟下這句話之後，隨即離開了病房。

之前

二〇一六年十二月二十二日，星期四晚上

我之所以這麼做，並不是因為保羅再次徹夜未歸，也不是因為那一袋失蹤的內衣禮物袋，要找出合情合理的解釋並不難。我之所以會這麼做，完全是基於我的想望，而且我覺得也沒有什麼問題。許多人都可以和自己的前任繼續做朋友，這沒有什麼特殊意涵，而且我也沒有做什麼對不起別人的事。我一直在心裡重複這些字句、終於讓自己信以為真。接下來似乎是步步錯，但既然已經選擇了這條路，我就會走下去，義無反顧。

南岸氣氛熱鬧，大家都笑容滿面，月光下的泰晤士河波光粼粼，遠方的水岸高聳建物氣勢雄偉。我好愛這座城市的夜景，在一片黑暗之中，看不到任何的污穢或哀愁。

一進入酒吧，我就立刻認出他，雖然經過了這麼多年，但說也奇怪，他的身形還是如此令人熟悉。他背對著我，所以我發現他手裡早已拿著酒杯開喝了。現在為時未晚，我大可以轉身、走出門外，忘記這不曾發生過的一切。

只是喝杯酒而已。

我那穿著高跟鞋的雙腳似乎一直黏在地板上、動彈不得，但那股噁心感突然在我體內竄流，對我大吼大叫趕快跑。我看到洗手間的霓虹招牌，從傍晚的那一大群酒客之間擠了過去，好擔心自己會來不及。但當我一進入廁所之後，那股感覺就消失了，也許只是因為緊張吧。我開始洗

手，也不知道自己為什麼要這麼做，明明又不髒。我抽了紙巾擦手，突然緊盯著左手的婚戒不放。我深呼吸，吐氣，望著自己的鏡中映影，幸好這裡沒有別人，看不到這樣的我。回視我的那雙眼眸好疲倦，目光疏離，但整體看來，這模樣還算是令人滿意。新的黑色小洋裝效果不錯，掩蓋了疏忽已久的贅肉，還有高跟鞋，雖然不舒服，但卻給了我自信。我還利用整髮器弄直了一頭蓬亂棕髮，化了妝，塗了指甲油，我不知道我為什麼這麼慎重其事，但我希望他見到的是我美麗的模樣。

我想要向鏡中的自己打氣，對她笑了一下，但她回應的微笑卻很冷淡，我又收斂神色，臉上不再有任何表情。讓我冷靜下來、緊緊包圍著我的那股寂靜氛圍，在洗手間大門被推開的那一瞬間就立刻徹底粉碎。酒吧裡的嘈雜聲響淹沒了這個小小的空間，裡面的空氣也被擠吸得一乾二淨。我奮力抬頭對抗噪音，抓住出口附近的洗手台邊緣，指關節泛白。進來的是兩名女子，穿著打扮稍嫌遜色了一點，她們踉蹌入內，講著某件我不知道的事，一起哈哈大笑。她們身穿短裙，唇色豔紅，頭上的紙帽提醒我這是聖誕佳節。現在，它——也就是聖誕節——已經沒有任何意義了。她們的朗朗笑語正好淹沒了我腦中的那些聲音，提醒我該離開了，所以我深呼吸，朝酒吧的方向走去。

我站在他右側，嗅聞他的氣味，已經變得如此熟悉，充滿了禁忌感。他似乎根本沒有發現我。

我向酒保開口，「麻煩給我一杯瑪爾貝克紅酒。」我的眼角餘光發現愛德華轉過頭來，他從頭到腳打量我，目光也醉了，他總是這樣。

「嗨，愛德華。」我轉身看著他，盡力讓自己維持正常的語調與表情，他也回笑了一下。時間改變了我的樣貌，但顯然對他卻手下留情，十年過去了，似乎只是讓他變得更俊朗而已。我很難不去注意他曬得黝黑的皮膚，潔白的牙齒，還有那雙壞壞雙眼，盯著我不放的時候，似乎總是在快樂飛舞。

「我也來一杯，再加一品脫的安珀淡啤，我喜歡這名字。」他從真皮皮夾抽出一張簇新的二十英鎊鈔票，放在吧檯上面。他的白色純棉襯衫看來似乎是太小了一點，底下的肌肉繃得好緊，似乎隨時可能會爆裂開來。在我們的學生時代，他經常跑健身房，看來現在依然如此。「好，妳來了。」

我回道，「是啊。」他的目光實在太熱切了，讓我好想把頭別到一旁。

「能看到妳真好。」他凝望我的那個模樣，讓我不禁有些畏縮。酒來了，快給我吧。

「哦，這個傍晚剛好有幾個小時的空檔，我想見個面也不錯。」

「只給我幾個小時？」他把我的酒杯遞給我。

「不是幾個小時，我只能陪你十分鐘，然後得去赴另外一個約，很棒的朋友。」

他勉強牽動了一下嘴角，但這個反應未免也太慢了。

「還有別的男友？」

我臉紅了。

「了解。我最好要好好把握和妳共處的時光，乾杯。」他舉起自己的酒杯，與我的互碰了一下，我們喝酒的時候，他依然緊盯我不放。我先別過頭去，然後又吞了一大口酒，我不該喝得這麼急。

我們之間的氣氛很快就變得輕鬆自在，酒精成為我們對話的潤滑劑，兩人都變得無拘無束。雖然失聯了這麼多年，再次有他相陪，感覺愜意又自然。距離聖誕節還有三天，酒吧裡的滿滿人潮令人喘不過氣來，但我幾乎沒注意到這件事。我們周邊一直有陌生人過來買酒，不斷碰我，如果是遇到以前那個充滿銳氣的我，早就發飆了。愛德華對我微笑讚美，不時也有些微的肢體碰觸，我也對他甜笑了一下，因為我太清楚自己了，只要落下了一滴清淚，就足以徹底撕裂我現在的生活表象。

喝了兩杯之後，我已經覺得自己有些微醺，超過了正常範圍，今天我還沒時間吃東西。

「我不知道妳餓了沒，但我餓壞了，」他彷彿有讀心術一樣，「有沒有時間一起吃點東西？」我開始思考他的提議，我餓了，而且現在很開心，我也沒有做出任何不應該的事。

我開口問道，「找個附近的地方？」

「我沒問題。」他站了起來，幫我穿外套。等到我們奮力穿過重重人潮之後，他為我推開大門，「妳先請。」我已經忘記與紳士約會是什麼感覺了，我覺得自己彷彿在與某個來自過往的人約會，我的過往。

空氣冷冽，讓人也清醒了過來，愛德華說他知道有個地方可以吃東西，距離這裡不遠。我已經好久沒穿著高跟鞋走卵石路，一路踉踉蹌蹌，第二次差點摔倒的時候，他乾脆伸出手臂，我也就豁出去了，我知道我們這樣看起來就像是一對，但我覺得這也沒什麼好在意的。我們停在某間類似住家的房子外頭，他放開了我的手臂，開始敲那扇令人望之生畏的黑門，我一臉困惑。

「你在幹什麼？」我覺得自己講話的語氣像是個女學生。

「找地方吃東西，還是妳已經不餓了？」

我還來不及回答，那光潔的巨門開了，某名身著黑色西裝的中年男子出現在門口。他長得好高，讓人看了很不舒服，宛若硬是被拉撐的一樣，而且，那張臉龐似乎也歷經過太多的悲劇。愛德華問道，「有沒有兩人的位置？」那男人點頭，我嚇了一大跳。

「先生，當然，這邊請。」

我覺得自己像是《愛麗絲夢遊仙境》裡的女主角，跟著那名西裝男穿過漫長的大理石走道。我回頭張望，確定愛德華跟在後頭，他看起來很得意，我這才發現這應該也是他今晚預謀計畫的一部分，我不介意，我又不是被強迫押來的。我們轉彎，穿過一道右側的小門，進入某個燭光搖曳的大房間，裡面只剩下一張空桌，其他四桌都已經有人入座，那些情侶也沒抬頭理會我們。

「先生，酒單馬上送過來。」西裝男講完之後就帶著我們的外套離開了，消失在某道隔簾後面。

「哇，真讓人驚豔。」我只能擠出這句話而已。

他伸出那雙健康黝黑的雙手，拿起自己面前的白色棉質餐巾，小心翼翼打開，宛若在處理杜林裹屍布一樣慎重，最後，把它放在自己的大腿上。我也如法炮製，隨後開始胡思亂想，酒單怎麼拖了這麼久？我擔心要是沒有酒精助興，我們恐怕會把能聊的話題全講光了。

我問道，「新工作如何？」

「哦，其實很順利。本來以為只是暫時性工作，但他們已經要給我某個永久性職位，我打算在這裡待久一點。」

「恭喜，哪一家醫院？」！

「阿佛列德國王醫院。」

我回道，「距離我家很近。」他微笑以對。

「你的女朋友呢？也在倫敦工作嗎？」

「沒錯，但地點在市中心。我得輪班，再加上她也有自己的工作行程，我們沒辦法經常見面。這裡是無菜單料理，不知道他們今天提供什麼，恐怕妳也只能照單全收，但他們的餐點水準一向很高。」

「要是我不喜歡他們準備的菜呢？」

「我打包票，一定會合妳的胃口。」

我聽他繼續講述工作的事。他一直想要當醫生，現在也如願以償，這應該是我們當初認識的時候、我覺得他魅力獨具的原因之一，他想要助人，想要挽救他們的生命。他沒有講太久，非常謙虛低調，不想多談，不斷轉移話題回到我身上。與他相比，我的故事就顯得平淡空洞了，我的工作無法救人，這份工作只能救我自己而已。

我已經好久沒吃到這麼美味的食物，但當我的酒杯再度被斟滿的時候，我忍不住想要破壞一下這美好的夜晚。

「你女友知道你今晚和前女友見面嗎？」

「當然。難道妳丈夫不知道？」

我沒接腔，他哈哈大笑，我不喜歡這種態度。

他繼續說道，「那已經是許久之前的事了。自此之後，我們都在各自的人生道路上繼續前進，而且也長大了不少。」我覺得自己又蠢又老派，就這麼錯過了最好的前男友。

他說不需要甜點，所以我也說不要。當他講話的時候，我忍不住想到我們在一起的往日時光，他當時不忍放手，但那也是十年前的事了。他的模樣似乎沒變，但我卻變了。雖然穿上了新衣、也化了妝，但我依然是那個暮氣沉沉的我，而且也已經不是他記憶中的那個人。

他開口說道，「我陪妳走到滑鐵盧。」

「真的不需要，我自己走過去沒問題。」

「我也相信妳沒問題，不過，我才剛搬來，記得嗎？我搞不好會迷路，所以要是有人作陪就太好了。」

我們離開餐廳的時候，他伸出手臂，我覺得沒差，所以也就直接勾住他，感受到他從外套透出的體熱，而且當我們走到車站的時候，我也注意到女性對他的那種注目眼光。我們走向候車大廳，我的疲憊雙眼望著出發時刻表，陷入焦慮，我可不想錯過最後一班返家的火車。

「我的車在十三月台，謝謝你給了我一個美妙的夜晚。」說完之後，我親了一下他的臉頰。

「我們必須找時間再聚一次。」

「我也希望如此。」其實我不確定自己是不是想要繼續碰面。

他握住我的手，我立刻渾身不自在。

「我得走了。」我想把自己的手抽出來。

「不，別走，喝最後一杯，妳還可以搭下一班……」

「我真的沒辦法，這應該是最後一班了。」

「那就留下來陪我，我們可以找間倫敦最好的飯店。」他的手越掐越緊，我看到了他眼神有異，那是我早已在過往回憶中徹底刪除的某種情緒，我立刻抽手。

「愛德華，我已經結婚了。」

「妳過得又不幸福，不然妳今天晚上也不會出來見我。」

「不是這樣。」

「不是嗎？我很清楚妳的性格。」

「你認識的我已經是多年前的版本，我早就不一樣了。」

「我看並非如此。我們兩人以前的處事方法都有問題，但現在可以重新開始，我不知道我過往擁有的是多麼寶貴的東西，但我現在知道了，我希望能夠重拾過往，我想妳也是，所以妳今天才會過來見我。」

「要是我讓你產生了這種錯誤印象，我真的很抱歉，我得走了。」

我轉身離開。我不需要回頭，也知道他依然站在原地不動，而且我也很清楚自己犯了大錯。

很久以前

一九九二年十月十四日，星期三

親愛的日記：

今天是我的生日，我十一歲了。今天也是泰勒的生日，不過我們並沒有一起慶祝。今天是我有史以來最可怕的生日，一切都崩壞了，我也想不出彌補的方法。狀況十分糟糕，急遽惡化，每況愈下。不是我的錯，真的不是我的錯。

我晚上會戴著泰勒的手鐲上床睡覺，也就是刻我們生日的那只金鐲。我知道自己很蠢，但戴著它就好像是泰勒陪著我一樣，讓我覺得很幸福。今天早上，我太興奮了，忘了把它拿下來就直接下樓，這真的是耍笨。

媽媽說我得先吃早餐才能拆禮物。她一心只想到食物，現在她又開始發胖，而且這次發胖的程度更嚴重了，她必須拿廚房剪刀剪掉緊身褲的束腰褲頭，因為她真的套不進去。我伸手去拿穀片的時候，她看到了手環，她一開始很冷靜，

只是問我從哪裡弄來的。她盯著上頭的刻字，大聲唸出來，親愛的女兒。我不想在自己過生日的時候惹麻煩，所以我告訴她，這是泰勒媽媽送給我的禮物。

這只是無傷大雅的一個小謊罷了，我向上帝保證，如果祂真的存在的話啦，要是媽媽忘了這件事，我一定明天就把手鐲還回去。但上帝並不存在，不然就是祂沒聽到我說話，媽媽抓狂，就

連再次請病假在家休息的爸爸，也說她反應過度，但這番話卻只是讓狀況更糟糕而已。她命令我脫掉手鐲，所以我假裝在弄扣環，然後，她走開了，我以為就此結束，沒想到她卻是走到廚房的另外一頭、拿起了壁掛式電話的話筒。

爸爸為我倒了一碗滿滿的穀片，但我吃不下，我知道她打電話給泰勒的媽媽，想必一定會很慘。我看著媽媽激動講個不停，而我的穀片也發出劈劈啪啪的聲音。有時候，當你只能聽到單方說法的時候，其實很難了解那兩個人在說什麼，但有時候還是可以自行填空，彷彿自己真的聽到了完整的對話。她告訴泰勒的媽媽，我們會把禮物還回去。媽媽還說，泰勒媽媽花了這麼多錢買東西給我，而且這也超出了她所能負擔的範圍，她並不欣賞，小孩之所以會戴珠寶，純粹是出於父母的決定。

我又不是小孩。

然後，媽媽陷入沉默，彷彿這段對話已經結束了，但她依然握著話筒、緊貼耳邊，然後，她的手指頭開始猛纏電話線，最後她抬頭看我，我知道她發現我說謊，現在那到底是不是無傷大雅的小謊已經不重要了。她一直張著嘴巴，彷彿默默唸出了英文字母O，畫面靜止不動了好一會兒。然後，她說出「再見」與「抱歉」，我知道自己麻煩大了。她掛了電話，以非常冷靜的態度告訴我不可以說謊，問我是不是偷了那只手鐲。

我說沒有。

有時候我會撒謊，有時候大家都會撒謊。

媽媽再次命令我脫下來，我搖頭，她開始大步朝我走來，所以我立刻跑走了。媽媽沒喝酒的時候，行動相當敏捷，學校運動會的時候，她曾經贏過兩次家長跑步比賽的冠軍。不過，她一直到樓梯頂端的時候才抓到我。她把我的臉扳到她面前，對我大吼大叫，不可以撒謊，口沫還噴到我臉上，然後，她又問我是不是偷了手鐲，正當我想要否認的時候，她對我狠狠甩了一巴掌。媽媽在吼我，爸爸則在樓梯下方吼媽媽，她抓住我的手腕，硬是扯下那只手鐲。

它只不過是細細的金環，立刻應聲斷裂，掉在地板上。

這是很容易損壞的小東西。

而接下來發生的事，我絕對不是故意的，我只是想要推開她而已，不要再摧毀一切，所以我推了她一下。

我不是故意要把她推下樓梯，那純屬意外。

一切似乎都變成了慢動作，她往後倒，原本的瞇瞇眼突然變大，她倒臥在樓梯口，動也不動，一切變得好安靜。起初我以為她死了，我不知道該怎麼辦，爸爸應該也是，因為他呆站在那裡，好久好久。然後，她發出哀號，那叫聲好可怕，聽起來不像是媽媽的聲音，但那的確是從她體內發出來的聲響。爸爸看起來十分擔心，他說他要叫救護車，但媽媽說開車送她去醫院比較快，我不知道車子是不是能夠成功發動，我真心盼望等一下不會有問題。爸爸扶她起來，她繼續哀號，哭嚷著有關小嬰兒的事。

我不是小嬰兒，我十一歲了。

他們沒理我，就連再見也沒說，只是直接走出前門，把車開走，也沒回頭看我一眼。

我拿起那只壞掉的鐲子，又上樓了。

媽媽摔地那個位置的地毯上有一大塊鮮紅色的血跡，她身上一定有嚴重割傷。我走進廚房，拿起電話，按下了重撥鍵，我希望可以祝賀泰勒生日快樂，但卻沒有人接電話。我的生日蛋糕已經用盤子裝好、放在瓦斯爐上方。以前都是外婆親手為我烘焙，但媽媽現在卻是去超市買現成的蛋糕。上頭有個粉紅色的糖霜舞者，讓我想起泰勒的珠寶盒，我差點哭出來。

我不小心按到瓦斯爐的某個按鈕，看到它冒出火花，嚇了一大跳，我不該碰瓦斯爐。但我其實很蠢，因為要是沒有火柴的話，它也沒辦法著火，我已經看過外婆操作幾百遍了。我一直按點火鍵，反正現在也沒有人叮嚀我不能這麼做。

到了午餐時間了，我連晚餐都還沒有吃。穀片已經糊爛成一團，但我餓壞了，所以還是走到櫥櫃抽屜前面，拿出最大的一把刀，為我自己切了一大塊蛋糕，坐在餐桌前，直接用手抓著吃。雖然沒有蠟燭，但一開始的時候我還是閉上眼睛，對它吹了一口氣，悄悄許願。我不能把它說出來，否則就永遠不會實現。

吃完蛋糕之後，我望著那一疊為數不多的禮物，我想要是趁爸媽不在的時候拆禮物的話，媽媽一定會更生氣。我拆了其中一張卡片，因為信封上有泰勒的字跡，其實她沒寫什麼。

生日快樂！

愛妳的泰勒

她在自己的署名下方畫了兩個綠色圓圈，裡面還有笑臉。真的把我逼哭了，豆大的淚珠從我臉頰不斷滑落，我就是停不下來，我想我們現在已經不可能是天生同類。

現在

二〇一六年十二月三十日

保羅問道，「妳已經在這裡了？」

克萊兒回道，「我睡不著。」

「我也一樣。」

我也一樣，我們的失眠症狀似乎有傳染性。

「我離開好了，這樣你們才有時間獨處。」

「不需要。妳想留下來的話也沒關係，我不介意。」

他們兩個不發一語，我覺得他們似乎沉默了好幾個小時之久。護士們進來為我翻身更換躺臥位置，外觀看起來一切正常。我想要告訴他們那男人的事，他趁我睡夢時挾持我，就算我能說出口，我也不知道他們會不會相信我，我現在想起來他是誰了，我不知道他為什麼要對我做出這種事，我明明一直拒絕他。

我的丈夫與我的妹妹各據病床兩側，我的殘破身軀成了他們之間的屏障。我們三人之間的漫長時光一直沉浸在寂靜中，但其實有許多話一直沒說出口。我感覺得到它們所組成的牆，每一個字母，每一個音節，層層堆疊成一座顫巍巍房屋，裡面充滿了沒有解答的各種問題。謊言形成灰泥，讓這些牆堅固不破，要不是因為有這麼多的謊言，這些牆現在早就倒塌了，但現在它卻成了我們親手建造的囚房。

保羅今天沒有握我的手，而且也沒有播放任何音樂給我聽。有翻書的聲響，時間悠緩而過，只聽得見呼吸器為我賣力工作的強烈節奏，這個空間太沉靜了，必須要有人打破僵局才是，我沒辦法，她不願意，但他開口了。

「是女孩。」

這幾個字宛若刀子一樣、刺入我的腹部，而且在大家早已習慣的這具沉默身體裡捅了一個大洞。

是女孩。

我懷孕了。

是女孩。

過去式。

是女孩。

我肚子裡已經沒小孩了。

現在我已經恢復完整記憶，我不要這樣，我要我的小孩回來。

我的體內本來有個小嬰兒正在慢慢長大，但我卻因為自己的疏失而毀了它的生命，現在，我連自己到底犯了什麼錯都不記得，我只知道自己最後錯失了什麼。

克萊兒說道，「以後還是可以繼續努力啊。」

我們現在也沒怎麼努力，其實，很早就放棄了。

她是意外。

一場意外所產生的美好、卻已經被摧毀殆盡的奇蹟。

我猜克萊兒正抱著保羅，把自己的身體貼過去安撫他。為了自己夭折小孩而泛湧的千絲萬縷的悲傷，也再也不是我的了，她連這個也要奪走。一想到這個，我不禁就燃起一股蔓延全身的嫉妒火氣，這是一種情感的地心引力，讓我不斷墜落到前所未有的絕境。

我明明可以留住她的。

我們一定會很愛她。

現在我已經失去了她，也失去了我們。

「北方護士」進來了，身上飄散出茶味，我正在苦思，她卻渾然不知自己打斷了我。我覺得自己的所有怒意都投射到了她身上，但她依然不以為意，在病房裡東晃西晃，彷彿這世界依然照常運作。

給我滾！離我越遠越好！

我發覺自己逐漸鬆懈下來，現實感越來越遠，有某種東西注入了我的體內，我不想要的東西。我感覺到它在我皮膚下方蜿蜒而行，麻痺了我的腦袋，壓迫我的生息。我一度心想，現在死了也不錯，就是慢慢失去意識而已，我不想醒來，要是我走了，也沒有人會真心想念我，他們搞不好覺得這樣還比較快活。我想我哭出來了，但護士正拿著絨布擦拭我的臉，所以她也沒注意到。她的動作不像別人那麼溫柔，也許是因為她可以看見藏在我表皮之下的所有污垢。濕答答的絨布拍打我的臉，我睜開了眼睛。

我看到他們站在我旁邊，全都一身素黑。我已經不在醫院病床上頭，我躺在打開的棺木裡面。大家都在那裡：保羅、克萊兒、喬，就連他也是。他正在鏟土，拋向我的身體，我不明白他們為什麼不阻止他。泥土進了我的頭髮、我的嘴，有些還進了眼睛。我對著他們尖叫，趕快阻止他，但他們就是不聽，因為他們聽不見我說話。

我沒死啊。

他對我微笑，然後低身靠近棺材，在我耳邊低語。

「對，妳已經死了。但不要擔心，很快就會有人跟妳作伴。」

他舉起那個身著粉紅睡袍的小女孩，將她放入棺內，挨在我身邊，她的手臂環住我的腰，世界瞬成一片漆黑，因為棺材即將入土，我開始大哭，而她卻開始唱歌。

平安夜，聖善夜，萬暗中，光華射。

她伸手高舉，指向無星的夜空，而我則盯著那月亮。

照著聖母也照著聖嬰。

她緊捏了我一下。

多少慈祥也多少天真。

她面向我，手指貼住原本應該是嘴巴的位置，噓。

靜享天賜安眠。

靜享天賜安眠。

她伸手，拉了一下隱形的控繩，發出類似我浴室燈的聲響，月亮的光源就這麼被她關掉了，逼我們陷入無情的黑暗世界。然後，泥土繼續如雨落，而且速度越來越快，我再次對他們尖叫，趕快停止，但如果他們真的聽得見我的聲音，他們也不肯理我。這個洞太深了，我爬不出去，但我還是得想點辦法。我開始刮四周的土牆，想要找到支撐物，十指指甲全陷在泥土裡。開始下雨了，雨水與土壤重重打在我身上，我放棄了，整個人縮成一團。我躲在自己的恐懼裡，把它當成了我的家。有一枚硬幣落在我的腳邊，彷彿我正待在某個許願池的底部，這枚銅板的兩面都沒有人臉。

小女孩開口，「如果妳想出去的話，指一下出口就是了。」她現在已經站在我面前，纏結的髮絲裡卡了一坨坨的濕土。我順著她的目光，看到了霓虹綠的緊急出口標誌，它埋在我腳下的那堆土裡面。

「想出去的時候，對它指一下就好了。」

我想要挽救自己的垂危性命，立刻把它抱入大腿之間，我的醫院病袍上沾了血，雙手也是。我受不了疼痛而閉上雙眼，等到我睜開，往上一看，唯一的臉是克萊兒，小女孩抓住我的手，幫助我以食指指向腳下的標誌，我已經費盡了所有的殘餘氣力。

遠方傳來克萊兒的聲音，「你有沒有看到？」

保羅反問，「什麼？」

「看！她的手啊，她伸出了食指。」

「安珀，聽得見我的聲音嗎？」

「這是什麼意思？」

「表示她依然有意識。」

之前

十二月二十三日，星期五早晨

我沖了馬桶，抓住那捲細長型的再生紙、扯了好幾張，抹嘴，力道異常粗魯，刻意讓那粗糙的表面刮磨唇皮。我停下動作好一會兒，深呼吸，慶幸沒有同事看到我這個模樣。今天的節目是聖誕假期之前播出的最後一集，只要再撐過這一天，就結束了，再幾個小時就好，我沒問題的。我從包包裡取出薄荷糖，丟入口中，掩蓋宿醉，我經驗老到，但現在並不是這種狀況。

今天早上搭火車的時候，我查看了一下日記，十三個禮拜了，我居然完全沒發現。這種事也不是經常在發生，而且我早就以為自己沒這個機會。我們先前一直在努力，而到了現在，我已經放棄的時候，卻懷孕了。感覺很不合理，然而也不知道為什麼，我覺得也算是合情合理，我很確定自己有了，下班之後我會買驗孕棒，對，我覺得自己胸有成竹，但我需要確定一下。

我完全沒有聽到任何動靜，所以我又沖了一次馬桶，打開廁所門，我以為這裡只有我一個人，但我錯了。

瑪德蓮問道，「妳在這啊，還好嗎？」我雙頰赤紅，我從來沒有看過她出現在洗手間，也不知道為什麼，就是覺得怪怪的，我以為她的辦公桌底下或是哪個地方應該藏了尿桶吧。

「妳的頭怎麼了？」她盯著我的額頭不放，我對鏡一看，趕緊伸手撥髮蓋住瘀青。

「昨天晚上回家的時候在門廳摔倒了，沒什麼。」這是實情，然而講出這些話的時候，還是在嘴裡留下了一股難聞的氣味。

「昨晚是嗎？借酒澆愁啊？」

我打開水龍頭洗手，沒接腔。

「哦，還是比害喜好啦。摧毀女人前途的最大絆腳石莫過於懷孕了！」

我不作任何反應，只是不斷洗手。我也說不上來，但她似乎變得不一樣了，宛若自己撕毀了腳本，開始即興演出，但我卻跟不上，原先演練好的台詞再也無法發揮功能。我關了水龍頭，取了紙巾，面向她，有時候沉默不語的意涵太強烈了，但我現在就是找不出話搪塞她。

她開口說道，「真慶幸能在洗手間逮到妳。」

我想要逃跑，我的心跳飛快，我知道她一定聽得一清二楚。

「等一下我們這段談話絕對不能讓別人知道，」她彷彿覺得我們是可以密謀什麼的老友，我是她能夠信任的人，我還是說不出任何話，所以只好點點頭。她從自己的包包裡拿出一疊紅色信封，「妳知不知道這些東西是什麼？」

我盯了一會兒，然後又望向她的雙眼。

「聖誕卡片？」

「不是聖誕卡片。我想妳一定心裡有數，有人在網路上散播有關我的謠言，而且我也在辦公室裡與家裡收到了一些威脅信函，我想這兩起事件一定有關聯，所以想知道妳有沒有發現異常的人事物？」

「沒有，沒看到。」

「妳自己有沒有收到任何什麼讓人不快的信件？」

「沒有。」我露出微笑，我真的不是故意的。

「這可不是在開玩笑，事態真的很嚴重，我覺得寫這些信的人就是這棟大樓裡的人。」

就在這時候，我才注意到這件事改變了瑪德蓮，這是她害怕時的真面目，我以前從來沒看過她這樣。

她拿起第一個紅色信封，「最後一封是今天早上放在我辦公桌上的，那時候我還沒到。」

「上面寫什麼？」

「寫什麼並不重要。」

我們兩人都不知道該怎麼接下去。

我開口問道，「妳有沒有把這些信的事告訴馬修？」

「沒有，還沒有。」

「哦，我覺得妳應該講出來才對。」聽到我這句話，她開始上下打量我。

「等一下見。」她說完之後就離開了，我又多待了一會兒，繼續洗手。

在節目進行的時候，我又仔細觀察了一下瑪德蓮，我討厭她，雖然她不配坐在這裡，但她的工作表現的確傑出。我端詳她的臉龐，我依然還是很想找出我們的共通之處，也許我之前一直沒發現罷了。我說我得去洗手間，她點點頭，彷彿明白我現在的感覺，好像她真的在意一樣。我衝出去，把自己的手機留在錄音間，喬跑進廁所找我，想確定我是否沒事，她叫我潑水洗臉，的確發揮了一點作用。

她開口說道，「妳只需要把節目做完就是了，再沒多久就可以收工，妳表現很好，沒事沒事。」

真希望我能夠相信她的話，期盼這些字句都是真的，她一個人回到了錄音室，讓我可以獨自喘口氣。我走回去，經過馬修辦公桌旁邊的時候，稍微停留了一下，我們做現場節目的時候，辦公室總是空無一人，而他總是把自己的手機留在這裡。我想，應該不會有人想偷吧——他的手機實在太老舊了，根本不需要輸入密碼，不到三十秒的時間，我已經發了簡訊，而且刪除了備份的寄件匣訊息。

我回到座位的時候，他們正在製作預錄的聖誕節特別節目，麥克風全關了，我還有幾分鐘的時間。

瑪德蓮開口，「妳看起來氣色真的很不好，如果妳想離開的話，我可以自己一個人完成節目。」

「我很好，謝謝。」勉強擠出這句話之後，我立刻入座，我的手機螢幕依然在發亮，有未讀訊息，是我自己剛才從馬修手機傳送的短語。

「晚餐訂好了，就妳、我，還有下週的新主持人。馬修留」

我看了瑪德蓮一眼，確定她已經看到了那封簡訊，我露出歉然笑容，她的脖子與胸口紅成一片，宛若怒火正在灼燒她的肌膚。

叩應電話全都是有關聖誕節家聚的事。我專心聆聽她們的抱怨，住在卡地夫的凱特說她不想見她婆婆，住在艾塞克斯的安娜則說她已經一年多沒和哥哥講過話，不知道該買什麼禮物給他是好。全部都是鬼扯，胡說八道，每一個都一樣。這些人其實沒有什麼好擔心的，就是裝可憐而已。瑪德蓮開始講述寬恕的重要性，我體內的噁心泡沫又開始湧升。

「無論家人怎麼樣，聖誕節就是應該要與家人一起團聚……」聽到她說這種話，我差點對著辦公桌吐得亂七八糟，她又知道了？她在這個世界上已經沒有任何親人。

節目終於接近尾聲，我覺得好累，但我知道今天還有許多任務得完成，這是我最後的機會，我才剛開始而已。

瑪德蓮不是喜歡看電視的人，不過，她對於某件事的喜愛程度，更勝過聽到自己的聲音出現在廣播節目裡，那就是看到自己上電視節目。身為「危境孩童」組織的代言人，她偶爾必須為了慈善活動、接受電視專訪，今天就有這樣的場合。我以前工作的新聞單位早已敲了瑪德蓮今天的時間，準備在午間新聞時段訪問她，主題是貧困兒童在聖誕時節的景況。要做出這樣的安排很簡單，只需要冒充慈善組織的工作人員打電話到電視台、主動提供他們的名人代言人受訪，再加上她個人特助的電話，要是他們有興趣，直接聯絡即可。而剩下的其餘部分，自然就水到渠成。

街上已經停了一台巨大的衛星訊號車。我從窗戶向外眺望，已經看到攝影記者在大樓外的聖誕樹前擺好了腳架。我們的彙報一結束，就立刻下樓。

瑪德蓮對其中一名工程人員大吼，「這得花多久時間啊？」

「不需要太久，只需要找到衛星訊號，幫妳弄好麥克風就可以了。」開口的是我的老同事約翰，他一看到我站在她背後，臉上就露出了燦爛笑容。「安珀．雷諾茲！妳好嗎？我聽說妳在這裡工作。」他趨前擁抱我，這樣的熱情讓我受寵若驚。我努力對他笑了一下，盡量不要讓自己看起來太彆扭，我沒辦法回抱他，只能讓他自己鬆手。

「我很好，謝謝，你家人都好嗎？」等到他終於放開我，我趕緊開口問候他，但他卻沒有機會回答我。

「妳幹嘛跑出來？又沒有人要訪問妳！」瑪德蓮惡狠狠瞪著我。

「馬修叫我過來陪妳。」

「我想也是。」

約翰的笑容消失了，他在業界的工作資歷已經超過三十年，想必已經遇過許多的「瑪德蓮」，少了謙卑性格的名人，也不會讓人覺得有多麼了不起。

「是不是可以讓我……」約翰想為她裝麥克風，但她這身黑衣很難找到合適的夾麥與隱藏電池的位置。

「不准你碰我！」瑪德蓮厲聲回道，「把東西交給她，她會搞定。畢竟她以前在電視台工作過。現在這個年代，他們讓阿貓阿狗都可以自稱為記者。」

約翰點點頭，趁她不注意的時候翻白眼，又把麥克風交給我。

「我幾乎聽不見棚內的聲音。」等到我完成之後，瑪德蓮開始調整她的耳機。

我告訴約翰，「我已經調高聲量了。」

「我過去看看，也許可以在轉播車裡調整一下。」他取下耳機，離開攝影機前面。「妳應該沒問題吧？」我看得出來，他能夠找到開溜的理由，十分開心。

「不會有問題的，不如就讓我來幫點忙吧。」我拿了他的耳機，所以可以聽到另一端的製作人講話，我立刻給瑪德蓮提示。可以開口說話了。當她以為全世界都在看她的時候，她完全不會怯場，而且輕輕鬆鬆就讓自己轉移到愛心大使模式。她滔滔不絕，一個又一個的謊言。

「我想這樣就可以了。」我取下了麥克風。

「妳確定嗎？沒多久時間耶。」

「應該沒錯，他們現在已經在訪問另一個來賓了。」她的笑容迅速消失，我開口補刀，「剛才妳看到了那封簡訊了，很遺憾。」

「胡說八道！」她看起來十分惱火，同時開始看錶。

「要是妳離開了『咖啡早晨』，至少會有比較多的時間從事慈善工作。」

「我哪裡都不去，我有合約保障，而且要搞慈善，先得養活自己才行，沒有人教過妳嗎？那個白癡是不是要回來啊？還是我可以走了。」

「讓我再確認一下，看看妳的部分是不是已經結束了。」我再次戴上耳機，節目的音源十分清楚。「不過，能喚起大家對於無助兒童的關懷意識，一定會讓妳覺得很值得吧？」

「無助個屁啦。這種小孩多半是小廢物，要怪就得怪他們的父母。應該要弄些什麼智商測驗，可以找出那些腦袋太笨、不該生小孩的大笨蛋，然後那些分數太低的應該要全部結紮。這個國家已經有太多蠢人了，再加上他們的白癡後代，根本就是我們這個國家的一大阻礙。」我看到約翰從停在街上的衛星轉播車走出來，兩隻手舉得高高的，猛揮個不停，宛若急著要引導飛機降落一樣。

我開口說道，「我覺得妳這次真的可以走了。」

瑪德蓮回道，「好，時候也差不多了。」我也欣然同意。她轉身，邁出大步，又走進了大樓。我跟在她後面，目光一直沒有離開依然夾在她那黑色大披巾後方的麥克風電池。她按下電梯按鈕，轉身對我微笑，「還有那些意外懷孕的賤女人，上床的對象都不是什麼正經的人，難怪上帝發明了墮胎，太多愚蠢賤貨不去墮胎，可悲啊。」電梯門開了，「妳要不要進來啊？」我搖搖頭，「哦，我忘了，妳怕電梯。」她嘖嘖兩聲，翻白眼，進去了，手指頭依然不斷在按關門鍵，以免別人衝進去。

等到我爬上六樓的時候，我感覺自己彷彿正好錯過了心愛的影集。大家都盯著瑪德蓮的儲藏櫃辦公室，馬修也在那裡，兩個人都在大吼大叫，所以，雖然門是關著的，但私密對話內容的一字一句，全被大家聽得清清楚楚。

我開口問大家，「怎麼了？」

「瑪德蓮的麥克風沒關。他們訪問了棚內來賓之後，又切回到她那裡，她剛才說的話，已經透過全國電視台的直播節目播送出去了。」

我裝出驚訝萬分的表情。

很久以前

一九九二年十月三十日，星期五

親愛的日記：

媽媽今天出院了，時間點似乎正好搭上明天的萬聖節，因為她是巫婆。她不在家的時候，日子也好過多了。我本來以為在手鐲事件發生之後，泰勒的媽媽會痛罵我一頓，但她卻對我異常和善，由於爸爸得要工作，所以她送我去學校，之後又接我下課，長達兩個禮拜之久。

我想要把泰勒的手鐲還給他，而且，我不小心一借就借了這麼久，也想向她說聲對不起，但她說沒關係，叫我留著就好。她甚至還拿了一個小小的安全別針、扣住斷裂的部分。我覺得看起來好酷，甚至比原來的更好。我覺得她是因為上禮拜學校發生的那件事而對我充滿感激，這是她表達謝意的方式。

我真的不知道泰勒是做了什麼，居然能夠讓其他女孩這麼討厭她。她漂亮、心地善良，而且又很聰明，實在找不出什麼必須對她使壞的理由。我在女生洗手間找到她的時候，還有其他兩個人，凱莉·歐尼爾與奧莉維亞·葛林。她們手裡拿著一堆濕答答的衛生紙，大笑個不停。她們分別站在泰勒兩側廁所的馬桶上面，透過木牆低頭看她，中間那道門是關著的，我聽到她在裡面哭。凱莉告訴她站起來，轉個圈圈讓她們看一下，另一個女孩在吹口哨。「我們看完表演馬上就走。」她說完之後，她們又哈哈大笑。「別害羞，表演給我們看嘛！」我肚子裡的火氣開始不斷翻攪，所以我踢開她們的廁所門，凱莉怒氣沖沖低頭瞪我，然後又回頭挨著牆看著泰勒，「妳女朋友來了，在吃醋，妳還是趕快把內褲穿回去吧。」

洗手間大門突然開了，進來的是麥克唐納老師，她叫我們全部出去。凱莉與另一個女孩離開了，經過我旁邊的時候還對我笑了一下，我說我得上廁所，上完之後就會立刻離開。等到大家都出去之後，我敲了敲中間的那道門，但泰勒還是不肯出來，所以我只好爬到隔壁間的馬桶上面，就跟凱莉剛才的行為一模一樣。她坐在馬桶上，內褲褪到了腳踝，她的身上全都是一坨坨濕答答的衛生紙團——就是大家想扔到天花板上的那種濕水球。我覺得這些東西掉在她身上絕非偶然。我告訴她趕快開鎖，這次她就乖乖照辦了。我爬下來，輕輕推開她的廁所門，她眼眶濕濕的，雙頰火紅，內褲依然還在腳踝旁邊，所以我彎身，幫她穿好。那天我們都沒提起這件事，我連該不該寫下來都有點猶豫。現在我們兩個人一天到晚黏在一起，也被其他女孩孤立，但我覺得沒差。

在媽媽還沒有回家之前，一切都十分完美。那天下午，我從富豪汽車下來的時候，開心到一直在車道上跳舞。泰勒的媽媽也一直為我和爸爸準備晚餐，我們也只需要加熱一下就可以了，全都是她親自做的餐點，又香又好吃。爸爸不像以前喝得那麼兇了，而且當他得上晚班或去醫院探病的時候，我可以住在泰勒家過夜。媽媽不希望我去醫院看她。沒有人告訴我，但我就是知道。反正我也不想去，醫院會讓我想起垂死的外婆。爸爸說媽媽的肚子得動點小手術，所以她才會這麼久沒回家，他說她最近很可憐，還告訴我這並不是我的錯。

我知道她今天回家，但我猜我忘了。所以當我放學回家、看到她站在階梯頂端的時候，我嚇了一大跳，而且覺得好害怕。起初她不發一語，只是身著自己的寬鬆的白色睡袍、站在那裡低頭看著我，就像鬼一樣。她的黑眼圈更嚴重了，而且她現在看起來超瘦，彷彿住院的時候忘記吃東西。

我不知道該說什麼是好，所以我回到客廳看大電視。遙控器壞了，所以得要按下螢幕下方的某個按鈕，等一會兒之後，螢幕會閃動個幾下，才會進入正常畫面。現在播放的是我不喜歡的卡通，但我已經坐在沙發上了，就還是繼續看下去。我依然戴著帽子手套，因為自從暖氣管不再供暖之後，家裡就變得好冷。我們有火爐，星期天的時候也真的會起火取暖，但他們不准我靠近，而且今天不是星期天。

我聽到她下樓的聲音，真的超緩慢，就跟外公以前屁股有問題的時候一樣。我有點想逃跑，但也沒有任何地方可去，我開始咬指甲，但手套卻擋住了我的牙齒，所以我把屁股壓住自己的雙手，兩條大腿晃啊晃的，假裝自己坐的不是沙發，而是鞦韆。

她站在門口，問我是不是有話要跟她講。我搖頭，繼續看電視。卡通裡的貓咪在追老鼠，但牠又跑掉了，聰明的老鼠。雖然這情節沒什麼好笑，我還是哈哈大笑。

她開口問我，「是不是又沒抓到？」

老鼠拿了一堆火柴，插在貓咪的腳趾之間，貓咪根本沒注意到，牠忙著注意另外一個方向。然後，老鼠趁機點燃了所有的火柴，溜走了。貓咪聞到煙味，但看到火焰的時候已經太遲了。我再次哈哈大笑，虛假到不行的笑聲，我希望她趕快走開，離我越遠越好。

「我說，是不是又沒抓到？」她又出現了一貫的憤怒語氣，也就是說我麻煩大了。

我聳肩，起身走向廚房。我昨天晚上使用的色鉛筆還放在餐桌上，所以我開始畫畫，媽媽則跟我走進來，坐在我對面。我沒有抬頭，我的色鉛筆筆頭都磨鈍了，每一支都是。我看著她，問她可不可以幫我削鉛筆，他們不准我自己削。我們四目相接，但她的嘴唇動也不動，只是搖搖頭，她不肯。我好想用紅色色鉛筆，但已經鈍到看不到筆頭了，幾乎畫不出來。我戳得越來越用力，在畫紙上留下了許多鮮明的鋸齒狀凹痕。媽媽想拉我的手阻止我，但我卻抽開她的手。她說我們得談一談，但我對她無話可說，所以我就繼續把她當空氣，拿起還勉強可以作畫的黑色色鉛筆。我戴著手套，很難控制筆觸，所以整張畫最後變成黑壓壓一片，根本看不到原來的東西是什麼。

媽媽告訴我要看著她，我不肯，她又說了一次，但她拆散了每一個字。

看，著，我。

我依然不肯抬頭，但我嘀咕了一句。她問我講了什麼，我又低聲講了一次。然後，她突然站起來，椅子也跟著向後傾翻，害我嚇了一大跳。

她靠在餐桌前，抓住我下巴，逼我一定要看著她。她又逼問我到底說什麼，口水還噴到了我的眼睛，她把我的臉弄得好痛，所以我就直接說了。

我，討厭，妳。

這次根本不是低聲嘀咕了。

她放開我，我衝出廚房，上樓回到我的臥室。我依然聽到她在樓梯口大吼大叫，雖然我關上了門，雙手摀住耳朵，但還是聽到了。

「不准妳再與泰勒見面，我也不想看到她進入這間屋子。」

她沒辦法阻止我與泰勒見面，我們念的是同一所學校。

我想要看書，但完全無法專心，心不在焉，看到的都是同一個句子。我把書摔到地上，打開床邊抽屜，那是我藏匿泰勒斷鐲的地方。我打開安全別針，想要把它戴起來，但是卻一直滑脫。

今天晚上我想出去玩不給糖就搗蛋的遊戲，但我知道既然她回來了，也就不必費事多問了。我聽到她在樓下拖著腳步四處走動，將砂鍋裡的菜全部刮出來扔進垃圾桶，而且，她正在摧毀我的人生。

現在

二〇一六年十二月三十日

我的雙腳開始浮飛，過了一會兒之後，我才想起來我在醫院裡。我依然無法移動或睜眼，但我可以看到上方光線的位移變化，宛若正行經某個隧道一樣。從天明到暗夜的幽微變化，然後，又是暗夜到天明。

我發現我被固定在床上，他們正準備要把我移到某個地方，我不知道這樣做代表什麼意思，真希望有人可以向我解釋清楚。我在腦海裡發問，但得不到任何人的回應。

我是不是要轉進多人病房？

我的病況好轉了嗎？

我是不是死了？

我無法拋卻最後一個念頭，也許這就是死亡的真正感覺。

我不知道自己去了哪裡，但現在安靜多了，病床已經不再移動。

「好，妳來了，我的值班時間剛結束，但等一下會有人過來接妳回去。」陌生人的聲音，語氣彷彿在跟小孩子說話一樣，但我不介意，畢竟他對我說話就表示我還活著。

謝謝你。

他留下我一個人，好安靜，太安靜了，少了什麼聲音。呼吸器。

他們把它拿走了。而喉嚨中的導管也不見了。我陷入驚惶，後來才發現我現在可以不靠那個東西、自行呼吸，我正在逐漸好轉。

我聽到腳步聲，然後又有手放到我身體上面，我又開始害怕。他們把我從床上抬起來，我擔心自己會掉下去，或者被他們摔到地上。他們把我放在某個冰涼的表面，我只穿著連身式病袍，那股涼意讓我背部肌膚頓覺冰寒。我平躺，雙手放在兩側，目光上仰，除了我自己之外，什麼都看不到。他們把我留在那裡，這是前所未有的寂靜時刻，但也就那麼一會兒而已。

我躺在上面的那個東西開始把我舉高、然後後退，頭先進去，然後吞沒了全部的我。一陣尖銳的噪音劃破寂靜，宛若是機器人在悶聲尖叫，我不知道現在是什麼狀況。反正我希望能夠盡早結束。持續不斷的旋轉聲嘈雜又詭異，而且似乎對我節節逼近，終於，它停下來了。

我的身體又回到了稍微明亮一點的幽暗空間，但我幾乎沒發覺。機器的尖叫聲宛若小孩在哭鬧一樣，但比真正的哭聲更可怕。我覺得自己濕濕的，這才發現我尿尿了。現在沒有尿袋可以幫我收集這些丟人的體液，那股味道快讓我窒息了，我不敢呼吸。

有人在吹哨，把我帶回了某個沒那麼幽黑的地方，我討厭哨聲。我又回到自己的床上，那個人以讓我雙腳朝前的方向、經過了一道道永無止境的漫長走廊。我頭上的陰影又開始起起落落，我覺得自己彷彿在某條光影輸送帶的下方不斷滾動。病床停下，轉彎，又停下，搞了好幾次，現在的我成了吸塵器，來來回回，想要努力吸盡自己的塵埃。我們突然停下來，而那口哨聲也在同一時間劃下句點。

某個老太太在講話，「真抱歉，打擾你一下，能不能告訴我出口在哪裡，我在這裡總是會迷路。」

「別擔心，我也一樣，這裡就跟野兔窩一樣。回到妳剛才過來的那個地方，然後在第一個轉角口右轉，那裡就是通往訪客停車場的大門。」回話的是我不想聽到的聲音，我告訴自己不是他，這一定是出於我的幻想。

「謝謝。」

「不客氣。」

是他。迷昏我的那個男人在講話，我非常確定。

他又開始吹口哨，也觸動了某段被遺忘的記憶。我們還是學生的時候，他總是喜歡一直吹口哨，那時候總是讓我很生氣，但現在卻讓我好害怕。我一直告訴自己，其實是我弄錯了，是我在搞迷糊，但如今那些期盼卻全數幻滅。在這裡一直死纏著我的人是愛德華，我現在知道了，但我只是不知道為什麼。

我們又開始移動，我恐慌不已，不知道他要把我帶到哪裡去。一定會有人阻止他才是，但我想起他在這裡工作，沒有人會懷疑推著病人走動的醫院工作人員。我覺得噁心想吐，醫生理應要助人，而不是傷害別人。

你為什麼要對我做這種事？

輪床終於停了，口哨聲也消失不見，但取而代之的更可怕。

「好，就只有我們兩個人，終於能夠再次獨處了。」

之前

二〇一六年十二月二十三日，星期五下午

本來這個團隊的所有成員要在放假前一起享用聖誕午餐，但卻有兩個人消失了，瑪德蓮與馬修。最近出現了超級社群媒體風暴，再加上這條新聞也被好幾名廣播同業拿來大作文章，所以不見他們的蹤影，我一點也不意外。整段訪問被公布在YouTube，而且#佛斯特完蛋了的標籤關鍵字在推特的熱門程度更是遠甚以往，只不過，理由變得有些不一樣罷了。我不知道她現在有沒有時間注意到那最後一封黑函，我把它藏在她的手提包裡面，不需要擔心，反正還有時間。

瑪德蓮與馬修正在八樓與電台老闆討論該如何處理危機。我覺得這起事件對他們來說，鐵定是兩敗俱傷。馬修告訴我們其他人直接去吃午餐就是了，不用管他。他先前已經在附近的某家義大利小餐館訂了位子，他一定以為聖誕節的必吃物就是番茄醬肉丸。

老闆看到我們似是超級開心。餐廳裡有張長桌，我們宛若參加的是充滿餐巾紙、聖誕拉炮、紙皇冠的中世紀盛宴。其他人在討論應該要把最前面的位置留給馬修，我猜大家可能覺得他是這個不正常工作小組的頭頭吧。我自己坐在尾端，最靠近出口的地方，當喬坐在我旁邊的空位時，我鬆了一口氣，感謝老天，她也來了。

「要喝紅酒嗎？」她用義大利文問我，隨後又從餐桌上拿了一瓶已經打開的招牌酒。

「我不用，謝謝。」她臉色一沉，但我還不能告訴喬真相，因為我還不能百分百確定。「我

沒事，只是昨晚喝多了。」

「跟保羅一起喝？」

「不是，是個老朋友。」

「除了我以外的朋友？」

「妳也知道我有其他朋友。」我說完之後，才驚覺這不是實話，我早就沒其他朋友了。今年我們收到的卡片，遠遠比不上我寄出的聖誕卡數量。

有名製作人帶著拉炮過來，想要吸引我的注意力，我對她回笑，將自己的手指扣住那閃亮金紙的邊緣，我用力一拉，但什麼事都沒有，我們兩個都哈哈大笑。這次我拉得更用力了，拉炮爆裂，雖然我明明知道會這樣，但還是嚇了一大跳。我把紙皇冠戴在頭上，將拉炮裡的笑話唸出來給大家聽。

「躺在海底、而且頻頻發抖的是什麼？」

我望著他們充滿期待的臉，心想恐怕不會有機會再見到他們了。

「緊張大師（nervous wreck，字面意義為緊張的沉船船骸）。」

有幾個人露出微笑，還有人發出哀號，但沒有人哈哈大笑，又有其他人唸出比較好玩的笑話。

喬指了指那紅色的塑膠玩具，從拉炮裡掉出來的假魚。我把它拿起來，讓它平躺在我的掌心裡，不禁讓我想起克萊兒與我小時候也常玩這東西，「算命仙——奇蹟魚」，這段回憶不禁讓我臉上泛笑。魚頭在我手中捲曲向上，我不記得這個動作到底代表什麼意思，所以我拿起小型白色包裝說明書，找尋它的含意。

移動頭部等於嫉妒。

我丟掉手中的魚，也摘掉臉上的假笑，我就是嫉妒，我理直氣壯。

餐廳的門開了，一陣冷風突然灌進來，某些人的紙帽也被吹到了地上，進來的是馬修，但沒見到瑪德蓮的人。

他以誇張姿態脫掉外套，入座，然後又以刀子輕敲他氣泡酒的杯緣，這個動作實屬多餘，因為餐廳裡除了我們這一桌之外，也沒有其他客人，而同事們都沒喝醉，能聊的客套話題也都全講光光了，只有那些我們必須要好好討論一下的八卦還沒登場。

「希望大家會喜歡這次的聖誕午餐，還有犒賞大家的半天假……」他停頓了一會兒，希望營造戲劇效果，但我只想把自己的盤子朝他的頭丟過去。我打開自己的紙餐巾，把它放在大腿上。「不過，在此之前，我必須宣布某個令人傷感的消息。」這時候，我終於有興趣了。「我知道大家都已經聽說瑪德蓮今天在午間新聞時段、因麥克風所引發的不幸事件。」

我在啜飲自己的檸檬汁，冰塊的分量比果汁多，我牙齒好痛。

「我接下來要講的事，與這起事件完全無關。」

謊言。我放下酒杯，將雙手放在餐桌底下，做出合十祈禱狀，我得控制一下，不然一定會在大家面前伸手摳唇皮。

「很遺憾，瑪德蓮因為私人因素，決定離開製作團隊，也不再主持『咖啡早晨』。」

現在大家發出了驚呼聲，我也不例外。

叮，咚，巫婆死了。

「我之所以告訴各位，是因為他媽的那些報紙明天就會全刊出來了。我要向各位保證，節目還會繼續做下去，大家的飯碗不會有問題。我們會在元旦之後找一些客座主持人，安珀，我希望妳可以盡量幫助他們，而之後我們會再找出另一套長期解決方案。」閒聊八卦氣氛再起，現在我們有新題材可以講下去了，其實，主題也就只有那麼一個而已。

馬修說瑪德蓮是因為私人理由請辭，我想，這張餐桌上也只有我一個人知道私密到什麼程度。

我們的「聖誕節大蒜麵包」來了，看起來好乾，完全無法引發食慾。正當我在苦思該怎麼從這裡脫身的時候，我聽到後頭的餐廳窗戶傳來一陣敲響，我轉過去，看到某人的模糊輪廓，但窗上的假雪卻讓我很難辨識那張笑臉到底是誰。

喬問我，「妳認識他嗎？」

一開始的時候，我不知道該怎麼回答，我的腦袋忙著想要知道這到底是怎麼一回事？他來這裡要幹什麼？

愛德華對我們兩個笑了一下。

「抱歉，我得離開一下。」我向大家打了招呼之後，立刻離開餐桌，走到街上，冷風襲來，我才想起自己應該要帶外套出來才是。

「嗨！」他開口打招呼，彷彿他出現在這裡理應會讓我開心似的。

「你在這裡幹什麼？是不是在跟蹤我？」

「啊！不是這樣。抱歉，這看起來可能很像是跟蹤，但我真的沒做這種事，我可以發誓。昨天晚上妳說今天要過來這裡吃聖誕午餐。」

我有說嗎？

「我在這裡開會，看到妳出現在窗邊，立刻想要向妳打聲招呼。」

我才不信。

我發現他沒刮鬍子，健康曬色的下巴長出了鬍碴，而且他穿的衣服跟昨天一模一樣，可以清楚看到他的羊毛長大衣裡面的白色襯衫。他等我說話，但得不到我任何回應，所以他只好繼續討饒。

「我撒謊，抱歉，我不該做出這種事。反正妳就是可以看穿我，以前就是這樣。我沒有會議要開，我記得妳要來這裡，所以我只是想找個方法再見妳一面而已……」

「聽我說，愛德華——」

「我是專程來向妳道歉。今天早上我醒來、想起昨晚的事，覺得十分羞愧，只是想有個機會說聲對不起，如此而已。我不知道我為什麼會說出那些話，一定是酒精的關係。我的意思並不是妳沒那麼好，但過去的事就過去了。我不妨礙妳用餐，真的很抱歉，我不過就是想把事情講清楚而已，我向妳保證，我不是變態。」

「嗯。」

「天氣很冷，請妳趕快進去，回到朋友身邊吧。我覺得我把事情越弄越糟。安珀，我不會再煩妳了，對於我的行為舉止，我真的是萬分抱歉。」

他看起來的確十分愧疚，所以我開始覺得他有點可憐。住在一個沒有人真正了解你的城市，其實很辛苦的。我望了一下餐廳，看到喬在窗邊示意我快進去。我覺得我應該要說些什麼，但找不到合適的措辭。我覺得好冷，而且現在氣氛尷尬，所以我說出的話實在很不恰當。

「愛德華，聖誕快樂，再見了。」我講完之後就進去餐廳，留他一人在外吹冷風。

很久以前

一九九二年十二月十一日，星期五

親愛的日記：

又來了，我被學校停學。但這真的不是我的錯。我今天根本不想去上學，我覺得不舒服，要是媽媽願意讓我躺在床上休息，也不會發生這種事。其實，是她的錯，每次都這樣。但我猜如果她發現真相的話，她一定不會這麼覺得，鐵定會狠狠修理我，就像外婆以前常說的一樣，打到半死，不過，我要是不出手的話，泰勒就慘了。

今天是我們第一次在自然科學課使用本生燈。我一直很好奇那是什麼東西，但一直到今天才有機會親自接觸。我很喜歡把它打開時所散發的瓦斯味，會讓我想起外婆的老舊瓦斯爐。史金納老師教導我們該如何使用本生燈，它有一個洞，這非常重要，關洞的時候，它冒出的是黃色火焰，開洞時則是高溫藍色火焰，基本上，這都是與氧化作用有關。不過，瓦斯是危險的東西，火焰當然也一樣，所以當我上完廁所回來，看到凱莉高舉火焰、靠近泰勒頭髮的時候，我一定得制止才可以。

他們說這次她鼻子是真的斷了，其實，我真的不記得自己做了什麼，我只是想要把她從泰勒身邊拉開而已。史金納老師把我推開，問我發生了什麼事，我說我不知道。他對我大吼，叫我不要說謊，因為他一切都看在眼裡，但我沒說謊，我只記得泰勒與凱莉的臉好接近。我覺得自己就是突然理智斷線，我愛泰勒，我絕對不會讓任何人傷害她，我別無選擇。

史金納老師揪住我的外套、把我拖進校長辦公室。我還沒有進去過這個校長的辦公室，但我不怕，他們都一樣，拿我沒辦法，真的。一切都十分戲劇化，彷彿我在演電影什麼的，只不過，如果這是真的電影，那麼我就成了英雄。但因為這是真實生活，所以我就成了必須坐在走廊硬椅上面的壞人，在他們聯絡上媽媽之前，乖乖等待。

泰勒出現的時候，身旁有護士陪著她，剛才我為了救她、把她推開的時候，害她不小心撞到頭。她看起來不是很高興，整張臉因為剛哭過而又紅又腫，不過幸虧有我，她安然無恙。護士告訴泰勒，她媽媽馬上就會過來接她了，護士沒理我，泰勒也不跟我講話。我們以前總是一見面就講個不停，現在這種狀況讓我好難過。我問她是不是沒事，她卻一直盯著地板，正當我要繼續追問的時候，她說話了。

「妳不該做出這種事。」

我覺得這種話真是忘恩負義。

我立刻反問，「為什麼不行？」

「因為妳要用這個啊，」她指了指自己的腦袋，「而不是這裡。」她又舉起了自己的雙手。「妳覺得妳要是不在那邊的話，她們真的敢對我怎麼樣嗎？妳毀了一切。」她的話讓我又憤怒又傷心，我看得出來她很生氣，所以我保持沉默，把怒氣憋在心中，我實在是氣得受不了，害我開始肚子痛。

泰勒的媽媽來了，給了她大大的擁抱。我好擔心她也會對我不高興，但她也給了我一個大擁抱，所以我知道她還是愛我的。我覺得她真的很愛我，當然是比不上給泰勒的愛，但也算非常豐足了。她開口問我，我媽媽是不是會過來接我？我說我不知道。自從發生手鐲事件之後，泰勒的媽媽與我媽媽就不太講話了。

泰勒的媽媽進入校長辦公室與校長談話，她們說的每一個字都透過玻璃門傳了出來，我不禁覺得外頭的那個「私人會談」的招牌也太蠢了。學校聯絡不到我爸媽，最後只能讓泰勒的媽媽送我回家。

我們走出學校、上了富豪汽車，甚至到了我家外面的時候，泰勒都不肯跟我說話。泰勒媽媽看著坐在後座的我，彷彿不明瞭我為什麼還坐在那裡，後來我請她陪我一起進去，向媽媽解釋事發經過，因為我好怕。就在這時候，她的表情也發生了變化，變得好柔和，綠色大眼看起來既憂傷又和善。她告訴泰勒在車子裡等她，泰勒根本沒解開安全帶，只是盯著窗外，她也沒開口向我道再見。

泰勒的媽媽跟在我後面，走過花園小徑，到了大門口的時候，她伸手敲門，因為電鈴已經壞了好一陣子了。沒有人應門，我抬頭看著她，她也低頭對我微笑，她長得好漂亮，個性也好善良，而且穿搭完美，彷彿那些衣服天生就是應該要這樣穿的一樣。她又敲了一次門，依然沒有人應門，她問我有沒有鑰匙，我說我有，但我告訴她我還是好怕，這真的不是撒謊，因為我是有點怕，我知道爸媽一定會發飆。我也曾經答應過外婆，絕對不會再做出這種事，但她現在已經死了，我不知道我這樣還算不算不守信用。

等到我們進入屋內之後，我大聲呼喚媽媽，但沒有聽到回應。然後，我看到她了，一開始只看到腳，從沙發後面露出來，彷彿她想要躲起來，但掩藏得不是很成功。等到我走近一看，發現她不是在躲，她根本動也不動，雙眼緊閉，而且她的臉浸在地毯上的一大坨嘔吐物裡面。我尖叫呼喊泰勒的媽媽，因為我真的是嚇壞了。媽媽看起來真的像死人一樣，就像她當初從樓梯慘摔下去的畫面一樣。泰勒的媽媽叫我不要擔心，媽媽是不舒服，但人還好好的，我必須要幫她把媽媽弄上樓，然後她告訴我趕快出去、去把泰勒叫進來。我看得出來，泰勒不想進屋，但她還是乖乖聽話，只不過她還是不肯對我講話。

我們坐在沙發上，泰勒的媽媽叫我們開電視，留在樓下就好。我打開了電視機，但我們兩個其實也沒怎麼在看，這樣的聲響沒辦法壓過樓上傳來的噪音。泰勒的母親把媽媽帶進浴室，為她清理乾淨，媽媽叫得好大聲，之後開始破口大罵。

關於她鬼吼的那些話，我有三件事記得最清楚：

一、我操。（她講了好多次）。

二、賤女人滾出我家（這不是她家，這是外婆家）。

三、他媽的我不需要妳幫忙。

第三項最蠢，因為顯然她的確需要別人的協助。

除了爸爸之外，我還不曾聽過媽媽把哪個人罵得這麼狗血淋頭，她還說泰勒的媽媽很傲慢，就是對方比你厲害的意思。我覺得泰勒的媽媽並沒有那種心態，但她的確是比我媽媽好太多了，她是全世界最棒的媽媽。當天下午實在可怕，但我不禁偷偷高興了一下，因為這表示大家都忘了我被停學的事。

泰勒與她媽媽一直等到我爸爸回來之後才離開，爸爸講了好多次的「抱歉」與「感謝」，彷彿他也找不出其他的話可說。她們走了之後，爸爸問我想不想吃雞塊當晚餐？我們坐在大電視前面的沙發吃東西，電視有開，但我們兩個都沒在看。爸爸忘記了番茄醬，但我什麼都沒說。他並沒有替媽媽準備晚餐，我想我知道為什麼，我們坐在那裡、沒在看電視、吃著沒有番茄醬的雞塊，我突然恍然大悟，搞不好爸爸希望媽媽早點死掉的那股期待，就跟我一樣強烈。

現在

二〇一六年十二月三十日

「安珀，我們現在的狀況呢？我懂，妳還是想跟我吵就是了。」

我的病房似乎比先前更幽黑，愛德華撫摸我臉頰的時候，我好想尖叫，我想要消失，他就再也看不到我，找不到我。

「妳現在可以自主呼吸了，真是天大的好消息，妳的表現可圈可點。」

他的手指滑向我的右眼，把它撐開，讓我什麼都看不見，眼前只有一片白，加上如雨落的移動斑點。他對我的左眼也搞同樣把戲，然後，我的世界又回復為一片漆黑。

「我覺得妳復原的速度未免太快了一點，也許我們應該要慢慢來才是。」

我聽到他的動作聲響，但我不知道他在幹什麼。

就在我徹底絕望、準備接受命運安排的時候，我聽到開門聲。

「她狀況怎麼樣？」開口的是保羅。我真的不懂他明明看到這男人出現在我的病房，但怎麼還能這麼冷靜？但後來我才想起來，保羅看到的是專業醫護人員。

愛德華回道，「你恐怕是問錯人了。」

「抱歉，我遇到的人真的很多……我們之前是不是有講過話？」

「我想是沒有，我只是雜工而已……」

雜工？我不懂。

「……現在夜班值勤時間才剛開始，所以你不該在這時候進病房。」

保羅反問，「那你呢？」

一陣沉默，我好怕接下來會出事。

「你太太剛做完掃描，我把她推回來，我只是在盡我的本分而已。」

保羅，你又沒有讓他知道你是我先生，想想啊，仔細想想啊。

「抱歉是我粗魯。我太累了，請原諒。在這種地方上夜班，想必你一定見識過各種狀況。」

「你要是知道這裡入夜之後的情景，一定會大感驚奇，」愛德華繼續說道，「如果你想再待久一點，我不介意，但你得盡快離開。這是醫院規定，希望你可以諒解。但請不要擔心，你不在的時候，我們會好好照顧她。」

愛德華離開了，只剩下保羅與我。他把椅子拉向我床邊，坐下來。我必須想辦法告訴他，害我困在這裡的元凶，就是剛才與他講話的那個男人。我不懂愛德華為什麼要說自己是夜班雜工？保羅居然會相信他？克萊兒進來了，我覺得好開心，這還是有史以來第一遭。她很聰明，一定知道事有蹊蹺。

「那個人是誰？」

「只是個雜工，他說我們得走了。」

「他說得沒錯，的確很晚了，」

他開口說道，「她剛才有動手指，妳也看到了，她在指某個東西，我知道。」

我現在想起來了，我指的是出口標誌，我以為那是一場夢，但他們看得到我！

「我有看到，對，但你自己也聽過醫生先前是怎麼說的。某些昏迷病人的雙手會動，也能睜開眼睛，甚至可以講話，但他們依然是處於昏迷狀態。她的動作就像是作惡夢時的抽搐罷了。」

這不只是作惡夢時的反應而已。

「我覺得我們要保持樂觀，等到其他檢驗報告出來的時候，看看他們怎麼說——」

克萊兒打斷他，「我覺得我們必須要面對現實。」

大家沉默了好一會兒。

她終於開口，「說真的，我也不相信他們。」

「妳覺得醫生在騙我們？」

「不是騙，我只是覺得他們沒有在聽。我覺得她的確想要溝通，但他們又不像我們那麼了解她。」

「那她為什麼不再做一次？」

「你有跟她說過嗎？她雖然躺在那裡，會不會其實都聽得一清二楚？」

克萊兒握住我的手，她的手指頭好冰涼。

「安珀，如果妳聽得到我的聲音，就捏捏我的手。」

「妳瘋了。」

「也許這太困難了一點。」她放開我的手，又把它擱回床上。「好，安珀，我們正在看妳的右手，如果妳聽得見我講話，動一下食指，稍微就可以了。」我想動，真的好努力，但是他對我做了某件事，我知道。我對我的右手全神貫注，覺得自己簡直要暈過去了，但它動也不動。

克萊兒開口，「很抱歉。」

「不需要這樣，」保羅說道，「我知道妳純粹想幫忙，妳也該好好休息了，我們趕快走吧。」

拜託千萬不要。

「再五分鐘就好。」

我們三個沉默了好一會兒。我希望他們可以講點話，我感覺自己正飄向別的地方，現在我真的得要找到支撐物，克萊兒先開口了。

「如果這是長期抗戰，我們得找外援。」

「不會的。」

「我也希望不要這樣，但如果真是如此，我們也不能靠自己單打獨鬥下去。」

「當然可以，只是需要輪班看守。」

「再撐個幾天，應該是沒問題，但之後呢？大衛照顧雙胞胎已經快瘋了，我們又沒有父母在身邊可以隨時伸出援手。我們是不是可以打電話給她的哪個朋友？」

保羅沒接腔。

克萊兒緊追不捨，「她還是有朋友吧？」

「她說過有個叫喬的同事，有時候她們會一起出去。」

「名叫喬的同事？」

「對，女的。」

我幾乎聽得見她在思考的聲音。

她開口問道，「你有沒有見過她？」

「沒有，為什麼要問這個？」

「沒事。嗯，也許她可以幫點忙。」

「我沒有她的電話號碼。」

「哦，她手機裡一定有吧？」

我聽到保羅打開了某個東西，腦中開始浮現他翻找我包包的畫面，病房開始朝著某一側不斷旋轉，我的病床卻轉向另一個方向。我聽到她在遠方歌唱，粉紅衣小女孩，但我得留在這裡，我不能讓這件事發生。保羅不可以看我的手機，裡面有不能給他看的秘密。我覺得我想起了某些不好的事，無論是誰家老公發現之後一定會勃然大怒、讓我後悔莫及的某種行為。這段過往的感覺好真實，而且後續的記憶接踵而來。強壯的雙手再次扣住我的喉嚨，我拚命想要呼吸，我終於想起來為什麼了。恐懼在我的腦袋裡築牆，所以沒有任何東西能夠進進出出。

他開口說道，「電池沒電了。」房間移動速度變慢，但依然沒有停止旋轉。「今天晚上我拿回家充電。」

之前

二〇一六年十二月二十三日，星期五下午

我先開口，「真不敢相信我做出這種事。」

愛德華回道，「我也不敢相信，但我很高興妳做出這樣的選擇。」

「大家現在一定在講我，居然在耶誕午餐吃到一半的時候跟陌生人跑了。」

「我不能算是陌生人。」

我們走進酒吧，找了張桌子，幾天前我與喬過來喝酒的時候，也正好坐在這裡。我喜歡這個地方，有一種安全又熟悉的感覺，彷彿只要待在這裡，就再也不會有惡事臨頭。

「我的工作最近有些狀況。我比較想和老友喝一杯，而不是拿著溫熱的氣泡酒和同事講些客套話，」我停頓了一會兒，我知道自己得先講清楚。「但真正的重點是，兩個朋友共聚小酌，把事情講清楚。」

「了解，」愛德華回道，「妳想喝什麼？我去買。」

「我去就好。」我十分堅持，從包包裡拿出錢包，隨即把它留在椅子上，包包好重，裡面有好多我不想留在辦公室的東西，因為可能隨時需要使用。

酒吧人很多，我趁著等待的時候，開始盯著牆上的黑白照片，看到距離我最近的那張照片的拍攝日期，一九二六年。這地方幾乎都沒有變。世界一直在運轉，不斷重複自己的軌跡，等待變

化，但世事依然恆常不變，因為我們無能為力。我開始心算，發現照片裡對我微笑的面孔全都已經離世了，趕緊別過頭去。終於拿到酒了，我的腳彷彿黏在醜陋圖案的地毯上一樣，一直無法前進，我好不容易才穿越群眾，走回桌前，一手拿著一品脫的啤酒，另一手拿的是檸檬汁，嘴裡還叼著兩包起司洋蔥薯片。我坐下來的時候，愛德華的表情出現了些許變化，反正我猜不透，所以也沒有多加理會。

「乾杯。」我舉起自己的酒杯。

「乾杯。」

「所以你聖誕節有什麼打算？」

「很慘，我得要工作。我抽到下下籤，聖誕節到元旦都得值夜班。」

「哦哦。」

「沒關係，熬夜一整晚不睡覺，其實沒像大家想像的那麼糟糕。」他的這段話勾起我的某段回憶，緩緩飄升到心頭。

「記得我的畢業典禮嗎？」我的問題讓他忍俊不禁。

一開始氣氛自在，甚至可以說是很融洽。我們聊起在失聯的這些年當中、各自的度假體驗，以及自己曾經造訪過的國家，暢聊共同回憶中的安全話題，甚至還分享了一些故事，營造距離，重建互動規範，我想我們應該沒問題了，所以也變得比較放鬆。

「妳過得快樂嗎？」他的手找到了餐桌上的某個位置，距離我的手超近，我把雙手放到自己大腿上的安全區域，兩個拳頭緊緊靠在一起。

「我很愛我先生。」

「我問的不是這個。」

「愛德華……」我不會再見到他了，這是最後的道別。他自己也知道，但他依然堅持要問這個問題。

「妳到底怎樣？快樂嗎？」

我決定我要給他答案，然後，喝完這杯酒就回家。

「不算，此時此刻，不算是特別『快樂』，但與我婚姻無關。」

「那不然是什麼？」

「我想就是生活吧，很難解釋清楚。」

「說說看。」

「我之前犯了錯，現在必須付出代價。」

之前

二〇一六年十二月二十三日，星期五傍晚

我醒來的時候，頭痛欲裂，不知道自己身在何處，到底發生了什麼事，我的最後一段記憶是與愛德華在酒吧裡聊天。我坐直身體，這個突如其來的動作讓整個空間開始搖搖晃晃，宛若我坐著小船、在洶湧惡海上漂流，但我底下不是船，而是床。這個房間一片黑暗，窗簾緊閉，微弱的燈光與房內的氣味都好陌生，陳舊物品與汗臭的混合氣味。我還是不知道自己在哪裡，但我立刻發現自己全裸。

我低頭望著自己的蒼白身體，時間也瞬時暫停下來。通常我會小心遮蓋的那些身體部位，如今一覽無遺。我腦中的思緒開始大聲喧鬧，急速流轉，這不是我的臥房，我低頭看著那陌生的海軍藍床被，又聽到遠方傳來淋浴的聲響，我想要搞清楚口中的奇怪氣味到底是什麼。我的目光四處游移找衣服，看到它們全在地板上，我根本沒喝酒，下肚的只有檸檬汁，我什麼都沒做，我不可能做出這種事。

我想不起來。

我想要起身，讓自己離開那張床，拚命想要站起來，但這一切努力卻宛若慢動作，這個房間又開始在我周邊搖晃旋轉，我成了被困在迷宮裡的液狀水銀，無論我怎麼挪移腳步，就是無法飄向正確方向。我前傾彎身，希望身體能夠聽從大腦的指令，但一彎低就深恐自己的身體會斷成兩

截，我聽到有某個男人在遠方吹口哨，蓮蓬頭的強力水柱淡化了它的嗚嘯聲響。我想吐，這一定不是真的，我不是會做出這種事情的人。

我強迫自己站起來，感覺到雙腿之間一陣疼痛。我不知道這是真的抑或是出於自己的想像，我只想把這些思緒與感受拋諸腦後，再往前走一步，靠近我自己的那一疊衣服。房間又開始搖晃，想要讓我失去重心，我低頭看著自己的赤裸大腿，膝蓋兩側有藍綠色的瘀青印痕，發生了可怕的事。

我一定得想起來才行。

我的腦袋開始仔細搜尋最近的記憶資料庫，但是所有的檔案夾都一片空白，我只喝了檸檬汁，這一點我十分確定。我進入洗手間，回來之後就馬上離開了，但之後……什麼都不記得。

我的目光再次掃視房間，看到床邊擺放的那幅相框，我頓時忘了該如何呼吸。年輕的自己正仰頭看著我，笑我怎麼會傻成這樣。年輕的愛德華摟住了她，刻意貼住她的側身，但她看起來並不在意。我記得這張照片，是我的畢業典禮，過沒幾天之後，我就與他分手了。我也不想，但我不得不如此。他那時候一直黏著我，照片裡的男孩變成了我不認識的男人，現在讓我十分懼怕的人，而且我也不知道自己為什麼會在他的公寓裡，而且，衣服全被扔在地板上。

我不願多想。

這樣不對，我得趕快離開這裡，但我連這是什麼地方都不知道，我真的是大傻瓜。我暫時放下那股自我憎惡，查看四周環境。真是髒兮兮，地板上放了報紙、未拆封的郵件、空酒瓶、髒衣服、油膩的碗盤、地毯還有個打開的披薩外帶盒，裡面還有幾片嚼過的硬邊皮。潮氣令人窒息，而且所有的家具表面都有一層厚厚的灰。角落有台機器，一開始的時候我不知道是什麼，但後來我認出了它的形狀，某台老舊的日曬床，這一切好荒謬。

我又盯著我的衣服，被扔在髒兮兮的地毯上面。我拿起自己能找到的那些衣服，找不到的就算了，我蓋住身體，被碰到的瘀傷部位立刻不斷喊疼。

我看到了自己的包包，想從裡面拿出手機，但已經不見了。但我卻發現還沒拆封的驗孕棒，嘔意湧上喉管。我的目光在這片殘破的生活廢墟中四處搜尋，終於在某張桌子上看到了我的手機，我看了一下日期與時間，依然是週五，淋浴聲沒了，我僵住不動，雙腿隨即轉為自動駕駛模式，開始往前走，強迫自己蹣跚走向這房間的唯一大門。

我轉動把手，打開之後，看到一條狹長型的走廊，我聽到他在門的另一頭吹口哨。骯髒的棕色地毯幾乎被一疊疊的舊報紙所淹沒，而且潮氣濃重。我發現牆上有兩塊大型軟木塞片，我立刻就認出來了，大學時代就已經出現在他的房間。當時上面全都是我們兩人當時的合照，如今也一樣，但現在還多了一些近照，這一次只有我而已。我在外頭工作、在地鐵上看報，還有我不到一週前在自家附近餐廳露天區啜飲咖啡的畫面。我認出自己的新外套，至少有一百多張，全都是我臉部的特寫，我移開目光，我得走了，就是現在。

我看到了大門，我所在位置與他臥室之間。我知道自己時間不多，踉蹌穿過牆壁與那一疊疊高聳垃圾之間的空隙，又花了一番氣力，好不容易才穩住雙手打開鍊條、讓自己進入另一個更幽黑的空間。我已經到了外頭，但依然還在某個高樓層的走道，這是一棟大型住宅大樓。我轉身，火速瞄了一下背後那道海軍藍色大門的門牌號碼，然後，我開始後退，根本不想停下腳步關門。

我喜歡外頭冰冷空氣的驚震痛感，它鑽入我的袖口、領口，還有裙子。我眨眨眼，不想讓眼淚掉下來，我不值得任何人的同情，就連我自己也一樣。

很久以前

一九九二年十二月十五日，星期二

親愛的日記：

每個人都在家裡，媽媽、爸爸，還有我。我依然被學校停學，但沒有人在意這件事。爸爸已經不去上班了，他說這樣才能照顧媽媽，因為她健康狀況不好，不過，媽媽躺在臥房的時候，他依然整天坐在樓下看電視。他說我年紀已經夠大了，可以知道真相，媽媽在摔下樓梯之前已經懷孕，而現在那個小嬰兒死了。所以她現在才會酗酒，那天下午對泰勒的媽媽大吼大叫。我原本以為大家只會在生氣的時候才會爆粗口，但爸爸說某些人悲傷的時候也會出現這種行為。

我不知道媽媽懷孕了，但我很慶幸她沒了小孩，因為實在太噁心了。我問爸爸她會不會再懷孕，他說不會，因為他們在醫院的時候必須從她肚子裡取出某個部分。我聽到這答案很高興，他們連我都照顧不好，所以要再生一個小孩也太沒天理了。我有點擔心他們會去領養一個弟弟或妹妹討媽媽歡心，不管是男的女的，我都不想要。

爸爸現在得經常為了這個那個啊什麼的出門採購，但有時候回來的時候卻兩手空空。我覺得他應該要開始列清單，這樣才不會一直忘東忘西，外婆就有這習慣。他叮嚀我在他出去買麵包牛奶與刮刮樂的時候、一定要注意媽媽。這可就麻煩了，因為我不想照顧她。她的臥室門留有隙縫，所以我覺得能瞄到她就夠了。我覺得她應該會想聽我唱歌，因為她錯過了今年的聖誕演唱會。所以我決定自己編一首好玩的歌，站在梯台上唱給她聽。

家有酗酒的媽媽該怎麼辦？

家有酗酒的媽媽該怎麼辦？

家有酗酒的媽媽該怎麼辦？

尤其是一大早的時候？

我甚至還為這首歌編舞，假裝喝了許多酒而晃來晃去。她沒有笑，所以應該是在睡覺，她動不動就是在睡覺，爸爸說，悲傷讓她疲憊異常。

爸爸回來的時候告訴我，我們得聊一下。他又忘了牛奶，但我沒有告訴他，因為他看起來已經十分憂心忡忡了。我們坐在餐桌前，起初我覺得他一定是忘了自己要說什麼，但後來他臉色一沉，他說我們又得搬家了。我告訴爸爸，我不想再搬，但他告訴我這勢在必行。我問是不是因為我的錯？因為我被停學？他說不是，他開始解釋，但他的那些話卻讓我覺得一團錯亂，因為我不由自主開始大哭。

這都是與某個名叫威爾的人有關。外婆本來應該要在生前去找他好好談一談，但她卻忘了，所以就是因為大家忘東忘西，害我們又得再搬家。爸爸說，媽媽的妹妹非常氣外婆，因為她沒去找威爾。我根本不知道媽媽還有妹妹，爸爸說我還很小的時候曾見過她好幾次，但我完全沒印象。爸爸還說，媽媽的妹妹已經多年不與媽媽或外婆講話，但是當外婆死掉之後，她覺得自己也要一半的房產。我問他我們可不可以住另外一半，但爸爸說不可以，事情不能這樣搞。我又問他，如果他刮中刮刮樂，我們是不是就可以留下來？

他說他已經刮了，但什麼都沒有。

聽了這些話，讓我覺得好難過，所以我問爸爸，可不可以讓我上樓看書，他說好，只要我保持安靜、別吵到媽媽就好。他說我們要細心照顧媽媽，因為她對於這件事的反應比我們更激動。我不懂我為什麼要在乎她，她應該要好好照顧外婆的，但她卻不盡職，害外婆得癌症死掉。最近我一直在想，要是有個比較好的人，比方說像泰勒的媽媽，能夠在外婆重病的時候幫忙照顧，那麼她的健康狀況應該就會慢慢好轉，而且可以活到現在，一切依然美好，我們也不需要搬家。這都是媽媽的錯，只是爸爸太笨看不出來而已。媽媽毀了每一個人的一切，我永遠不會原諒她。

現在

二〇一七年一月一日

那聲音吵醒了我，我以前也聽過這樣的聲響。我的床往後傾斜，所以我的雙腳對向天花板，血液瞬衝腦門，他們繼續挪動我的位置，讓我的頭幾乎貼到床緣，我好怕自己會掉下去，沒有人會接住我，不過，它們開始小心翼翼把我的頭轉向右側，我的頭皮感覺到了溫水，還有輕柔的手指。

今天是洗頭的大日子，我根本不需要預約時間！我聞到了洗髮精的味道，腦中浮現一堆泡沫的畫面，要是我再努力發揮一下想像力，甚至可以讓我真以為自己在髮廊裡，我的生命又回復到正常，而且幻想畫面可以達好幾秒之久。我希望能夠在這種體驗中挖掘樂趣，我想要放鬆，想要回憶那種感覺的真正意義。

自從我失去時間之後，我也不斷思索它的意涵。這裡的時間全部凝固在一起，完全無法拆解。大家總是說時光流逝，但，在這個病房裡，時間卻靜止不動。它在心靈之牆蜿蜒攀爬，把污穢的過往記憶抹在上頭、弄得髒兮兮，所以你無法看清未來或是過往。那些被沖刷到時光水岸的人，終究會被它啃食殆盡，我現在必須趕緊游開，我必須要趕上自己的時間之流。

「現在應該會比較舒服，所有的乾涸血塊都沒了。」一開口的是某個和善的聲音，然後，我的頭又被包上了毛巾。我的腦中浮現血污沾染白瓷的畫面，紅色水漩越來越小，我的另一個部分被沖洗得乾乾淨淨。

克萊兒開口，「這讓我來就好，沒關係，我想妳一定很忙。」原來她一直在旁邊看，她好安靜，我根本沒注意到她在這裡。護士們都很喜歡她，我看得出來，她願意展現給大家看到的那個她，一直是討人喜歡的版本。他們把我的床恢復成原位，留我們兩個人在一起。克萊兒為我吹髮，然後又為我綁辮子，就像我們小時候互相幫忙一樣，她一直沒說話。

就在她快要幫我弄好的時候，保羅的聲音傳進病房，「妳今天比較早來。」

克萊兒回道，「還是睡不著。」

聽起來好像我一直在睡覺，才不是這樣，而且就算在我睡著的時候，大家也一直進進出出。替我翻身、清潔我的身體、給我下藥。愛德華好一陣子沒來了，至少我沒印象，我告訴自己，他現在可能沒時間管我，我要趕快醒過來，告別昏迷的真正甦醒。

保羅說道，「昨天晚上發生一件很奇怪的事。」

我妹妹回道，「說吧。」我比較喜歡他們以前的輪班制，現在他們共處的時間也未免太久了一點，這絕對不是好事。

「我把安珀的手機充了電，但她的聯絡人名單裡面沒有喬。」

「真怪。」

「我打電話給她老闆，心想他應該可以給我喬的電話。他起初非常友善，但後來十分惱怒，他說他沒辦法給我，因為他根本不認識什麼叫做喬的人。」

克萊兒回道，「這我就不懂了。」

我知道她懂。

「『咖啡早晨』的工作人員裡沒有人叫做喬，我問他也許可能是綽號什麼的，還說她絕對是安珀的同事，然後，他變得十分困惑，擺出客氣的方式告訴我安珀在辦公室沒有朋友。」

拜託，夠了吧。

「真的好離奇。」

「我也明白她為什麼要辭了，那傢伙聽起來就是個大壞蛋。」

拜託，不要再講下去了。

克萊兒反問，「她辭職？」

不要再說了。

「抱歉，她告訴我不能讓妳知道，我忘了。」

「為什麼？」

「反正她就是在那裡過得很不開心。」

「不是，我的意思是，她為什麼不希望讓你告訴我這件事？」

「我不知道。」

之前

二〇一六年十二月二十三日，星期五

計程車停靠在我家外頭，我一直無法直視司機。我知道當我從那棟住宅大樓上車之後，他就頻頻從後照鏡打量我，我不知道他的目光是厭惡還是關切，也許兼而有之。我把鈔票交給他，趕緊喃喃道謝，沒等找錢就下車了。等到計程車開走之後，我第一個看到的是保羅停放在外頭的車，他沒告訴我他今晚會回來，最近幾乎很難找得到他的人。

我在包包裡翻出薄荷糖，又替自己補了一點香水，我找到了小化妝鏡，透過家門口街燈的燈光檢查臉上的各個部位。自從我發現自己在別人床上醒來之後、這還是我第一次仔細觀察自己的雙眼。大部分的妝都沒了，而臉頰卻多了睫毛膏的糊爛殘痕。難怪計程車司機一直盯著我看。我舔了舔手指頭，擦拭眼睛下方的肌膚，再次對鏡檢查，看起來還是原來的我，但其實已經不是了。

我從人行道走向我們家，跨過某道隱形的界線，關上入口大門，決定接下來一定要小心行事。空氣冷冽，好不容易才關上冰寒的木門，它的抗議力道也引來我的指尖一陣灼痛。我強迫自己走向屋子，將所有無法說出的真相留在外頭。走入碎石小徑之後，舉步維艱，我抬頭看了一下主門前的景象。這地方看起來有疲態，無人關愛，渴望得到注目。白色油漆已有多處剝落，宛若像是被曬傷的肌膚。花園裡的一切不是已死就是垂死。某株粗壯的紫藤往上攀爬，乾枯的褐枝脈網覆蓋了整個房屋正面，宛若再也不會開花。我想要告訴自己，也許我沒有做錯事，但是我為什麼無力阻止以及記不得一切所產生的罪惡感，卻拖慢了我的腳步。瑪德蓮已經被我處理好了，但我現在恐怕得面對更可怕的處境。

我開始找包包裡的鑰匙，但找不到，只能按電鈴。我等了好一會兒，冷冽的空氣讓我失去耐心，我又按了一次電鈴。保羅開了門，他不發一語，我們兩個人就站在那裡，彷彿等他開口邀我進入我自己的家，天氣真的好冷，我直接進去，經過他身邊的時候還擦撞到他，我不是故意的。

「妳今天回來得比較晚。」他關上大門。

我回道，「對，聖誕節派對，你媽還好嗎？」

「我媽？哦，她很好，我們需要談一談。」

他知道了。

我勉力抬頭看著他，「嗯，談一談。」

「有件事我必須要告訴妳，但還是坐下來說比較好。」

他不知道，但這一點也不重要，太遲了。

我開口說道，「我想要先喝一杯，你要不要來一點？」

他搖頭，我自己進入廚房，拿了瓶紅酒，喝什麼沒差吧。但我伸手拿酒杯的時候卻躊躇再三，最後還是克服了恐懼，只不過一杯而已，不會有事的。反正我已經一無所有。他想要告訴我玩完了，我也只有乖乖聽的份而已。而且，就算我不知道也沒有差，反正他已經決定了我們兩人的未來。

我找到開瓶器，準備要把它扭入軟木塞的時候，雙手卻一直在顫抖。我開始轉動手腕，那條鐵蛇也順勢爬上我的手臂、肩膀、喉嚨，緊緊纏住不放，讓我無法言語，也無法吸入空氣。我的腦海中不斷出現尖叫，是她的名字，我需要克萊兒。此時此刻我好需要她，但我也對她恨之入骨。我本來以為今天是我的勝利日，沒想到我卻早已捲入一場麻煩的遊戲。軟木塞被取出時所發出的聲響不若平常那麼悅耳，我把它握在手心好一會兒，從某些角度看來，它依然完美無損，但你永遠不知道它的內質已經千瘡百孔。

保羅挑了通常是給客人專用的沙發坐下來，我愣了一會兒，決定坐在他對面，我習慣的座位，我覺得自己是個骯髒崩壞之人，但他似乎渾然不覺。

「不知道該從何說起，」他看起來很緊張，像個小孩，我以前覺得這樣很可愛，但我現在只希望他成熟一點，勇敢面對，直接說出來吧。我不發一語，雖然我剛才從那種地方出來，而且也可能做出了某些事，但我依然不想讓他好過。

「我一直在對妳撒謊。」他依然不看我，只是緊盯著地板上的某一個點。

「什麼事？」

「昨天我沒有去我媽媽家。之前有去，她是真的摔傷了，不過，我昨天早上離開的時候，其實並不是去那裡。」

我喝了一小口酒，這才發現自己打算穿過川流不息的馬路、但張望的卻一直是錯誤的方向。我的耐心磨光了，我要這場表演立刻落幕。

「她是誰？」我丟出這句話之後，他抬頭看我。

他反問我，「誰？」

「你搞婚外情的對象啊。」我把酒杯放下來的時候，雙手依然微顫，保羅搖頭，對我哈哈大笑。

「我沒有出軌。天！我去找我的經紀人了。」

我愣了一會兒，好意外的答案。

「你的經紀人？」

「對，我想等到百分百確定之後再告訴妳，因為我不想要妳一開始滿懷希望，但最後卻一切落空。」

「你到底在說什麼？」

「我又寫了一本書，我自己覺得不是很好，應該是沒辦法超越先前的表現，但他們賣出去了，而且賣到全世界。我在諾佛克的時候知道正在進行版權拍賣，但我當時心裡只掛念著媽媽，所以也不是很相信，但這是真的，他們告訴我的是一大筆錢。安珀，大家好愛那本書，美國那裡搶版權也搶得很兇，而且這股風潮真是誇張，目前已經賣出十三個國家的版權。最棒的還在後頭，有人想要改編成電影，現在是還沒有簽字敲定，但看起來非常樂觀。」他臉上掛著微笑，真誠至極的微笑，我這才發現我已經不記得他上次看起來這麼開心是多久以前的事了。我也露出微笑，這彷彿有傳染性一樣，我就是忍不住。不過，我想起了某件讓我耿耿於懷的事。

「你衣櫃裡有內衣，現在不見了。」

「什麼？」

「你為別人買了蕾絲內衣，被我發現了，那不是我的尺寸。」

剎那間，我實在不懂他的表情，到底是生氣還是被逗樂了。

「那是買給妳的內衣。對，我買錯了尺寸，所以我拿回去換了，如果妳現在上樓的話，一定會看到同一個袋子，而且藏在同一個地方，我本來以為藏到聖誕節之前應該是很安全。妳不會真的以為我搞婚外情吧？」

我開始哭了，我忍不住。

「親愛的，真是對不起，」他抱住我，我也乖乖依偎在他懷裡。「我知道我們家低迷了好一陣子，但我愛妳，我心裡只有妳。我知道自己過去這幾個月都埋首寫書，要是妳覺得我態度疏離，我必須要向妳道歉。我們歷經了這麼多的風風雨雨，當然，我對於小孩的事難免失望，但妳是我唯一想要共度餘生的人，這一點永遠不變，妳明白嗎？」

我可以趁現在把可能懷孕的消息告訴他，但我卻立刻打消了這個念頭。我還沒驗孕，除非很確定，百分百確定，否則我不能告訴他。我一直是大笨蛋，這次不可以讓他希望落空。

他吻了我，真正的吻，宛若他已經壓抑了許久。我不想停，而當他收回的那一刻，我睜開眼睛，他再次對我微笑，我也對他甜笑，此刻感受的幸福好真實。

「還有一件事要讓妳知道。」那宛若鏡像的笑容迅速消褪。

「什麼？」

「我得去美國一趟，合約的部分內容包括了要配合宣傳，要是電影真的開拍，我可能也得在洛杉磯待一段時間。我知道這種事應該必須先和妳討論，但……我答應了。」

「就這樣？這就是你一直擔心得告訴我的事？」

「我不知道會去多久，可能是兩三個月，而且我知道最近我們家氣氛低迷，但我必須答應。我知道妳一直說不想遠離家人，而且妳也不想放棄工作，但妳可以過來看我，而我只要有時間就會飛回來，我只知道要是我們願意同心協力，一定沒有問題。」

我默默點頭，我必須稍微消化沉澱一下。

「而且，我知道我不在家的時候，妳會很害怕，」我瞪了他一眼，「好啦，不是害怕，只是焦慮。比方說上禮拜的時候妳覺得有人半夜站在我們家的後花園。這個問題我也思索了許久，我希望我不在的時候，妳可以覺得安心。我已經看了一下市面上的小型安全監控攝影機，靠動作感應，不需要電線，一點都不麻煩。我打算買了放後院，妳可以透過手機監看畫面，確定到底有沒有人躲在那裡。」

「我今天辭職了。」

「什麼？」

「已經講了，我告訴馬修之後就離開了聖誕派對。」

「為什麼？」

「上禮拜是我在職場最痛苦的一段日子。說來話長，也該是往前看的時候了，所以如果你真的希望我陪你過去，我一定跟。」

「當然！我愛妳！」他的話情深意切，真情流露，而我感動落下的淚水也同樣真情流露。我們不是在演戲，我們就是我們，感覺一切海闊天空，他笑得好開懷，我也想回報給他同樣的笑容，但腦中突然衝出的某個念頭卻破壞了一切，我想到了我剛才在哪裡醒來，雙腿之間在隱隱作痛，還有包包裡尚未拆封使用的驗孕棒。我想到了克萊兒，最近發生了許多我沒辦法與她分享、也永遠不會告訴她的事。我需要洗個澡，把曾經發生的一切洗得乾乾淨淨，他發現我臉色大變。

「怎麼了？出了什麼事？」

「我們還不能告訴任何人，時候未到。」

「我們總是得讓某些人知道啊。」

「拜託，時候未到，就連家人也不可以。」

「為什麼？」

「答應我就是了，好不好？」

「好，我答應妳。」

很久以前

一九九二年十二月十八日，星期五

親愛的日記：

我已經有一個禮拜沒看到泰勒了，有好多事要告訴她。我在聖誕節卡片裡寫了好多話，雖然我刻意把字寫得小小的，但還是沒辦法全部塞進去。我知道她已經收到了，爸爸忘了買郵票，所以我親手把卡片送過去。我敲了敲她家大門，但沒有人過來，所以我把它直接丟入信箱。希望她之後會打電話給我，我真的得跟她講話。

最近一直有陌生人來我們家，我不喜歡。有一個高高瘦瘦、完全沒頭髮的男人來找爸爸媽媽，他說他叫羅傑，牙齒超潔白，但那是假牙。羅傑是房地產仲介，他總是穿亮面西裝。他說，當他帶人來看房子的時候，最好我們都不要在場。他沒有解釋為什麼，但我猜是因為媽媽看起來好狼狽落魄，可能會把客人嚇跑。

爸爸說聖誕節馬上就要到了，不可能會有人挑這種時候買外婆的房子，但他錯了。今天一大早就有人找羅傑要「帶看」，這個詞是羅傑的說法，我根本還來不及換衣服見人呢。有時候他會敲門，但有時候他就直接進來，因為他自己有鑰匙。他一講起外婆的房子，簡直就像是自己住在這裡一樣，但他從來沒住過，而且老是講錯。

我不是故意要發脾氣的。爸爸今天下午有面試，他已經決定要找新工作了。媽媽跑去附近的雜貨店買焗豆罐頭，所以羅傑進來的時候，只有我一個人在家。我悄悄從臥室溜出去，從樓梯欄杆看到他的閃亮頭頂。他講話好大聲，就像是外婆以前帶我去看的某齣舞台劇的演員一樣，演員之所以會那樣講話，是因為要讓那些買最便宜後座位置的觀眾也可以聽得清清楚楚。羅傑對著某對胖夫婦大吼，但明明他們就站在他旁邊而已，也許他們和外公一樣有重聽問題。他們像吃了太多過期麵包的鴨子一樣，在我們家門廳那裡東晃西晃，我不喜歡他們的長相。

羅傑講話聲音實在太大了，我只好拿起知更鳥門擋，悄悄關上我的房門，但我還是聽得見他們講話。我想要看書，但我沒辦法專心，因為我知道他們會在樓下探頭探腦，研究那些他們不該看的東西。

他們上樓了，梯面發出的吱嘎聲比平常更明顯，然後他們在浴室裡看了好久。這不是什麼特別大的浴室，裡面就是很一般的設備，所以我不知道他們幹嘛要看那麼久。我覺得這好像是在聽小偷在家裡行竊，但有一個地方不一樣，他們是爸媽邀請進來的。

他們進入爸媽以前的臥房，也就是站在我臥房牆壁的另一頭，我聽到那個肥男說我們家的房子得「大幅整修」，我不知道那是什麼意思。現在只有媽媽睡在那裡，我討厭她，但我依然不喜歡他們待在那裡亂摸她的東西。肥女開口了，她之前話不多，而真正讓我惱怒的不是羅傑或另外一個男人，而是這個女人。

她講的這三句話，是讓我發飆的真正原因：

一、「正常人不會想住在這裡。」

二、「真的，需要打掉重蓋。」

三、「真是又醜又小的房子。」

我發現我呼吸變得越來越急促，腦袋裡的聲音變得好嘈雜，我火大的時候就會出現這種狀況。真不敢相信怎麼有人這麼粗魯又這麼愚蠢，我不知道我該怎麼辦，我沒有什麼計畫，但我一定得出手。我不想讓這對噁心的肥夫妻買下外婆的房子，我沒有要使壞的意思，只想把他們趕出去而已。

一切發生得好快，我聽到他們離開媽媽的房間，走到梯台，羅傑打開我臥室的門，我放聲尖叫，叫了好久好久。那個肥女似乎是嚇壞了，羅傑也有一點被嚇到，而那個肥男因為爬樓梯的關係早已臉色亮紅，我猜他搞不好有心臟病。

羅傑說道，「小妹妹，冷靜一下。」這句話讓我更抓狂，我早就不是小妹妹了。然後，他說他們沒有要嚇我的意思，這句話超蠢，他們哪有嚇到我，明明是我嚇到他們。我希望他們立刻離開，所以我就套用媽媽逼泰勒母親離開我們家時的那些話，我大吼大叫，「我操你們這些賤貨滾出我的房子！」而且講了好多遍。他們已經走到梯底了，我依然站在梯台對他們不斷叫囂。然後，我把那個鐵製門擋對準羅傑的腦袋丟過去，但沒中，直接落在地板上。他們走了，我真開心。我本來很擔心自己摔壞了知更鳥，但它依然很完好，連刮痕也沒有，但牆壁倒是出現了一個鳥喙形狀的凹痕。好好笑，這麼小的東西居然有如此強大的殺傷力，而且看起來完好如初。

媽媽帶著焗豆罐頭回來了，我並沒有把剛才發生的事告訴她，電話響了，她在廚房裡接聽電話，所以我聽得不是很清楚，無法判斷她在和誰講話。後來，她叫我下樓，還說剛才羅傑打了電話，她叫我坐在沙發上，我想我麻煩大了，但她卻坐在我身邊，我抬頭看她，發現她面帶憂傷，而不是一臉怒容。她告訴我，一大早來看房的那個人要買下這棟房子，我們得馬上搬家了。我大哭，我忍不住，然後她也跟著流淚。她湊過來抱我，但我把她推開，立刻衝上樓、回到自己的臥室。

過了一會兒之後，她上樓了，敲我的房門，但我不理她。我知道自從發生了上次的事件之後，如果沒有經過我的允許，她是絕對不會進來的。她在那裡站了好久，最後只像是鬼魂一樣輕聲對我說晚安，走開了。其實我也有回應她，但太遲了，我覺得她應該沒聽到，那是她自己教我的一段韻文。

安安。
睡飽飽。
不要讓床蟲咬。
牠們敢咬，就把牠們壓扁扁。

我翻身，把枕頭壓在頭上，拚命憋氣，但最後我的氣還是從嘴巴跑出來了，我沒死。

現在

二〇一七年一月一日

「妳好嗎？」

我睜開眼睛，看到喬坐在床尾，雖然她不是一個人過來，但能看到她真是開心。

「妳知道嗎，如果妳不想在聖誕節結束後回來上班，直接說就好了，不需要開車撞樹，把自己搞到昏迷不醒。」她對我甜笑，握住我的手，她看起來好年輕，真希望時間對待我也能夠這麼仁慈。我現在可以看到自己的病房，遠比我想像中的好多了，明亮又色彩繽紛。窗戶大敞，露出了大片朗朗晴空，鳥兒也提供了我們一點背景音樂。

她開口問道，「想起來發生了什麼事嗎？」我搖搖頭，「妳知道不是保羅吧？他絕對不會傷害妳，不會做出這種事。」我點點頭，現在，我知道她說得沒錯。躺在這裡的這段期間，真相變得有些複雜扭曲，但各種線索的脈絡已逐漸浮現，也慢慢釐清了真相。

我開口問道，「不是意外，對嗎？」又能聽到自己發出這麼清楚的聲音，感覺好奇怪。

「不是。」

我再次點頭，拼圖的碎片開始現形，但依然兜不起來。

喬問道，「幹嘛要做出這種事？」她現在講的已經不是車禍了。

能夠看見她感覺真好，我唯一能夠坦誠相對的人就是她了，不需要隱藏秘密，不需要說謊，現在我想要從自己的記憶中過濾真相。

我回道，「妳明明知道為什麼。」

「我不知道妳幹嘛要辭職，不需要這樣。」

「我之所以接下這工作只是為了要惡整瑪德蓮，妳也知道。」

「我也知道有份工作對妳來說是好事，這是妳自己的事業。」

「這工作很鳥。」

「擔任重要廣播節目主持人，有數百萬的聽眾支持，這怎麼會是鳥工作。」

「對，但我其實不是主持人啊，是不是？我們只是開玩笑鬧好玩的。」喬聽到這段話立刻皺起眉頭。

「是這樣嗎？」

「對，我只是瑪德蓮的個人助理。」

「真的嗎？」

「對，喬，妳早就知道了。」

「可能吧，我想我忘了，有時候我的腦袋把事情全混在一起了。」

「不，那是我，是我的腦袋把事情全混在一起了。」

天色突然一暗，外頭開始下雨了，鳥鳴聲消失，取而代之的是一陣不耐的強風，狂吹這裡的窗簾與床被。這間病房似乎也開始褪色，我彷彿正在看某部黑白片的彩色重製版。我看得出來有事情不太對勁，眼前的景象變得一點也不真實，我覺得我迷路了，我坐起身，想要伸手碰喬。

「拜託快來找我，我想回去。」

但我還來不及碰到喬，那身著粉紅睡袍的小女孩卻已經站起來，牽住喬的手，把她拉到門口。這間病房開始裂解，變成了一片片巨大的拼圖碎片，落入底下的黑暗世界。我得要留住它們，我多麼渴望能夠將我這些生活碎片全部拼回去，但我不知道到底該怎麼做才好。

「妳們一定要走嗎？」

「是啊，難道妳不覺得我們也該走了嗎？」喬說完之後，她們就一起離開我的房間，關上了門。

之前

二〇一六年十二月二十四日，早晨

無論是何時失去摯愛，都不會令人好受，但深愛的人在聖誕節的時候離世，就真的很悲慘了。我們的父母在聖誕時節過世，自此之後，一切就變得不一樣了。無論我們之間的距離變得有多麼遙遠，但我們此生已經擁有了相同的傷痛。在聖誕節前夕共聚一堂，其實是克萊兒的想法，我並不想，但我也不能拒絕她，這也成為了我們之間的某種病態傳統。她說我們應該要記得自己所擁有的一切，而不是失去的部分。有時候我覺得她盯著我，就是想要從我的DNA裡面萃取出我們父母留下的最後餘緒。我的雙眼的確與我們母親長得一模一樣，有時候我也會看到她，在鏡子裡回看著我，總是對她眼前看到的景象感到失望。

金斯頓高街是我的提議，因為這裡總是繁忙不息。面對明天的到來，能讓這對可怕的小麻煩轉移一下心情也好。克萊兒搬出我從所未見的超大雙胞胎嬰兒車，他們的小手抓住自己的玩具，他們從來不願與對方分享。一男一女，她現在有了自己的完美小家庭，應該是非常足夠了。她好愛這對雙胞胎，超過了對我的愛，也超過了對任何人的愛，這是人之常情。今天我要對她吐露一些秘密，不是全部，只是時候到了、該讓她知道的事。

克萊兒說道，「這衣服對他們來說也太小了吧。」

「我知道，但我就是覺得很漂亮。」我把零到六個月的嬰兒服放回架上。今天早上，趁保羅還在睡覺的時候，我拿了驗孕棒測試是否懷孕，是陽性。我覺得我早就知道是這樣的結果，但我不知道為什麼試了那麼久，一直到現在才懷孕。我覺得這應該是某種預兆吧，一定是這樣。我也該開始往前看，開始與保羅好好生活，只有保羅。一個屬於我們自己、沒有任何人能夠奪走的家庭。在我將這個好消息分享給別人之前，我想要讓他第一個知道，我已經在腦海中反覆排演這個場景，他一定會很開心，我打算今晚就告訴他。

我為雙胞胎買了幾件克萊兒挑選的衣服，其實還不如買東西給她就好，他們根本不會記得這個聖誕節，遑論自己身上穿的衣服。要是我不久之後就在他們的生命中消失的話，不知道他們會不會記得我。某天，我曾經翻了一下字典，找尋「教母」這個字的意思。「小孩在父母意外早逝之後的法定監護人。」那個詞語一直在我腦海裡徘徊不去，意外早逝。身為他們的阿姨與教母，其實我目前的貢獻並不多，我打算等他們大一點之後再多加努力，他們不會記得這個聖誕節到底是怎麼過的，不能算數。

趕在最後一分鐘血拼的人潮實在太可怕了，幾乎沒有辦法離開店家、走到另外一間店。我覺得好奇怪，周邊的人買了這麼多東西，也等於揹了許多債，但大家看起來都好開心。有時候我覺得每個人都過得比我開心，宛若大家都知道某個秘訣，只有我被排拒在外。他們臉上的燦爛笑容好刺耳，我發覺自己討厭他們，討厭一切。聖誕節燈飾、歌曲、人工雪，曾經是我鍾愛的一切，如今卻讓我冷感。克萊兒也不愛這種氛圍，我們的相似之處遠遠超過我願意承認的範圍。我也看出她心情惡劣，搞不好已經陷落在更可怕的情緒裡。我看還是早一點把我想講的事告訴她，以免她進入某個過於黑暗、讓我完全摸不著頭緒的可怕世界。

我領頭走向某個小型聖誕市集，克萊兒喜歡這種東西，她在某個販賣芳香蠟燭的小攤前停下來，把每個都拿起來、湊到面前聞個過癮。每一根蠟燭都有不同的命名，「愛」、「歡樂」、「希望」，我還真好奇希望到底是什麼氣味。

「妳提到自己遇到的那個大學時代的朋友……」她依然盯著蠟燭，我站住不動，繁忙的聖誕市集似乎立刻變得鴉雀無聲。

我好不容易才說出口，「他不是朋友，是前男友。」

「隨便啦。」她拿起某個擴香瓶，外露瓶身的一大坨木竹宛若刺蝟，「我現在知道了，昨天晚上才想起來。」

我在他床上醒來的昨天晚上。

這當然是在我腦海中的內心喊話，但我依然擔心不知怎麼搞的就會被她聽到。她繼續把玩，根本沒看我的臉，我覺得好慶幸，就算我再怎麼神色自若，她一定會看透一切。

她開口問我，「那時候他是醫學院學生吧？」

「對。」

「妳跟他分手之後，他還是不肯放過妳，記得嗎？」

「我記得。他很火大，他不明白我為什麼要斷了這段關係，我也不能告訴他是妳逼我這麼做的。」

「我沒有逼妳，他這個人就是不適合妳。他顏質很高，但這裡有問題，」她伸出食指，敲了一下太陽穴。「妳記得妳甩了他之後，他開始對妳奪命連環叩嗎？而且還大半夜守在妳公寓外頭？」

「我說過了，他很火大。」

「他後來總算停止騷擾妳了，妳從來沒想過是為什麼嗎？」她轉頭看著我，目光喜悅閃動，然後她的注意力又回到了那些打折品。

我的心開始高速急轉。

我一直百思不解、迫切想要找出答案的那些拼圖碎片，終於開始拼入正確位置。

我問道，「妳做了什麼事？」

「沒什麼，寫了一些信而已。現在大家都不寫信了，好可惜啊，妳說是不是？」

她沒有抬頭，只是在小攤前隨意瀏覽商品，現在她拿起粉筆形狀的蠟塊，拚命嗅聞。

「快告訴我妳做了什麼事。」

她終於轉頭看我。

「我寫了一些信給醫學院院長，冒充不同的女人、抱怨他的行為有問題，對，就是妳前男友。我使用不同的信紙，筆跡也不一樣，這一招真的是非常高明。」她露出微笑，「然後，我在公共電話亭打電話給他，除非他放過妳，不然這些信一定沒完沒了。」現在她的淺笑變成了哈哈大笑。

「克萊兒，這一點也不好笑，妳毀了他的前途。」

「他現在做什麼工作？」

「當醫生。」

「所以沒差嘛。總是這樣，搞了半天到最後白做工。我只是要告訴妳，最好不要再跟他有什麼『巧遇』了。」

「為什麼？」我雖然開口問她，但我擔憂自己早已猜出了答案。

「因為我讓他以為那些黑函是妳寫的。」

之前
二〇一六年十二月二十四日，午餐時間

我覺得市集開始在我周邊不停晃轉，我需要找點東西讓自己穩定下來。熱甜酒的香氣壓過了蠟燭、香料、人群的臭氣，我必須要冷靜，必須要專注現在所要說的話。我把愛德華推到心頭後方的某個陰暗角落，把它鎖在某個箱子裡面。我一直會將回憶藏在腦袋裡的盒子裡，有時候，這是處理事情的唯一方法。

「喝點東西吧？」

克萊兒回我，「好啊。」

我到吧檯排隊買酒，她負責去找位子，我看到她把洋芋片塞給雙胞胎，讓他們保持安靜。他們不該吃那種垃圾食物，但我什麼也沒說。我聽到後面突然在拍照，立刻轉身，那些在愛德華門廳的我的近照，也逐一浮現我的眼前。我覺得搞不好會在人群裡看到他、偷拍我的照片。我不能繼續想他的事了，我一次只能解決一項，但那些我以為沒有人在看而被偷拍的照片，一直在我腦中揮之不去。那樣的照片正好抓到了我們被生活拖拉下沉、拚命向上掙扎的神韻，一張長方形的相紙揭露出我們有多麼疏於防備。

我把我們的飲料放在桌上，握著熱飲也發揮了暖手功能，雖然有點被燙到，但我並不在意那股痛楚。克萊兒喝了一口熱呼呼的酒，我發現她身體暖了，但心情卻逐漸冷靜下來。她的體內恆

溫器讓她恢復成那個情緒波動和緩的克萊兒，但我們之間還是感覺有些彆扭，好危險。

她啜飲了一小口的酒，「別生氣，都是多年前的事了。」

「我沒在生氣。」

「那到底是怎麼回事？」

這問題來得猝不及防，我覺得自己差點從座位滑了出去。「沒有。」

「少來了，快說。記得嗎？我是妳肚子裡的蛔蟲。」她笑了，仍然覺得自己是掌控的人。

「妳有話要說，快講吧。」

我四處張望，附近都是人。

我開口說道，「妳交代的事，我已經搞定了。」

她放下酒杯。

「瑪德蓮？」

「對。」她再次微笑。她還不知道這消息，我也不意外。她幾乎都過著克萊兒式泡泡式的生活。她對於社群媒體沒興趣，甚至連電郵也是，她用網路只是為了要購物而已。我不在新聞台工作之後，她就不看新聞了，寧可看一堆肥皂劇和永遠播不完的電視實境秀。

「這時間還真是他媽的剛剛好。我不知道妳怎麼花了這麼久的時間，全部都告訴我吧。」她的眼神就和小孩在等待聖誕節早晨一樣殷切。

「重要的是她已經離開，她請辭了。」

「很好，祝她的退休生活悶悶不樂。」

我與克萊兒在一起的時候，很清楚自己應該要擺出什麼姿態，但當克萊兒與我在一起的時候，她不會佯裝成別人，她很清楚我知道了哪些事，但她似乎從來不擔心。坐在高腳椅裡的凱蒂開始大哭，克萊兒根本懶得多瞄她一眼。

「她是什麼表情？」

「什麼？」

「妳告訴她的時候啊，什麼表情？」

凱蒂現在哭得更大聲了，我發現四周的人紛紛對我們投以憎惡的眼光。但克萊兒只是盯著我，她的表情如此熟悉，但依然高深莫測。

「我真的不想討論這個話題。」

「但我就是想聽。」

「反正我就是做了，這才是重點。」

兩個小孩開始尖叫，但我們似乎就是聽不見。

「謝謝。」這句話聽起來好虛假。

我開口說道，「其實我別無選擇。既然我已經達成了妳要求的任務，那就給我離保羅遠一點。」她看了我一眼，警告的神色，隔了好幾桌的客人不小心把玻璃杯摔到石板路上面，我們之間的某種牽繫彷彿也斷了。我知道我不該再說下去，但我心中的某個抽屜已經打開了，裡面的字句疊得整整齊齊，已經有好一陣子之久，現在全部滾落出來。

「克萊兒，我是說真的，不要碰保羅，不然我會消失，妳一定再也見不到我。」

「是不是出了什麼事？」她的身體又稍微挺直了一下。

「沒有。」

「我不相信妳，妳不是妳自己，妳不是很……穩定。他是不是傷害妳？」

「沒有！」她端詳我的臉，我把頭別過去，太遲了，她已經看出有狀況。

「是不是有人傷害妳？」

「沒有。」我又重複了一次，但我的反應不夠快，我差點想要把所有的事告訴她。我想說她是對的，她永遠是對的，有人傷害了我，但我依然不記得自己怎麼會上了愛德華的床。當我想起自己全裸躺在那海軍藍床褥上的時候，我擔心那都是我自己的錯。

「沒關係，等妳準備好了就告訴我，這是妳的習慣。不過，保羅還是配不上妳，他已經不行了。他的人生已經迷失了方向，妳可以過更好的生活，爸媽也很清楚這一點。」

「不要碰他。」

「別說傻話了。」

「萬一他出了什麼事，我也不想活了。」

她的嘴角微微上揚。

「不，妳才不會這樣。」她笑意盈盈講出了這幾個字。

跑啊，小兔兔，跑啊，小兔兔，跑！跑！跑！

雙胞胎尖叫，我也開始哭，克萊兒看起來是我們這一桌最穩定的人，其實不然。

「我們有過協議，」我說道，「要是大家知道妳……」克萊兒把手從另外一頭伸過來，抓住我的手，捏得我好痛。

「安珀，妳給我小心一點。」

很久以前

一九九二年十二月十九日，星期天

親愛的日記：

自從我發現我們又得搬家之後，我就再也沒和爸爸媽媽講過話，但我也不確定他們是不是注意到這件事。今天早上我告訴爸爸我想去公園，他說妳就去吧。然後，當他與媽媽在樓上吵架的時候，我打電話給泰勒。她媽媽叫她過來聽電話，她不多話，但我還是告訴她，如果她可以出來的話，那就公園見。那座公園正好在我們兩人家的正中間，我告訴泰勒一點鐘見，我在十二點四十五的時候出門，因為我知道走過去要十三分鐘。我沒有手錶，但我知道我一定走得超快，因為我在那裡盪鞦韆盪了好久。

就在我打算放棄的時候，我看到外頭馬路出現了那台富豪汽車。泰勒媽媽對我微笑揮手，我也對她揮揮手，但我沒有笑，因為我想要讓她知道我有多麼悲傷。泰勒不是自己走路過來，我覺得有點奇怪，明明又不遠。她拖拖拉拉了好久才下車，我終於見到她了，但她變得一點也不像她，她剪了個鮑伯頭，所以我們兩個根本不像了。

其實，這是個適合小小孩的遊樂園，所以外圍有欄杆，讓他們必須留在裡面、保障他們的安全。泰勒走過來，站在欄杆的另外一頭，所以有點像是她來探我的監。一開始的感覺怪怪的，完全不像以前那麼輕鬆自在。我告訴泰勒，我得要搬家了，她說她知道，而且還做出滑稽的聳肩動作。然後，她聽到她爸媽說我爸爸因為偷東西被炒魷魚了。我說那不是真的，還說爸爸辭職是為了要照顧媽媽，我不確定她是不是相信我的話。我說我們也可以盪鞦韆聊天，不需要透過欄杆講話，所以她就過來了。

我問她學校的事，她說其實學期結束前也沒什麼大事。現在與她聊天似乎變得好難，我覺得她並不了解我得搬家是一件多麼可怕的事，所以我故意在她面前哭了一會兒。自此之後，她就和善多了，雖然現在模樣變得不一樣，但還是很像以前的那個泰勒。我問她現在沒有我在學校，她過得好嗎？她搖搖頭。她脫掉外套，捲起針織上衣的袖口，手臂上有兩個環狀的紅色傷疤，我問她是誰幹的，但她不肯說。我問我可不可以摸摸看，她點頭。我非常小心，先觸摸到她手臂的光滑肌膚，然後以阿拉伯數字的8字形在那兩處火紅的傷口來回繞圈圈。我說很遺憾，我不在學校，沒辦法阻止這種事。

等到我把手移開之後，她又把袖子放下來，穿回外套，我知道這是她表達不願再多談的方式。

她站起來，準備要走了，我擔心是自己惹她不高興，但她其實並沒有離開的意思。她走向旋轉圓盤，躺在裡面的四分之一區，她看起來好滑稽，所以我哈哈大笑，然後我跑過去，開始快速猛推旋轉圓盤，而且還跟在旁邊一起跑，她也開始哈哈大笑。等到旋轉圓盤轉到極速之後，我突然讓它停下來，自己也躺在泰勒對面的那一區。我們兩人依然笑個不停。我伸手穿過欄杆去摸她的手，我們就這樣一直握著彼此的手，哈哈大笑，拚命轉，最後我已經頭暈目眩，但我不在乎，我真希望我們能夠永遠這樣。

後來，我們就不轉了，但依然躺在那裡。泰勒告訴我她有個叫喬的朋友，還講了喬的有趣故事。她說喬到新的地方就會認識很多新朋友，而且她非常會傾聽別人的心聲，一定會保守秘密。我開始覺得有點嫉妒喬，我一直以為我是泰勒最好的朋友，她不需要別人了。我真的不喜歡喬。後來泰勒才告訴我，喬不是真人，而是幻想朋友。我哈哈大笑，笑到差點從鞦韆上摔下來，但泰勒沒笑，神情好嚴肅。她說等我搬到新的地方，她可以把喬借給我，喬可以在我害怕或寂寞的時候陪我，而且以後我不管在哪裡都會有朋友。我說我有了她就不需要其他朋友了，但她似乎沒在聽我說話，她說喬可以跟我回家過夜，看看我們是不是也能做朋友。我說謝謝妳的好意，不用了。泰勒突然變得好怪，她說喬也坐在某個鞦韆上頭，所以不要傷害她的感情。我開始覺得泰勒瘋了，但等到要回家的時候，我同意帶喬回家，我只是要讓泰勒開心而已。現在喬在我的房間，看著我寫日記，她有一頭金髮，穿的是藍色牛仔褲，我們喜歡的東西都一樣。她一直在我耳邊輕聲細語，我不知道我們以後能不能當朋友，但現在讓她陪我倒是沒問題。

現在

二〇一七年一月一日

保羅離開我的病房，我等待克萊兒開口。雖然她不相信我聽得到她說的話，但我知道她一定會忍不住，遲早會講話。

「妳都三十五歲了，還在瞎編妳的幻想朋友的故事？開什麼玩笑？」她的笑聲聽不出善意，「真正的問題來了，當妳告訴保羅妳和喬在一起的時候，妳旁邊的人到底是誰？」

門開了，這時候有人打斷她真是太好了。

開口的是愛德華，「抱歉，不是故意嚇妳們。」

如釋重負的感覺瞬間消失無蹤。

克萊兒回道，「你一定覺得我是神經病，坐在這裡自言自語。」

「妳乍看之下可能是瘋了，但妳不是在自言自語，妳是在和妳姊姊說話。與昏迷病人講話是好事，對他們有益，對妳也一樣。」

「我們之前沒見過面吧，你怎麼知道我是她妹妹？」克萊兒一眼就看穿他了，任何人都逃不過她的法眼。

「妳們看起來就像姊妹，」愛德華繼續說道，「我只是要——」

「沒關係，你是哪位醫生……？」

「克拉克。」

我記得他告訴保羅自己是雜工。

監禁我的人與我的妹妹在客套聊天，我也專心聽了好一會兒。她不喜歡他，從她的語氣我聽得出來，就算是再怎麼稀鬆平常的字句，我也想要掌握它們的真正意涵。他們的聲音越來越小，彷彿有人調低了我的世界的音量，最後我什麼都聽不見，我不知道接下來會發生什麼事，但我知道它即將降臨，因為我總是先選擇沉默，所以沉默的優先選擇也是我。

時間越來越悠緩，我依然可以聽到克萊兒從遠方傳來的聲音，但也只剩下這個了，我的眼與口都緊閉，所以沉靜盈滿我的雙耳，我成了全聾的人，而且全身僵麻，什麼都看不到。等到我再也聽不到她的聲音之後，我睜開雙眼，看到克萊兒就站在我面前，我們在她家門廳，她凝凍不動，宛若一具活雕像，講話講到一半的時候，被別人按下了暫停鍵。她的閃亮雙眸中透出了恐懼的折射之光，也在她的臉龐留下蝕痕。我看到鮮血從我大腿之間不斷滴落，最後完全消失不見，宛若是出於我自己的想像一樣。我已經知道我不忍再看，但現在雙眼是睜開的，我沒辦法閉上。我想要按下停止鍵，但我的心卻繼續倒帶，克萊兒對我大吼大叫，我聽不見她在說什麼，一切都是靜音狀態。我從她家大門倒著出來，又倒著走向車道，我上車的時候，她關上車門。她一直在等我。我還沒弄懂這是什麼意思，已經開始發動引擎，開著保羅的車，倒駛進入熟悉的街道，我在我們家外面。我把車倒退，停住，保羅站在車道上，對我大吼大叫，我開了車門兩次才下車，又濕又冷的手指緊抓鑰匙的力道好緊，手心痛得要命。我跪在碎石路上面，完全不管膝蓋肌膚的刺痛感，讓車子的鑰匙落在車子的幽影暗處。一切似乎都是以倒敘的方式在發生，我站在雨中，與保羅面對面大吵，我聽不到他所說的話，但我看到他嘴巴在嚅動，他的雙手在空中揮舞，但我一開始的解讀是錯的，他的臉轉為恐懼，不是火氣。雨勢好大，一切的速度變得越來越慢，到了最後，時間幾乎靜止不動。

我現在的視線十分清晰，四周的景象開始有了真實感，因為都是真的，這不是記憶，不是夢境，我十分篤定。我低頭一看，發現我新買的奶色洋裝全濕了，緊貼皮膚，但沒有血，我知道小孩還在，依然好好地住在我的體內。我把手放在肚子上面，好納悶自己怎麼沒穿外套，後來才恍然大悟，一定是因為匆匆離開。保羅搖頭，倒走進入屋內，我一個人站在雨中，我非常確定這一段是錯的，我並沒有冒著大雨站在那裡，但現在似乎變得很重要，我的時間與空間必須要被定格，才能勾起我的回憶，找出一切的合理解釋。雨勢好大，臉龐被打得好痛。我的視線變得模糊，發現臉上的某些水其實是我自身的液體，上方黑色夜空的雨水滂沱而下，也夾雜了保羅的聲音。

「她在哭。」

黑色天空覆蓋了整間屋子，車頂也是，這段記憶染了墨色，但我必須要把握機會，我必須要想起事發經過。我感覺到她出現了，後來，才看到她的身影，身著粉紅睡袍的小女孩站在我旁邊，伸出小手握住我，我現在看到她的臉了，我知道她是誰。

「看，她在哭。」又是保羅，他的聲音從某棵樹後方傳來，我知道我是誰了。

那個小女孩也開始大哭，我把她拉到我身邊，我知道我不能讓她走。對於這一切，她無力阻止，不是她的錯。影像變得黯淡，逐漸從記憶裡消失，最後只剩下一片濃黑。但這時候一切變得清明，她選擇了沉默，而我現在必須承受，小女孩緊緊抱住我，二十多年的時光就這麼流逝了，我低頭看著十多歲的那個自己，她穿越了四分之一個世紀而來，突破了時間與空間的限制，就是為了要提醒我以前是誰，還讓我知道此刻的我到底是誰。

有些人早在未死之前就已成為幽魂。

之前

二〇一六年十二月二十四日，下午

我到家的時候，雙手依然在顫抖。我在耶誕市集丟下了克萊兒，掉頭就走。大雨欲來，天空昏暗，我只想要趕快進屋，把整個世界與我曾犯下的錯誤永遠隔絕在外。我從包包裡取出鑰匙，發現自己拿錯了，這套是保羅的鑰匙，不是我的。這麼疏忽大意，不像是我的風格。我必須冷靜下來，打起精神，維持全神貫注。進入屋內之後，我覺得好多了。我整個人背靠門板，鼓勵自己要讓呼吸與思緒慢慢平穩下來。我閉眼了好一會兒，想要釐清思緒，但睜開的時候依然找不到答案。明明沒有的東西，當然很難看到它的蹤影。

我在門廳脫下外套，把它掛在架上，彎腰脫鞋。

「我回來了。」我的語氣聽不出歡欣或期待。

沒有回應。

我鬆開了第二隻鞋的鞋帶。

「保羅？」

沒有回應。

我不喜歡被別人碰觸的感覺，一直訓練自己不要露出畏縮神情或是躲開，但我也覺得要是你明明知道得要放手讓對方自由，緊緊抱住不放也沒有意義。話是這麼說，我還是希望能在這種時候有人抱我，我想要抱別人，也讓對方回抱我。

剛才的熱甜酒讓我的舌頭灼熱，我好渴，所以進了廚房，打開水龍頭，為自己倒了一杯水。我大口暢飲，目光四處游移，也立刻注意到了異狀。我放下水杯，望著瓦斯爐。最左側的撥盤位置不對，我把它弄直，確定完全關閉，然後又繼續盯著不放，彷彿覺得它會在我的面前自動扭開一樣。我東看西看，想要找出合理解釋，突然一陣暴怒，保羅今天怎麼這麼不小心。另一個房間傳來木板條的吱嘎聲，我的火氣也冒升到了表層。

「你瓦斯爐沒關好！」我邁開大步，穿梭在各個房間找人，就是想找人出來罵一頓。但保羅不在那裡。我到了前面的起居室，沒人，但角落擺放了一棵巨大的聖誕樹。我今天早上離開的時候明明沒有，先前我們已經說好了，今年就不要費事布置，但聖誕樹還是出現了，比我還高，掛滿了閃爍的小燈。幾乎每根樹枝上都掛了我與保羅這些年一起旅行時買下的各種裝飾品：去紐約旅行時的迷你版布魯明黛百貨的褐色小袋、紐西蘭的綠寶石小天使、德國的蕾絲雪人。我們以前經常旅行。我們即將因為他的新作、再次展開這樣的生活。枝頭懸掛的記憶讓我看得入神，我發覺自己在傻笑，光是看到這樣的場景就讓我覺得幸福。我關掉聖誕燈，因為我聽過開燈開太久而引發火災、導致整間屋子燒光光的消息。

樓上的某塊木板條開始吱嘎作響，我上樓找保羅，同時希望可以趕快拋卻剩下的怒氣。他做了一件這麼美好的事，我當然可以原諒他犯下的其他過錯。我找了所有的房間，間數不多，所以沒花多少時間，但他也不在這裡。我回到我們的臥室，那裡似乎有些不一樣，有個地方怪怪的。我掃視整個房間，發現之前那個惹毛我的衣櫥有問題，門沒關好，露出了一點隙縫，明明一直應該是緊閉的啊。我的呼吸變得急促，疑心引發寒毛直豎，但我告訴自己，我只是窮緊張罷了。我走過去，把門關好，發現有人動過我的衣服，位置不對。我總是依照尺寸與顏色掛衣服，自有一套邏輯，但現在並非如此。

有狀況。

我十分確定。

這不是我的幻想。

我站得直挺挺的，仔細聆聽，最細微的聲響也不放過。我悄悄走到梯台，盯著每一道門，我好害怕，不知道自己會看到什麼，就連我的呼吸似乎都太大聲了。我站在浴室門口，仔細檢視，發現藥櫃的門有隙縫，毛巾也不是依照我喜歡的方式擺放，保羅從來不會亂動，他知道我會因為這種事抓狂，有別人來過這裡。

克萊兒。

克萊兒為了要懲罰我，給我一個教訓，的確會做出這種事。我只是不懂她怎麼能比我早一步到家，沒有鑰匙又是怎麼進來的？我屏住呼吸，硬是悶死了腦中那些亂七八糟的想法，不會再聽到它們的呼喊聲。

我必須找到保羅，確定他安全無虞。然後，我聽到他在樓下走動，一定是剛從花園進來。知道他沒事，我不禁鬆了一口氣，這裡的凌亂現場就先算了，我趕緊衝下樓，只要看到他的臉就好。我原本以為他在廚房，沒有，我又走到通往前方起居室的門廳，臉上勉強掛起微笑。打開那扇我記得自己不曾關上的門。

聖誕樹的裝飾燈又開了，但我進入客廳時所注意到的第一件事並不是這個。而是愛德華，他正坐在沙發上，他抬頭望著我，彷彿已經等我很久了，彷彿早已約好要見面，彷彿來自我早年過往的男人坐在我家客廳簡直是稀鬆平常。我想要大叫，但其實我更想要向外跑，他抬頭對我微笑。

「嗨，安珀，妳看起來好累，怎麼不坐下來呢？」

很久以前

一九九二年十二月二十一日，星期一

親愛的日記：

爸爸今天為我們弄好了聖誕樹，不是真的樹，而是塑膠製品，還有，那不算是我們的樹，那是屬於外公外婆的東西，但我想他們不會介意這種事。那棵樹的綠色很怪，褪色褪得很嚴重，幾乎接近灰色。爸媽願意讓我負責裝飾，聖誕燈不會亮，底下也沒有任何禮物，但我就是喜歡。等到我弄完之後，喬說看起來很漂亮，我真的很喜歡有她陪伴身邊。

爸爸找到了新工作，本來應該算是好消息，但其實不然。他的新工作在威爾斯，距離這裡好遠，根本等於是另外一個國家了。他們甚至還有自己的語言，聽起來就像是倒著講話，就像爸爸倒轉錄音帶給我聽一樣。泰勒說她以前去過威爾斯度假，當地講英語也講威爾斯語，但我還是不想住在那裡。

我們不能搬到威爾斯的三大理由：

一、我得轉學，又來了。

二、我會好想念泰勒。

三、那裡沒有外婆。

這裡也沒有，但因為她的東西都還在這裡，所以假裝她還在世其實很容易。

爸爸已經把我們的生活用品全部都放進箱子了，過往的點點滴滴全被堆放在屋子的各個角落，一堆我們也用不上的老舊物品也被仔細包好裝箱，彷彿它們有多珍貴似的。閣樓裡還放有我們上次搬家時留下的舊箱子，所以爸爸才會意外發現那棵聖誕樹。他本來請媽媽幫忙打包，但她不舒服，所以他都自己來。媽媽現在連衣服也不換了，只是穿著睡衣晃來晃去而已。醫生給她開了一點安眠藥，我覺得有點怪，因為她明明每天都躺在床上。

爸爸說我這年紀可以自己打包了。他利用褐色粗膠布黏住兩個箱子的底部，把它們放到我的房間裡，然後，他告訴我要在晚餐前把箱子裝滿。他在廚房的某個抽屜裡找到十元英鎊鈔票，他說，我們可以買份炸魚薯條開心一下，只有我和他而已。真開心他找到了錢，我以為我們家已經一毛不剩。昨天有人來我們家找爸爸，我聽到他說我們還沒有付水費帳單。我檢查了廚房與浴室的水龍頭，還是有水。爸爸說，要是有別人來敲門，我們必須假裝不在家，躲在窗戶下面，所以他們往內查看的時候，也不會發現我們的蹤影。

我想把自己房間的東西都裝進箱子裡，說起來容易，其實沒那麼簡單。我把一些書放進去，但感覺就是不對，所以我又把它們拿出來放回書架，我覺得它們就是不想離開這間屋子，這是它們的家，想待多久都沒問題。我改把衣服裝進去，反正我需要的衣服不多，現在同一件衣服總是可以穿兩天，沒關係。而且因為我們沒付水費，我為了省水，現在也不洗澡了，但似乎也沒有人發現。我拿了褐色膠帶封箱，然後就把它留在那、懸在紙箱旁邊，爸媽不准我在房間裡使用剪刀。

炸魚薯條最好吃了！我撒了鹽巴，又加了醋與番茄醬，吃完的時候覺得好撐。我覺得爸爸也吃得好開心，只有我們兩個人，享受了一段快樂時光，但他後來拿出某個裝了酒的盒子喝酒，心情又開始低迷了。我問他為什麼酒會裝在盒子裡，而不是在酒瓶裡，他說我問太多問題了，叫我閉嘴。我覺得爸爸不應該喝得這麼兇，會讓他變成一個不可愛的人。他拿出聖誕樹和炸魚薯條假裝討好我，但他其實根本不喜歡我。他在吃完晚餐後，開始看大電視，我盯著他好一會兒，他的鬍子裡有食物殘渣，嘴唇上的死皮因為沾到酒而染成了紫色。我根本不喜歡他，我甚至不相信他是我爸爸，他喝得亂七八糟的時候，我好恨他，恨死他了。

我到廚房喝水的時候，看到了剪刀。我知道自己不該碰那種東西，但我現在已經十一歲了，我決定自己拿膠帶封箱。不過，當我爬到樓梯頂端的時候，發生了一件很有趣的事，我的雙腿突發奇想，但什麼都沒告訴我，自己走進了浴室。我打開燈，喬站在浴缸裡，著實嚇了我一跳。她叫我關上浴室的門，我乖乖照做，然後，我盯著鏡子，可以看清楚自己的每一個動作。

等到我大功告成的時候，浴室地板上散落了許多我的頭髮。剪鮑伯頭是喬的主意，我瞇眼盯著鏡中的自己，可以假裝裡面的那個人是泰勒，正在回望著我，讓我好開心，我笑了，她也跟著笑。我問喬覺得怎麼樣，她稱讚我幹得好，這樣一來，只要威爾斯有鏡子，就等於可以讓泰勒一直陪在我身邊。

現在

二〇一七年一月一日

遠方傳來軟木塞蹦出的聲響，也喚醒了沉睡的我。有人正在某個地方大肆慶祝，某些記憶突然閃現，聖誕節的香檳、酒杯互碰聲響、樓上雙胞胎的大哭聲。我想要努力喚回更多的回憶，但檔案的其他部分卻一片空白。我覺得自己沒喝醉，但老實說，我想不起來，這唯一的可能性也讓我心中的羞恥感不斷滋長。我們的爸媽喜歡喝酒，而酒精讓他們完全變成了另外一個人。我不想跟他們一樣，但歷史就是不斷自我重複的過程，無論你喜不喜歡都一樣。我聽到走廊傳來開心的笑聲，不禁讓我覺得很納悶，在這種地方有什麼事可以笑得這麼開心？

保羅握住我的手，他在這裡，他還沒有放棄我。

「新年快樂。」他說完之後，又親了一下我的額頭，好溫柔的一吻。

新年。

所以我已經在這裡一個禮拜了。時間宛若手風琴一樣不斷延展，有時候又會全部皺縮在一起，我有些困惑，而且異常失落。

我開始回想自己過往的新年慶祝活動，真的，完全想不起哪一年過得特別美好，但我覺得應該都比今年的好多了。

「要是聽得到我說話，動一下手指就好，」保羅說道，「拜託。」

我可以想像他殷切盯著我手指、期盼看到它們蠕動的那個模樣，我好盼望自己可以為他完成這件小事。

「沒關係，我知道妳要是可以的話，一定會動給我看。他們說要是只有我一個人的話，可以留到半夜十二點，現在是十二點零三分，所以……」我聽到他把外套拉鍊拉起來，我陷入恐慌。

拜託不要走。

「別擔心，我還是會盯著妳的動靜。我已經在妳的病房裡安裝了監視器，只有妳知我知，就是我本來要安裝在屋子後面的那一台。我會把它放在這裡，不會有人注意到的。它是靠動作感應，要是妳今天晚上起來跳舞，我就能在家裡的手提電腦看到妳的模樣。安珀，我知道妳還好好的，只是被困住了，他們不相信我，但我知道。妳只需要撐下去就是了，我一定會想辦法救妳出來。」他再次吻我，熄燈，迅速關上房門，宛若父母哄小孩上床睡覺一樣。現在又只有我一個人。

所以，現在是二〇一七年了，感覺充滿希望。在我們的童年階段，總覺得到了這個年代，就會發明出飛天車與月球套裝旅程了。在成長過程當中，世事歷經了許多變化，也許我們不是那麼喜歡，但世界變得不一樣了，更快速、更嘈雜、讓人覺得更寂寞。而我們與周邊的世界不同，我們完全沒有任何改變，真的。歷史是一面鏡子，我們現在都只不過是原始自我的老化版而已，我們是偽裝成大人面貌的小孩。

之前

二〇一六年聖誕夜

「你在這裡幹什麼？怎麼進來我家的？」

愛德華氣定神閒坐在我家沙發上，抬頭對我微笑，彷彿這很正常，彷彿這一切都合情合理。他的曬色甚至比先前更明顯，我想到了他公寓裡的那張老舊日曬床。

「冷靜，安珀，沒事啦，怎麼不跟我喝一杯？放輕鬆，妳今天過得如何？和我聊一聊吧？」

我發現咖啡桌上有瓶紅酒，還有兩個酒杯，我們的酒杯，我與保羅的酒杯，我們的酒。

我回道，「我要報警了。」

「哦，妳不會這麼做的。除非妳希望妳老公發現妳和另外一個男人在約會？」他拿起酒瓶，斟滿酒杯，我想要維持冷靜，思考，了解現在是什麼狀況。「明明是妳希望我來這裡，所以妳才故意把妳家鑰匙留在我的住處。」他把鑰匙放在咖啡桌上，頓時我鬆了一口氣，我需要這些鑰匙，裡面有些不是我的鑰匙，然後，我恍然大悟。

「昨天晚上你從我包包裡偷走鑰匙……」

「我幹嘛要這麼做？對了，妳昨天不告而別，實在很沒禮貌。」

「你在我飲料裡下藥。」

他反問我，「妳在胡說八道什麼？」他古銅色肌膚上的笑容依然燦爛，露出了一口完美白牙。

「一定是這樣，這是唯一的解釋。」

他的笑容消失了，「安珀，別跟我耍心機，我們都已經是這種年紀了，不需要玩這種遊戲。妳自己想來我公寓，妳自己希望我脫妳衣服，這一切都是妳的想望。」

我覺得自己要崩潰了。

「我沒有。」我的話彷彿是從另外一個人的口中說出來的，某個遠方的小小人形，他站起來，我後退一步，他露出陰沉目光，隨即又恢復笑容，「我借用一下吧？」他沒等我回答，逕自從咖啡桌上拿起了我的手機，他根本不需要問我密碼就直接解鎖，然後把手機湊到我面前，讓我看到他要給我看的畫面，「妳覺得這像是我在強迫妳嗎？」

一切就此停止，我想要把頭別過去，但我就是辦不到。

他繼續滑手機，全都是某個神似我的女子的照片，但我從來沒有看過自己的這種模樣。全裸、朱唇微啟、流露狂喜的臉龐，我終於別開目光。

「是妳自己猴急，但我在這方面是很有紳士風範的。我們必須要有耐心，等待適當時機。我要妳先跟妳先生離婚，我絕對不會把妳分享給他。我們浪費了這麼多年，但現在我們的未來充滿了無限可能。」他向前一步，我跟著後退。

「你瘋了。」使用這樣的措辭，害我立刻就後悔了，因為他把我的手機又摔到桌上。

「別擔心，我的手機還有更多的照片。我有張最心愛的照片，本來考慮要寄給保羅。多可悲的名字啊，保羅，可憐的保羅，我覺得這綽號很適合他，反正他的小小作者網站上有他的電郵，但後來我覺得不要，應該由妳親自告訴他，我是不是很貼心？」我轉頭面向他，現在我的憤怒已經稍微超過了恐懼，「妳得要把真相告訴保羅，把他趕走，然後，我會搬進來，我們重新開始。」

「重新開始？你知道嗎？你毀了一切，對我下藥，一定是這樣，這一切都太不合理了，我才不會做出那種事。」

愛德華露出挖苦神情，「是妳自己求我的，」他已經站在我的正前方，「求我塞進妳的淫穢小穴。」

我必須要離開這裡，我得要找到保羅。

我衝向大門口，但愛德華已經搶先一步，一手猛力甩門，另一手狠狠打了我一巴掌。

他又出手打我，害我摔倒在地。

「妳為什麼每次都要摧毀一切？我已經原諒妳多年前的行為，但這次我不會讓妳再耍我了。」

我想起在我們的學生時代、克萊兒針對他所寫的那些黑函。我想要對他解釋清楚，但他又開始揍我，逼得我無法呼吸也無法言語。我已經聽不到他說的話，因為他的雙手緊掐我的喉嚨。他把我從地板上拖起來。我幾乎沒辦法呼吸了。我對他拳打腳踢，但似乎對他完全沒有任何作用，宛若蒼蠅想要傷害馬兒一樣，我只是讓人心煩的無用之物罷了。

我必須得做些什麼，什麼都好，我快要沒命了……

「我懷孕了。」我好不容易才說出口，這幾個字在我們之間不斷飛舞，我萬萬沒想到我會讓他第一個知道，我不想，我也不覺得他想聽到這種事。我沒辦法思考，沒辦法呼吸，我的視線邊緣逐漸轉黑，那股黑暗緩緩擴散，宛若墨水潑濺在吸墨紙上面一樣。

我聽到有人開了後門。

愛德華也聽到了，把我摔在地上。我靜止不動，不知道接下來會發生什麼事，讓我好害怕。他退後一步，我以為他要踢我肚子，我伸出雙臂護住腹部，閉上雙眼，但不需要，愛德華冷靜走出前門，靜靜關上了門。我聽到保羅在廚房裡為煮水壺加水，我知道我安全了，至少是現在。我不能讓他看到我這個樣子，我靠著顫抖的雙腿站起來，將前門鎖到底，拿起咖啡桌上的手機，趕緊衝上樓，把自己鎖在浴室裡。過沒多久之後，保羅也上來了。

他開口問道，「安珀，是妳嗎？」

「嗯。」我努力回想自己平常的應聲語氣，現在我也只能盡量模仿。

「克萊兒還好嗎？」

與克萊兒共進午餐已經感覺是許久之前的事了，所以我一開始還愣了一下，不知道他為什麼問這個。

「很好啊。我現在只想趕快洗個澡而已，好嗎？」我靠在門口，我好想開門，讓他抱住我，我想要告訴他，我對於這一切感到無比懊悔，我有多麼愛他。我好希望自己能對他說出實情，但他永遠不會原諒我真正的面目。我低頭望向手中的手機，看到自己的裸體照，我想吐，我立刻刪除，但立刻又出現了別的照片。

他開口說道，「我已經布置好聖誕樹囉。」

「看到了，好漂亮。你還把樹特地找出來，讓我好開心。」

「我布置完成之後，又在閣樓裡找到別的東西。」我把手貼在木門，想像他的手也正好靠在另一面，真希望我可以握住它不放。

「又是蜂窩？」

「這次不是，我找到一個裝滿老舊筆記本的箱子。」

我知道我頓時停止呼吸。

「看起來像是日記本。」

我們都渴望自己能夠成為某個人，但最後只是他們的幽魂，假冒的複製品。

「希望你沒有亂翻。」真希望現在能看到他的雙眼，知道他在想什麼，也能判斷他接下來的回應是不是真的。

「當然沒有。哦，至少我發現是日記之後就沒繼續看下去了。但其中一本的封面寫著大大的一九九二年，讓我覺得很好奇，妳那時候幾歲？十歲？」

「十一歲，」我回道，「你不應該碰別人的日記。」我無力癱坐在地板上，閉上眼睛，頭貼著牆。「那是隱私。」

很久以前

一九九二年十二月二十四日

親愛的日記：

這還是我第一次這麼晚不睡覺。現在是凌晨一點鐘，等到太陽升起的時候，就是聖誕節前夕了。泰勒昨晚來我們家，她還在這裡，窩在我臥房熟睡。爸媽說在我們搬家之前、可以讓她來我們家最後一次過夜，因為我威脅他們要是不答應的話，我會把頭髮剪得更短。我們要在十二月二十七日搬家，所以爸爸可以在第二天就開始上工。而我也要在一月的時候進入某個全新的國家、就讀新學校，他們連我要念哪一間都還不知道，對我真是漠不關心。媽媽說等我們在威爾斯安頓好之後，泰勒可以來威爾斯找我們玩，還說這次一切都會不一樣，媽媽撒謊。

泰勒在晚餐時間沒說什麼話，而且幾乎沒吃披薩。這都是媽媽的錯，因為她給我們準備的是夏威夷披薩，也就是說泰勒必須挑掉那些鳳梨丁之後才能吃下去。泰勒的媽媽絕對不會犯這種錯，她很清楚我們兩個喜歡吃什麼。我們家真的已經沒錢了，就連外婆的應急存錢筒裡面的銅板也全沒了。爸爸在酒吧，他在那裡有個名叫賒帳的朋友，總是會幫他付酒錢，爸爸說，也不需要還他錢，反正都要走了。也不知道為什麼，媽媽的反應很生氣，所以她拿爸爸的信用卡去買披薩，但信用卡明明只能拿來應付緊急狀況，她叫我們不能告訴他，我覺得我們好像在吃什麼救難披薩一樣。

媽媽今天很早就入睡了，她說她好累。如果她真的這麼累的話，我不明白她為什麼每個晚上都還要吃安眠藥，但沒有她在旁邊反而讓我好開心，我和泰勒一起看電影，這部片子我以前看過了，所以當泰勒盯著大電視的時候，我一直望著她。我把所有的燈都關了，就好像她爸媽在電影夜的安排一樣，螢幕冷光照亮了泰勒的臉，她好像小天使。某些搞笑橋段出來的時候，她根本不笑，就算我大笑，她也只是對我投以哀傷眼神，然後又繼續盯著螢幕。我好想握住她的手，她也就讓我握了。我捏了她三次，過了一會兒之後，她也回捏我三次，但她還是沒看我。

電影結束之後，我們上樓回到我的臥房，聊了一下，但不像平常那麼久，主要是因為泰勒一直在講我沒有參與到的某些事情。她最近和一個名叫妮可拉的女孩走得很近，兩人都有去上教會聚會所的芭蕾舞課，我沒上芭蕾舞課，我們家負擔不起。顯然妮可拉很風趣，總是一直講笑話，泰勒說我依然還是她最好的朋友，我一直逼問她，要確定她說的是實話。我不知道她為什麼還需要其他朋友，我沒有，但我也過得很好。

泰勒說她真的很期待聖誕節，她的整個家族都會待在他們家，泰勒還說她媽媽買了隻她從所未見的超巨大火雞，跟鴕鳥一樣。她的外婆會留在他們家過夜，我想到自己的外婆，覺得好傷心，所以我沒講話，只是繼續聆聽。我是個很會聆聽的人，只要你願意聽別人說話，他們會把所有的事都講出來。她說她不希望我去威爾斯的時候，我開心得不得了，因為我離開會讓她好難過。然後，我告訴她，我哪也不去，我是認真的，我說到做到。

爸爸喝得醉醺醺回來了，上樓的時候還吵得要命，我覺得好丟臉，但也有些竊喜，他去酒吧之後總是睡得很熟，而媽媽的安眠藥效果也很好，所以幾乎不可能吵醒她，泰勒也在樓上睡覺，大家都是。

爸媽不准我碰火柴，這跟剪刀是同一等級，但其實我有一盒火柴，已經收藏了有好一段時間了。我們那天在學如何操作本生燈的時候，我把火柴帶回家，那天我學到了好多。我在下樓之前點了根火柴，其實我有點希望泰勒可以醒過來，那麼我們就可以一起做這件事了。但她動也不動，所以我就讓她繼續睡。我好喜歡火柴燃燒時的氣味，我讓它在我的指間整個燒光光，就是要讓火焰自行熄滅。

我已經把自己的所有重要物品放進學校背包裡了。

最重要的三項是：

一、我最喜歡的書（《瑪蒂達》、《愛麗絲夢遊仙境》、《獅子．女巫．魔衣櫥》）。

二、我的日記。

三、我最好的朋友泰勒，我絕對不會拋下她的，因為我們是天生同類。

之前

二〇一六年十二月二十四日

我躺在浴缸裡，希望水溫夠熱，能夠燙傷我的身體，但我現在不想要傷害肚裡慢慢長大的小孩。我開始幻想懷孕十多週的情景，肉色的小山丘從浴缸水面突了出來，這是一塊新的土地，正在等待認領。我把右手放在肚子上，動作輕柔，彷彿擔心它會傷害我，彷彿覺得它不是我身體的一部分。我沒有任何感覺，也許現在還太早了吧。

水溫轉冷，已經超過了我的忍受範圍，所以我起身，擦乾身體。蒸氣已經消散，看到我在浴鏡中的模樣，我嚇了一跳，白色頸部的鮮紅指印清晰可見，大腿內側的瘀青雖然是舊傷，但依然很容易被細心的人發現。

我打開浴室門，聽見保羅在樓下，然後，我聞到了火的氣味，我差點就吐了。我在堆滿謊言的地毯上小心前進，深恐驚擾了它們，我一進入臥室，立刻套上高領針織衫與舒適的運動褲，衝到樓下的客廳。

「妳出現了，」保羅開口，「要不要來一杯？」

「安全嗎？」

「妳說酒嗎？」

「我說的是壁爐。不是應該在使用之前先清掃一下嗎？」

「沒關係。我想既然明天就要過聖誕節了，開壁爐可以營造舒適氣氛。」耶誕樹與爐火映亮了客廳，他想要把這裡弄得美美的，但他卻大錯特錯，我不需要多說什麼，他已經從我的臉上讀出了我的心緒。

「靠，抱歉，可能會讓妳想到……對不起，我是白癡。」

「別這麼說，只是要花一點時間習慣一下而已。」

他拿起愛德華先前開的那瓶紅酒，為我們自己斟滿了酒。我不想碰那些東西，也不想喝，但我還是勉力讓自己配合一下。我有好多心事，但我依然找不到任何字詞能夠把它們講出口。

「敬你，敬這本新書，恭喜。」我擠出了這幾個字，又舉杯碰了一下他的酒杯。

「敬我們。」他說完之後，吻了我的臉頰，我淺酌一口，看到他暢快喝了一半。我們安靜了好一會兒，只是望著火焰，真有趣，明明是同樣的事物，但對不同的人來說卻有不同的意義。我好盼望能讓他知道寶寶的事，他一定會覺得這是某種奇蹟，我想也是。但今晚我不能說，今天發生太多事了，我想要營造一段在說出口之前、沒有任何裂痕的美好記憶。我把手伸過去，想要握住保羅，他也正好在這時候拿起他的筆電。

「好，蘿拉已經寫了電郵給我，講出她對這次宣傳之旅的初步構想，感覺一定很棒。紐約、倫敦，這是當然的了，巴黎、柏林。感謝上帝，只有我們兩個人，要是我們被小孩綁住的話，絕對沒辦法成行。」

我幻想的美好未來宛若小孩在風中吹的泡泡一樣，戰戰兢兢飄飛一分鐘，之後就立刻消散不見。我想要說出口的話吞了回去，反而掛起了微笑。保羅收起筆電，放在桌上，又喝了一口酒，我盯著壁爐裡的火焰在飛舞，看起來狂野不羈，讓我好想逃離這個地方。

他開口問道，「所以妳現在還寫日記嗎？」

「什麼？沒有。」

他把手伸向沙發側邊，臉上露出淘氣微笑。

「要不要唸一點？純粹好玩而已？」

我看到他手中的日記，封面是那熟悉的花體字，一九九二年，雖然屋內暖和，我卻立刻全身冰涼。

「你說過你會放回去。」

他誤解了我的語氣，以為我在開玩笑，他把它當成了遊戲。

「只要一段就好，來啦。」

「我說不要。」我沒想到自己會這麼大聲，而且已經激動到站起來了，他臉色大變，趕緊把日記交給我，我像小孩一樣一把搶下，把它貼在我胸口，又坐了下來，保羅直盯著我，但我依然望著火光，我不敢看他，我擔心接下來不知道會出什麼狀況。

他問我，「如果妳這麼不開心，為什麼還要留著？」

今天晚上就這麼被我毀了，我好討厭自己，我摧毀了一切。我的臉頰火燙，也不知道為什麼，火光現在看起來更加猛烈，彷彿它們靠過來、燒毀我僅存的一切是遲早的事。

「我沒有。這是去年我在清理爸媽房子時、在閣樓裡找到的東西。」保羅把空酒杯放在咖啡桌上，就放在我幾乎沒喝的酒杯旁邊，我閉上眼睛，這樣我就看不到火焰，但我依然聽得見他們的尖叫。

他開口問道，「我以為我們之間沒有秘密。」

「我們之間是沒有，那些東西不是我的秘密，那是克萊兒的日記本。」

現在
二〇一七年一月一日

有的時候，我妹妹的角色不是我妹妹，她一直是我的好閨蜜。小時候，她一直叫我是泰勒，那時候幾乎每個人都喊我的姓氏，因為我就是比較喜歡這個稱呼。對我來說，安珀一直是次等選擇，就像是紅綠燈嘛，紅色，琥珀色（amber），綠色。紅色是停止，綠色是通行，而琥珀色幾乎沒有任何意義，一點也不重要，就和我這個人一樣。我認為我的名字就是害我在學校沒人緣的原因，大家不喊我安珀，卻喊我其他的名字。起初我爸媽很生氣，他們一直勸我，琥珀是寶石，但我知道我並不是什麼寶貝。除非喊我泰勒，否則我絕不理人，我就這樣堅持了好幾個禮拜之久，所以到了最後，爸媽也叫我泰勒。我結婚之後，狀況就不一樣了，原本的姓氏泰勒被拿掉，取而代之的是雷諾茲，大家自此之後又開始喊我安珀，感覺像是脫胎換骨一樣。

我還記得我媽掛掉電話、告訴我克萊兒邀我在她搬家之前、去她家最後一次過夜的情景。我不想去，她要離開讓我好生氣，但媽媽說我應該要去，這是正確的舉動。她錯了，這是我一生中犯下的最嚴重過失，自此之後，我一直為此付出慘痛代價。

克萊兒的母親在那晚為我們買了披薩。她不太會煮東西。我還記得克萊兒對她尖叫，因為我不喜歡吃鳳梨，她只要失控的時候就變得好可怕。我從來不會對我父母那樣講話，而且我老是覺得很奇怪，她們居然對她這麼容忍。她爸爸很少出現，好不容易賺到一點錢就拿去賭博，而且總是不斷失業也不斷輸光光。她媽媽有點酗酒的問題，而且總是面露悲戚，神色疲憊，彷彿已經被人生所擊垮。她最後放棄了克萊兒，也放棄了自己，讓我了解到那些什麼事都不做的人就跟會做壞事的人一樣危險。

克萊兒那時候在學校人緣不好，她是個暴怒的小孩，討厭這世界，討厭這世界裡的每一個人。他們經常搬家，而且她每次一到新學校就幾乎會惹禍。她非常聰明，太聰明了，彷彿她才剛認識別人就可以立刻看透對方，然後失望透頂，大多數的人對她來說都很無趣。她喜歡看故事書，而不是真實生活，所以她有某些好朋友都是書中的人物，我是她唯一的真實朋友，要是我和誰講話，都會引來她吃醋，後來我學乖了，不要做這種事就是了。

我每天依然會想到那起事件。我一直在想是不是我的錯，是否能做些什麼防範措施。她那時只是個小女孩，但我也是，小女孩和小男孩不一樣，她們是蜜糖香料與傷疤的組合體。我的傷疤還在，存留在我的內心並不表示它們不存在。

那天晚上，我聽到她起床，在臥室裡鬼鬼祟祟，我背對著她，但眼睛是睜開的，我聽到她點燃火柴，我也聞到了焦味，我以為她一定是在點蠟燭什麼的。有時候她家會忽然沒電，她爸媽經常拿不出錢繳電費。然後，她出了臥室，進入走廊，我等了一會兒，但她沒回來，我起床去找她，想知道她跑去哪了。她家總是很冷，所以媽媽幫我準備新的粉紅睡袍，我把它穿好之後，將腰帶打了一個結。

我偷偷溜出去，準備要去梯台，我躡手躡腳經過克萊兒媽媽的房間，站到了階梯上方。除了浴室之外，所有的門都是關著的，我可以看到浴室裡面，沒有人。我聽到樓下傳來聲響，所以我盡量保持安靜、往下走了兩個階梯。我在這時候看到她了，好詭異的情景，我蹲在地上，透過欄杆張望，她在廚房裡走來走去。

克萊兒身穿睡衣，揹著學校背包，站在老舊的白色瓦斯爐前面，動也不動。她開了其中一個開關，站在那裡盯著爐口不放，彷彿在等待什麼事發生一樣。然後，又扭開了另一個開關，我待在那裡好一會兒，動也不動，彷彿整個人呆掉了一樣。她慢慢轉頭，目光朝我的方向飄來，我本來以為她可以看到階梯上的我，她看起來的確像是在直視著我，而且黑暗中的雙眼閃閃發亮，就像貓咪一樣。我還記得那時候好想尖叫，但我叫不出來。她的注意力又回到爐前，打開了另一個開關。

我悄悄站起來，又爬上階梯。我不明白到底發生了什麼事，但我知道一定是壞事。我試了一下她媽媽房間的門把，鎖住了，我應該要敲門或什麼的，但我還是回到克萊兒的臥房，上床，依然穿著我的睡袍，我希望這只是場惡夢罷了。

後來，就連樓上的臥室，也很快就聞到了瓦斯味，它像是一朵隱形的雲，在房子裡面不斷擴散，盈滿每一處空間，每一個黑暗角落。我把被子蓋住頭，希望這樣可以救我一命，但是有人掀開我的被子，我睜開眼睛，看到克萊兒，她依然揹著自己的學校背包，站在我面前。她猛搖我，以為我睡著了，其實我清醒得很。然後，她對我微笑，我永遠記得她當時跟我說的話：

安珀．泰勒，我會照顧妳一輩子，牽我的手吧。

克萊兒告訴我的話，我總是乖乖照做，到現在依然如此。她突然站在臥室門口，彷彿看到鬼一樣。當時一片昏暗，起初我以為我看不見她眼前的東西。然後，她彎身撿起了她外婆的鑄鐵門擋，把它放在包包裡，它的形狀就像隻知更鳥，某隻永遠沒辦法飛翔的鳥兒的小小雕像。她帶著我走到梯台，然後再次停下腳步，面對我，將食指放在她的唇間。

噓。

她緊緊抓住我的手，把我拉下階梯，每走一步，瓦斯衝鼻的氣味也越來越濃。到了階梯底部的時候，她右轉，朝廚房的另一頭前進，準備走向客廳。她讓我坐在某張手扶椅裡面，自己跑到火爐旁，彎身。她媽媽總是會預先準備一點引火物，隨時可以起火取暖，不過，只在星期天使用而已。那只是一小堆的報紙與乾柴，有時候還有快燒光的舊蠟燭。她點了火柴，那一小堆引火物也開始發光，然後，她把整盒火柴丟到上方，牽著我的手，帶我從前門出去，而且立刻關上了門。我沒有穿拖鞋，我記得她把我拖到車道的時候，腳底被冰涼的碎石刺得好痛。她抓我的手抓得好緊，彷彿她要是一鬆開，我就會逃走一樣。

我們走到對街的某棟房子，靠牆坐下來，雖然我穿著睡袍，但依然可以感受到石頭的冰寒。我們靠在那小小的牆面，感覺過了好久，她不發一語，只是緊握住我的手，笑意盈盈仰望對面的那間房子，我好害怕，不敢看她看太久，所以我幾乎都盯著自己光溜溜的小腳丫，看著它們在冰寒的天氣中逐漸轉為藍色。她開始唱歌的時候，我依然沒有抬頭。

一閃一閃小星星。

我想知道你是什麼？。

高高掛在世間之上。

就像天空的鑽石。

克萊兒一直很喜歡催眠曲，她說這些歌會讓她想起她的外婆。不過她總是唱錯歌詞，克萊兒是只願意接受自己的想望、而不肯接受真相的那種人。

那棟房子其實並沒有爆炸，而是在後面慢慢悶燒，突然爆炸。的確是有砰一聲，但並不像是電影裡的轟然巨響，比較像是有人從磚牆下方拉走了寂靜的背景音。一開始的時候，房子的前門那裡看起來完整無缺，但窗戶後面有火焰在狂舞。我們先聽到了警笛聲，後來就看到了消防車。那時候，她陷入沉默，笑容沒了，臉上開始掛著兩行淚。她為她爸媽哭了好幾個小時，宛若無法被旋緊的水龍頭，自此之後，我也經常因為想到他們而淚流不止。

那股煙味已經在那晚成為我的一部分，所以無論我洗髮或刮刷皮膚多少次，我依然聞得到那氣味，它纏繞住我的DNA，也改變了我。她說她是為了我才殺死他們，她還說，她覺得這符合了我的期盼，所以我們可以永遠在一起，而且她可以一直保護我的安全。之後，我一直在想，到底是什麼樣的原因會讓一個人做出那樣的事？她說他們不愛她，我不知道這是不是實情。世界上有各式各樣的愛，光是一個字也無法精確描繪所有的愛。某些愛的形式比較容易讓人感受得到。某些則比較危險。

外頭的救護車聲響嚇壞了我，也讓我頓時中斷回憶。我盯著醫院天花板的某塊磁磚，它跟其他的磁磚不太相配。我花了足足好幾秒、才發現我的眼睛是睜開的。這不像是夢，感覺好真實，我的眼瞼似乎剛剛下定決心要抬起來了。室內一片漆黑，我沒有辦法移動我的頭，但我看得見，我非常確定。我眨眨眼，然後又眨了一次，每當我閉上眼睛的時候，都好害怕沒有辦法再睜開，但真的都沒有問題。我的眼睛開始慢慢適應這片黑暗，我看得見我的病房。窗戶的確就在那裡，但比我想像中的要小多了。我看到床邊有張桌子，放了一些早日康復卡片，其實沒幾張。在我無用的殘破之身的前方，我看見了房門，我聽到外頭有人，也看到門把在旋轉。直覺告訴我得趕緊閉上雙眼，我又跳入了那個幽暗之地，回到那個只能被觀看、卻不能表達自我的世界。

現在

二〇一七年一月一日

外頭有人，我不知道到底是誰，所以我依然緊閉雙眼。我開始聆聽分析那些字句，但只不過是透過木門與牆壁之間隙縫傳入的濃重碎音。房門開了，露出一大塊空隙，一連串如連珠砲的句子的音質已經很清楚了，我知道那是我不想聽到的聲音。

「不，我確定，你先走吧，好好睡兩三個小時，不需要大家都待在這裡過這種鳥新年，我們早上見了。」

是愛德華。

我依然閉著眼睛，努力保持冷靜。他關上門，我聽到門鎖轉動的聲音。他沒有開燈，慢慢朝病床走來。

「嗨，雷諾茲女士，今天晚上如何？沒有任何起色，了解。哦，真是太遺憾了。」他走向窗邊，我聽到窗簾被關起來的聲音。我已經看過病房的模樣，所以現在對於周邊環境的想像也就更明確。現在不像是在夢境裡，比較像是透過百葉窗在觀景。

「今天是新年，妳知道嗎？我對於二〇一七年的第一天充滿期待，本以為要跟我以前認識的這個女孩一起度過，但她搞砸了一切。所以我今晚自告奮勇認領值夜班，其實，自告奮勇的目的是為了能和她在一起。現在只有我們兩個人，早就應該這樣了。」

我聽到他在床邊有動作，但我不知道是什麼。

「過去這幾天，我一直想到妳老公，我必須說，他跟我期待的完全不一樣。警方依然認為是他出手傷了妳，對了，我已經把我編的那一套全告訴了警察，所以他們認定他是嫌犯，也沒什麼好意外的。不過他們還讓他進入醫院，真讓我不敢置信。我告訴他們，我是這裡的醫生，他們也信了。不過，妳當初也以為我是醫生，不是嗎？」

他就站在床邊，開始撫摸我的頭頂。我不由自主屏住呼吸，他把我的頭髮塞到耳後，我聽到自己的心跳怦怦作響，發出警告訊號。

「我說，可憐的保羅，也就是妳的老公，不能說長得不帥。但他根本沒有時間打理自己，看起來真是淒慘落魄。老實說，這是不是妳回來找我的原因？想要再次投入一個真正男人的懷抱，甩掉那個瘦巴巴小不點？」

他的手指開始摸我側臉的輪廓，然後開始撫弄我的臉頰，最後把手放在我的嘴唇上面。

「妳不回答也沒關係，我了解。而且，我吃過苦頭，好不容易才發現從妳這張嘴巴裡吐出來的全是謊言。」

他彎身，對著我的右耳直接講話。

「安珀，不要再說謊了，他們一定遲早會逮到妳的。」

我無法呼吸，差點想要一把將他推開，但後來才想起來我沒辦法。現在，他的手離開了我的臉。

「看起來他是很愛妳，這一點我不得不承認，但這樣對妳不夠吧，是不是？」

我想要保持冷靜，控制呼吸，穩住。我不知道他會不會又吻我？一想到他的舌頭要進入我的口腔，我就想吐。

「他早就不幹妳了，對不對？我還記得妳在床上的淫蕩模樣，安珀，記得嗎？我一想到妳躺在這裡這麼久了，沒有人滿足妳的需求，一定很難受吧？我已經準備要擔負起這樣的責任了，我是醫院的工作人員，當然盡量要讓妳舒服爽快。」

他的手撫摸我的右大腿，然後又伸進床被裡面，他的手指頭摸索到我兩腿之間，不費吹灰之力，撐開我的大腿。我在自己的腦海中拚命尖叫，因為他的手指頭硬是插入我的體內。

「感覺怎麼樣？是不是舒服多了？」他繼續說道，「講話啊，我聽不到妳的聲音。」

他的手指越來越用力，「不講話，我就當作是沒有了，可惜啊。不過，話說回來，如果不是真正的醫生，當然很難讓病人更舒服，還有，要是被小賤人寄黑函毀前程的話，當然很難當醫生。」

他的低語變成了怒吼，一定有人聽到他在講話吧。*他們為什麼不來？為什麼沒有人救我？*

「妳傷了我的心，毀了我的大好前途。妳以為自己可以全身而退，對不對？」

我發覺臉上有唾沫，他正對著我滔滔不絕。

「都是因為妳，害我只能當晚班雜工。不過沒關係，醫院的每一把鑰匙我都有，我可以打開所有的門，藥櫃隨便我拿。而且我懂這些東西，我還沒忘記自己所受的訓練，我知道要怎麼繼續把妳困在這裡，也不會有人起疑。」

他的呼吸越來越急促，我必須要提醒自己，不要亂動，不能發出任何聲響。

「要不要開口為妳自己辯白？妳無話可說？」他喘得跟條狗一樣，「我還是原諒妳，注意妳，等待妳發現自己當初鑄下的是多麼嚴重的錯誤，然後彌補一切，我依然覺得我們有機會。但是像妳這樣的女人永遠得不到教訓，所以我必須要好好教妳一下，懂嗎？」他停下動作，我本來以為結束了，並沒有。「兩年前我在醫院看到妳，妳這賤貨的妹妹生小孩。妳直接從我旁邊走過去，兩次，把我當空氣，廢物。就是那天，我跟蹤妳回家。我愛了妳足足超過二十年，妳卻根本不記得我。好，也許妳現在就會記得了。」

我聽到他解開腰帶，接下來是拉鍊的聲音，他打開了病床上方的燈，動作粗野，扯掉了我的被子，又把我的病袍往上掀開。

「妳看看這毛多噁心啊，」他的手指不斷彈弄我的兩腿之間，「我們還在念書的時候，妳都會除毛，妳也不看看妳現在這個樣子。我其實是來幫妳忙的，妳最好要心存感恩。」

他爬上來的時候，病床顫抖了好幾下，他與我肌膚相觸，整個人的重量壓在我身上，對著我的臉龐呼吸，他硬推進入我的身體，我好想把自己關起來，我本來以為這種事不會再發生了，如今我只能閉著眼睛，被迫觀看這一切。

病床床頭不斷撞擊牆面，我的腦中也出現了噁心的規律節拍，我知道我不能反抗他，他太強壯了，我一定會輸。

「如果以一到十來評分，現在的痛是哪一級？」

他把我弄得好痛，而且這種動作讓他越來越興奮，我不能動，也不能發出聲音，不然他會殺了我，我非常確定。為了要活下去，我必須假裝自己是活死人。

他一結束之後，就立刻爬了下來。寂靜了好一會兒，我以為他會離開，但他卻站在那裡看我，我聽到他的急促呼吸，我聞得到他的氣味，感覺他正在對我的點滴動手腳。突然之間，他又把手指插進來，這一次他拔出來之後，還在我的臉抹了好幾下，塞入我的嘴裡，粗長的十指推入我的唇間，摩擦我的牙齒牙齦與舌頭。

「有沒有嚐到那股味道？妳和我的綜合體，就是那種味道，其實沒有我想像中的那麼美好，不過，話說回來，這畢竟像是在姦屍嘛。」

我聽到他在扣皮帶，然後又將床被蓋住我的身體。

「再見，安珀，祝妳好眠。」

我覺得自己彷彿已經完蛋了。我好怕自己沒辦法再次睜開雙眼，我好怕睜開之後不知道會看到什麼。現在我覺得沒有異狀，所以我開始數數字，經過了一千零二十秒之後，我努力安慰自己，安全了，二十分鐘已經足以讓我在和他之間築起一道心理高牆，其實不夠，不過，當我睜開眼睛的時候，至少已經發現他的身形已經消失。就在這時候，我才發現我的手指頭在動，我一直拿它們來當計數工具。我可以移動雙手，室內依然一片漆黑，但我的雙眼正在逐漸適應光線，目前，除了我的床緣之外，我只能看到一片迷濛霧灰。要是我能移動雙手的話，我不知道自己還可以做些什麼。我開始慢慢移動右臂，彷彿擔心自己會把它弄斷一樣，感覺好重，沒辦法平衡，彷彿像是放了太多東西的托盤。這才看到我的手背插了細導管，我被扯了一下，痛得大叫，我需要找人幫忙，要快，但一切似乎極其緩慢又困難。

身體的其他部分，我依然動彈不得，於是就依現在所處的位置四處張望，終於找到了一截紅色繩線。看起來像是可以拉一下找人求助，而我的確需要幫助。我伸出右臂，它顫顫巍巍移過去，撞到了點滴架，我停下動作，盯著那包在鐵架上輕晃、只剩下一半的澄清液體袋，我想裡面鐵定有他給我下的藥，我用力把它扯掉，想要把它扔向邊櫃，希望有人發現之後明白該怎麼處理。想必又有狀況了，我好想閉眼，而且越來越沉重，我再次伸手去拉紅繩，手指搆到了，我拉了一下，看到病床上方的紅燈亮起，就乾脆讓手臂自然垂落。我的雙手緊抓著床被，指甲都陷進掌心裡了。睡意迫我下沉，我閉上雙眼，知道自己又墮入黑暗之中。

我覺得自己快死了，但我已經厭倦了這樣的生活，所以可能沒差吧。我讓自己的心準備關機休息。在我的上方，也就是又冷又黑的波潮上頭，我聽到有人在講話，但字句卻隱約不明，但有一句話卻從水面往下泅泳，找到了我。

「她出車禍了。」

我出車禍了。

之前

二〇一六年聖誕節

聖誕節，就是與非你所選的家人共處的煎熬時間。

克萊兒引領我們進入門廳，開口讚道，「這圍巾真美。」保羅與我跟著她進入屋內。我們昨天在市場吵完架之後，現在已經看不出絲毫的緊張氣氛，但這是我與我妹妹的專長，我們兩個從小就很擅長演戲。不過，如果她知道保羅看過她的童年日記的話，我不知道她還能不能這麼冷靜。她甚至不知道我也看過了。透過另外一個人的視角、閱讀自己的過往，感覺好詭異。你的真相版本變得有些扭曲變形，因為那再也不算是你自己的回憶了，現在，我們走進了她的全新開放式餐廳與起居間。

屋子裡到處都是玩具，但除此之外，這裡可說是一塵不染。自從媽媽與爸爸過世之後，他們花了許多心力整理這間房子，這裡幾乎已經看不出原貌，我打從出生的第一天就住在這裡，但屋子的現況的確令人驚豔。克萊兒重新裝潢了整個地方，已經看不出我們這個家曾經暗潮洶湧。我依然是這麼告訴自己的，爸媽把房子留給克萊兒與大衛，自然是合理的安排。他們比我們更需要這間房子，而且他的修車廠就在隔壁，這也就是他們當初相識的地方。

「大衛在樓上為雙胞胎換尿布，馬上就下來，要不要喝點什麼？」克萊兒將一頭金色長髮後梳，露出光潔無瑕的臉龐，她看起來容光煥發。當然，她也不是一直都是金髮，但多年來她使用漂染劑，技術高明，所以大家也不知道她原來的髮色。她的黑色洋裝看起來是新買的，完美襯托她的身體曲線。相形之下，我就顯得邋遢多了。我是老大，而她看起來卻比我年輕許多，但我們生日明明是同一天，只差了幾個小時而已。

我回道，「我不需要，謝謝。」

「別鬧了，今天是聖誕節耶！」克萊兒說道，「我要開香檳當我們的開喝……」

保羅附和，「好提議。」

「既然這樣，這杯就好。」我回頭看了一下食物儲藏間，從我一出生到十多歲的逐年身高變化、都會標記在那道木門上面，而克萊兒也把它塗掉了。

我們坐在角落沙發，我覺得自己像是克萊兒那些居家裝潢照片裡的附件。那廚房看起來像是從來沒有開伙過一樣，但依然聞起來好香。大衛邁著大步過來了，兩側手臂各夾帶了一個小孩。他身高過高，總是有點彎腰駝背，彷彿會擔心撞到頭一樣。他的髮線正急遽後退，而且他比克萊兒老了十歲，這段年齡差異也變得越來越明顯。

我們十六歲的時候，他負責修理爸爸的車子，他拿了工資，也拿走了克萊兒的初夜。那時候我很震驚，而且還覺得有點噁心，她認為我在嫉妒，其實不是。一想到他對她做的那種事就讓我反胃，我還記得她第一次偷溜出去與他約會的場景。我經常和她一起出去，然後自己在一旁守候，而他們在那裡不知道在幹什麼的時候，我只能盡量充耳不聞。某天晚上，我和克萊兒在公園裡喝酒，就我們兩個人，大衛去酒吧了，我們年紀還不到，不能進去。等到他給我們的蘋果酒喝光之後，我們搖搖晃晃，從樹下隱蔽處走出來，時間已晚，公園入口的鐵門已經關了，粗重的鐵鍊加掛鎖。

我們一點也不擔心，青春的身體攀爬過去輕而易舉，但克萊兒卻說她想要先休息一下，直接躺在水泥步道，我躺在她身旁，她握住我的手，輕輕捏了三下，我也回捏了三下。月光照拂，我們醉言醉語，一切都可以讓我們哈哈大笑個不停。然後，她突然停下來，面向我，雙手托住腮幫子，她悄聲講話，彷彿擔心樹木小草聽到她的聲音一樣，我從來沒問我在等他們約會的時候、他們到底在幹什麼，但她卻主動一五一十說了。我記得自己的那股噁心感，有點困惑，而且也不知道為什麼，覺得被深深背叛了。我本來覺得她鑄下大錯，結婚，兩個小孩，但經過將近二十年之後，卻證明可能是我弄錯了。她從來沒有與其他男人發生過親密關係，一點興趣也沒有，當克萊兒選擇愛你，那就是一輩子的愛。

「你們來啦！」大衛聲如洪鐘，他講話總是習慣拉高嗓門。「幫點忙吧，逗逗這兩個好不好？」他把小孩塞給我們，一人一個，準備走向冰箱，途中還順手掐了一下克萊兒勤練瑜伽的雕像級屁股，她似乎不當一回事，搞不好根本沒注意。現在，我負責凱蒂，保羅負責詹姆斯。

雖然這對雙胞胎是我的親人，但與我很疏離。保羅倒是與小孩的互動自然愉快，也許這就是他為什麼一直想要有自己小孩的原因。他發出的逗弄聲響總是可以讓他們樂不可支，看起來和樂融融，我就沒那麼行，而且也未必能討小孩開心。我努力以柔聲與凱蒂講話，問她聖誕老公公有沒有來？克萊兒今年準備禮物與布置已經到了失心瘋的程度，她說一切都是為了雙胞胎，最好他們以後是會記得。凱蒂伸手摸我的圍巾，開始猛拉，我拚命想辦法把它從那緊握的小手中奪回來，我需要圍巾蓋住那十指瘀痕。她不是很高興，開始大叫，我無計可施，所以保羅主動跟我交換，他把詹姆斯給我，而當凱蒂一進入他的懷中就立刻停止尖叫。她瞪著我，彷彿很懷疑，彷彿她其實知道許多她不該知道的事，我趕緊摸了一下圍巾，確定它還在原位。

保羅一定會是個好爸爸，今天晚上我就會把好消息告訴他，這將是我今年送給他的聖誕節禮物，畢竟我能送的禮物，他都已經有了。我很慶幸自己還沒有告訴他，否則他一定憋不住，想要告訴克萊兒，但我還不想讓她知道。等到我們回家，只有我們兩個人的時候，我就會立刻告訴他。

這個下午好漫長，我們四個人吃得好撐，在尷尬的空檔填塞客套對話，分享已經講爛的過往小故事。我在想，在全英國成千上萬的家庭當中，一定也在搬演相同的腳本。我後來開始扮演不同角色：體貼的姊姊、妻子、可愛的阿姨。同時還不忘要不時小口喝酒，以免酒杯被斟滿。等到克萊兒進廚房的時候，我逮到等候多時的機會，主動開口說要幫忙。保羅瞪了我一眼，他不喜歡和大衛獨處，他總說他們兩人毫無共通之處，的確是沒有。

現在只有我和她待在廚房，我對她咬耳朵，「出事了。」

克萊兒背對我，開口問道，「什麼？」

「不該發生的事。」

她忙著把碗盤放入洗碗機，「妳到底在講什麼？」我剛才鼓起的勇氣又消失了。

「沒有。不重要，我會自己搞定。」

等到她忙完之後，她轉身看我。

「安珀，妳還好嗎？」

我的機會來了。要是我把愛德華的事告訴她，我知道她一定會出手相救。我端詳她的臉，我想要告訴她我有多害怕，但我就是說不出口。這個時間點不對，而且我想起來我也很怕她。她可能會叫我去報警，可能會告訴保羅，甚至做出更可怕的事情。

「對，我沒事。」現在輪到她開始分析我的表情，她知道我其實很有事，我需要編出其他的藉口。「只是很累，需要休息而已。」

「我也覺得妳很累，總是忙得亂七八糟，一切落空。」

接下來大家都茫了。那對雙胞胎吃東西、睡覺、玩遊戲、大哭，這套過程不斷循環，而大人們也希望自己可以跟他們一樣就好了。爸爸媽媽總是讓我們等到下午才拆禮物，我們似乎也依然延續他們的可怕傳統。我們看著那對雙胞胎拆開包裝精美的禮物，可想而知他們對於包裝紙的興趣遠遠大於裡面的禮物。然後，我們開始交換成人尺寸的禮盒，每一份都包裝得整整齊齊，裡面還夾了簇新的收據。我打開保羅送我的禮物，愣了一會之後，才明瞭他的意涵。我謝過他，準備繼續拆下一份禮物。

克萊兒問道，「等等，那是什麼？」

我回道，「日記。」

大衛哈哈大笑，「日記？妳誰啊？安妮．法蘭克？」我看得出來保羅臉色發窘。

「我覺得她應該會喜歡，因為——」

他還沒講完，我就立刻打斷他，「我好喜歡，謝謝你。」隨後又朝他的臉頰親了一下。

「我以前也寫日記，」克萊兒說道，「一直覺得療癒效果很好，我曾經看過某篇文章，把心情寫下來，有助消除焦慮。安珀，妳也該試試看。」

等到扮演和樂家庭的高潮落幕之後，我幫大衛把那對雙胞胎弄上床，我又唸了一次以前曾經唸給他們聽的故事，催眠效果真好，太神奇了。當我離開他們臥室的時候，我發現開敞的房門邊放了那個知更鳥形狀的門擋，那是克萊兒外婆的東西，這間房子已經全部翻新，但這是她唯一保留的老東西。我到了樓下，發現保羅與克萊兒正在廚房裡講悄悄話，而他們一看到我就不說話了，保羅愣了好一會兒之後，才對我露出微笑。

之前

二〇一六年聖誕節下午

保羅與我走路回家，兩人都沒說話。他走得很快，所以我必須加緊腳步才能跟上他。原本就寒冷的天氣，如今又多添了一點霧濕薄雨，但我不介意，只要能夠離開克萊兒的家、走到外頭，我就已經十分開心。現在，那棟房子是她的了，裡面沒有我的任何東西，就連記憶也全部消失了。這是我現在必須要放下的過往，但我卻遇到了阻礙，躊躇不前。對於未知的恐懼，永遠大過於對已知事物的恐懼。

街道空無一人，我喜歡這種沉靜感，這是郊區世界的平和氛圍。每個人都被關在屋子裡，和接下來這一年再也不必見面的親戚共聚一堂，吃填料火雞，看電視上的無聊節目，拆開他們不想要也不需要的禮物，喝酒喝太兇，說話說太多，但思考得卻太少。

當我們經過加油站的時候，綿綿細雨已經轉為大雨。加油站關門，所有的地方都關了。我只進來過兩次，第一次是幾個禮拜之前，我進來問問題，這沒什麼，反正大家總是沒事在發問。我問完問題之後，收銀員盯著我看，臉色有些嚴厲，不過他很快就發現我沒打算要搶劫，我看起來不是那種人。他告訴我，監視器的畫面會保留一個禮拜，之後就會自動刪除。我謝過他，然後又等了一會兒，也許他會問我為什麼要知道這種事，但並沒有，所以我就轉身離開了，我還沒走到大門，他就早已忘了我這個人。

第二次就是最近的事了。

瑪德蓮在辦公室生病、我開車載她回家之後，她看起來也沒有特別感激我。我扶她進去，她把自己的信用卡塞給我，喝令我去附近的加油站把油加滿。她快沒油了，這一點讓她很不高興。她告訴我第二天上班之前她沒空加油。她本來以為我聽到這種指令會不高興，所以我只好假裝擺臉色給她看、配合她的期待。其實我竊喜不已。因為這就表示那天早上我躲在員工停車場、利用嘴巴實踐虹吸原理的苦心沒有白費，也不枉我含了一大口汽油。雖然我立刻就吐掉，但柴油味還是持續了數小時之久。這個是我在學校幫忙清洗魚缸時所學到的技巧。

「妳自以為是南丁格爾的假仙行為唬得了別人，唬不了我。」她拖著沉重的步伐、吃力爬上台階之前，丟了這段抱怨的話，而且爬樓梯爬到一半的時候還轉過身來，低頭看著我，圓滾滾的冷漠臉龐露出得意洋洋的微笑，開始訓話。瑪德蓮一直是用字遣詞的高手，但我過了一會兒之後，才開始思索她在爬樓梯時講的那些話。

「安珀，我把妳這個人看透了，妳給我聽好，懶散，愚蠢，就和你們這個世代的其他人一樣，所以妳永遠一事無成。」說完這一段之後，她繼續往上爬，那是我非常熟悉的階梯，還曾經坐在那裡。自從二十五年前的那場大火過後，這間房子變得完全不一樣了，當然，但這新的階梯依然在同樣的位置，而且要是我把頭轉向右側，克萊兒開瓦斯的情景依然歷歷在目。自從她親生父母過世之後，她理當應該繼承這棟房子，她確定這是她外婆的遺願。但是她的教母，瑪德蓮·佛斯特卻想盡辦法不讓她拿到半毛錢。

我在為車子加油的時候，想到了瑪德蓮的話，我買汽油桶、加滿油、放進後車廂的時候，又想到了一次。我拿瑪德蓮信用卡付帳的時候也一樣。當我拿著棉布擦拭方向盤與所有我碰觸過的地方的時候，她的話依然在我腦中縈繞不去。

保羅與我經過瑪德蓮住處的那條街道，我們一前一後，我回頭，迅速瞄了一下她的房子，我這才驚覺它的外觀看起來就和其他的家戶一樣，裡面可能有一家人在玩拉炮、玩遊戲、營造回憶，成員可能有兒孫與寵物，有喧譁有笑聲，是有這個可能，但我知道不是。裡面只有一個人，我非常篤定，某個哀傷孤獨又可悲的大爛人，某個只會被那些誤信廣播節目形象的陌生人所喜愛的人，某個永遠不會得到任何懷念的人。

很久以前

一九九三年一月七日，星期四

親愛的日記：

今天是舉行葬禮的日子。但感覺很奇怪，因為其實到場的人不多，不像你在電視上會看到的那種葬禮。他們有邀請我的阿姨瑪德蓮，但她沒有出現，她現在是我唯一的親人，但我連她長什麼樣子都不知道，這不重要，因為我現在已經有了一個新的家庭。我一看到那兩具棺材的時候就嚎啕大哭，因為我知道這才是正常的表現。不過，我一點也不想念爸爸媽媽，很高興他們已經不在人世，自從少了他們之後，一切就順利多了。自從發生那場大火之後，我就與泰勒的家人住在一起，感覺真好，彷彿我以前的生活大錯特錯，我本來就應該出生在這個家庭。只有一件事會讓我掉下真正的眼淚，我再也沒有辦法回去外婆的房子了，沒辦法坐在她最喜歡的椅子上面，或者在她的床上睡覺，我對她的所有回憶都在那裡。他們說，現在那是瑪德蓮阿姨的房子，所有的一切都歸她了。

我現在有了好多的新衣服和新書，而且我在泰勒家甚至還有自己的臥房。我不再跟她同睡一個房間，但每到半夜的時候，我總是會被她吵醒。她總是會夢到那場火災，在尖叫聲中驚醒。真的很煩，她有時候根本睡不著。我會對她唱外婆以前哄我入睡的那些催眠曲，公車的輪子，我不知道這招有沒有用。

自從那晚過後，泰勒有許多行為舉止都變得很奇怪，我不知道為什麼，她又沒有受傷，而且死掉的也不是她在意的人。她說她要揭發我，但她才不會。我已經告訴她，如果她敢說出去的話到底會有什麼後果。但她還是做出怪怪的事，比方說站在瓦斯爐前，盯著不放。還有，她也開始摳嘴唇，有時候扯得太用力還會流血，超噁的。泰勒媽媽說，不同的人會以不同的方式處理事情，我們給她時間就是了。她還帶泰勒到醫院與某個人談話、講述她自己的感受。她覺得這樣也許會有幫助，我是覺得不太可能。

在那場火災之後，我也被迫和好多人講話。我必須與醫院的醫生講話，然後是警察。每兩個禮拜我還得去找一個名叫貝絲的女人。貝絲是社工，也就是說，她總是想要幫助別人。她有雙總是忘了眨眼的悲愁大眼，還有隻名叫吉普賽的捲毛狗。我從來沒見過她的狗，但她的衣服上總是沾了好多狗毛，我們在講話的時候，她總是忙著清狗毛、扔到地上。她講話速度超慢超溫柔，好像擔心我會聽不懂一樣，她一直想知道我的狀況是不是還可以，但總是旁敲側擊套話。

瑪德蓮阿姨的事，就是貝絲告訴我的。我覺得我阿姨可能身體很不好吧，因為她沒辦法參加葬禮，也沒有辦法自己寫信。她找律師寫信給貝絲他們那些人，然後貝絲把其中一部分內容唸給我聽。有時候，她那雙大大的眼睛明明還一直在看信，但嘴巴卻突然停住了，我不禁在想，到底是哪些話她不想讓我知道？當他告訴我瑪德蓮阿姨是我教母的時候，其實我不太懂那是什麼意思。她別開目光，對著地板解釋，通常就是當你父母沒有辦法繼續照顧你之後、負責照顧你的那個人。我沒有講話，除了泰勒的媽媽之外，我不希望由別人照顧我。然後貝絲說瑪德蓮非常愛我，但她覺得自己沒有辦法照顧我。貝絲依然流露出那種超悲傷的神情，但反而讓我覺得真的鬆了一口氣。不過，當她說出我很可能得住進某個兒童之家、等待收養的時候，我又開始提心吊膽了。外公住進了不是他家的老人之家，死了。可我不想死。瑪德蓮阿姨不想照顧我，我實在不怎麼喜歡她，她不在乎我是生是死，而我也不知道她是誰，我肚子裡的怒氣越積越深，根本找不到出口，讓我好難受。

貝絲留我一個人待在房間，還告訴我可以玩一下玩具。我不想，我又不是小孩，但她很堅持，講完之後就離開了。我知道她正透過鏡子在觀察我，我在電影裡看過這些情節，所以我站起來，走向玩具盒。裡面有一個洋娃娃，看起來很貴，不是那種塑膠便宜貨。我把她放在大腿上，開始對她說話，想到我爸爸媽媽，我就覺得好傷心，而我對泰勒的爸爸媽媽充滿感激，他們對我的態度一直很和善。然後我又唸了一小段的禱詞，我甚至還在結束的時候說了一句阿門，因為我覺得貝絲就是挺喜歡聽到這種話的人。沒錯，她回來告訴我，現在我可以走了，她甚至還說我可以把洋娃娃帶走，因為妳好勇敢。我決定要把它送給泰勒，就算我不在她身邊，這個洋娃娃也可以隨時注意她的安全。我覺得這想法很棒，不禁讓我露出微笑，而貝絲也笑了，因為她覺得是她讓我變得這麼開心。

我不是笨蛋，我知道該做什麼。那天晚上，我開始在房間裡大哭，音量剛好可以讓泰勒的媽媽聽到。她沒敲門就直接開了房門，但我不介意，因為這是不一樣的房子，不一樣的房間，而且她也是不一樣的媽媽。她為我體貼蓋被，就像是外婆一樣，然後，她坐在我床邊，撫摸我的頭髮。她穿的是白色睡袍，已經卸了妝，但看起來還是好漂亮，而且還散發出她粉紅色沐浴乳的香味。等到我長大後，我一定要變得和她一模一樣。我告訴她，我好怕與陌生人一起生活，然後又哭了一會兒。她告訴我不用擔心，還親了一下我的額頭，然後離開房間，關燈。之後，我聽到他們談話談了好幾個小時，不是像我爸爸媽媽那樣大吼大叫，只是待在同一間臥房小聲談話，就像一對舉止得體的夫婦。第二天，我看到餐桌上擺了領養文件，所以，一切真是順利極了。

現在

二〇一七年一月二日

我還活著。

這是我腦海中第一個發聲的思緒。我也不知道為什麼，我還活著，而且我回來了，我只是不確定自己在哪裡，而且我也躊躇了一會兒，不知道待在這裡是否應該要感到開心，也不知道這一切的意義。愛德華想殺我，這一點我很確定，但我還活著，我想，企圖殺死某個早已死掉的人一定非常困難。

雖然我非常討厭醫院，但我在這裡進進出出的時間也相當驚人。我和保羅努力求子的時候是來這裡，這是我妹妹生小孩的地方，也是我外婆過世的地方。她和克萊兒的外婆不一樣，並非死於癌症。表面上的死因是癌症，但其實是自然老化死亡，那一年，我們三十歲。她的離世讓我們這個破碎家庭陷入長期哀戚氣氛，過度悲傷與絕望還曾經讓我們短暫團結在一起，但這卻啟動了克萊兒心中一直無法關閉的某個開關，童年時代對於外婆之死的怒火又回來了。她壓抑許久的昔時激動情緒，隨著時間推移而更加憤恨難平。那股恨意必須要尋找出口，得要找個譴責的對象。就在那個時候，她開始追查瑪德蓮這個人。當克萊兒發現自己的教母是何許人也，也查出她的住所的時候，可想而知我們有多麼驚訝。摧毀瑪德蓮成了克萊兒的執念，後來反而變成我的執念。她又變得情緒不穩，根本不相信周邊的任何一個人，而她的心情變化，也讓我更迫切需要確認我的日常作息安全無虞，只要克萊兒怒氣攻心，就會出現這種狀況。

他們把它稱之為強迫症，這沒什麼大不了，但隨著我年紀逐漸增長，這問題就變得越來越嚴重。當我十幾歲的時候，我必須每個禮拜要找一天去同一家醫院報到。我以前看的那個醫生個頭矮小，總是講得太多，聆聽得太少。他每次都穿同一雙鞋，灰皮搭紫色鞋帶，每次總是可以讓我盯好久。經過了四個月的每週固定看診之後，他說我為了要處理不明原因的焦慮，產生了強迫症行為，我告訴他，你有口臭，過沒多久之後，我就不找這醫生了。我的爸媽已經放棄要讓我成為一個更好的人，反而將全部注意力放在克萊兒身上，這個被他們成功營救、漂亮又功課頂尖的替代版女兒，卻忘了他們無法修補、問題重重的原版女兒——就是我。

我拚命想要脫離過往、回到現實當中，其實，這兩個地方我都不想待。就在這個時候，我聽到她的哭聲。我愣了好一會兒，才轉譯出她淚水的意義，確定了自己所在的位置，以及此刻究竟是回憶還是當下。

「安珀，出了這麼多事，我真的覺得好對不起妳。」克萊兒的聲音從遠方的某處傳來。當我在水面下方漂游的時候，這些字句似乎在水面不斷重複。她的聲音把我拉了上來，感覺我睡了好沉的一覺，最後終於醒來。有些事變得不太一樣了，光影換位，感覺躁動不安，彷彿有人根本問都沒問我、就重新安排了我心中家的位置。

「妳一直想要告訴我有關他的事，對不對？但我就是不聽，真抱歉。」現在克萊兒的聲音聽起來比較近了，我似乎只要把手伸出去就可以摸到她。我聽了好一會兒之後才明白她在說什麼事，摸索之後，終於確定「他」這個角色是愛德華無誤。

我開始漂游，這些字句太沉重了，我沒有辦法一次消化。

提到了愛德華的名字，似乎讓這個空間的邊緣陷入黑暗。出事了，而且是不好的事，可怕的程度超越了我的記憶範圍。所以我現在應該沒事，以前她總是會出手阻止別人傷害我。

我聽到保羅的聲音，「病情有沒有好轉？」

克萊兒立刻回道，「沒有，還沒有，他們抓到人了嗎？」

「沒有，他們去了他的公寓，但他不在那裡。」

我想要全神貫注，透過我心中內建的真相濾鏡、將他們說出來的話逐一檢視。我真希望自己可以徹底抹消某些悲傷與可怕的記憶，但現在看起來我已經被打開了開關，突然之間什麼都想起來了，就連那些不願記得的部分也一樣。

我記得愛德華待在我的病房。

我記得他對我做了什麼事。

我不懂他們怎麼會知道這一切。

然後，我想起來了，保羅曾經說過，他在我的病房裡安裝了監視器，一定看到了事發經過，光想到這個就讓我想吐。

我還是覺得自己在水面之下，但是那混濁的液體已經逐漸清明，而且我已經越來越接近水面，而且，還有更重要的事。

我想起了意外之夜，我想起了一切。

現在我知道出了什麼事，聖誕節那天開車的人並不是我，那根本不是意外。後來我失憶了，我不知道這種狀態到底持續了多久，但我現在回來了，而且，我記得一切。

之前

二〇一六年聖誕節，傍晚

「還好嗎？」我開口問保羅，他一屁股坐在沙發上，拿起電視遙控器。

「怎麼了？嗯，我很好。」

「要不要喝點什麼？」

「威士忌，謝謝。」

我默不作聲，保羅已經很久沒有喝威士忌了。有一陣子他只喝這東西，但是那琥珀色的酒液改變了他，而且他對它的依賴也改變了我們之間的關係。威士忌成了他的一部分，醜陋的一部分，他覺得它有助寫作，他可以熬夜不睡寫作，只要他、他的手提電腦加上威士忌就可以了。在酒液的國度，我們成了各自獨立的國家，我變得易怒、孤單、恐懼，他還是寫作，但就是不對勁，因為支離破碎。我們生不出小孩，狀況就更嚴重了，這等於是他選擇治療傷口的毒品，而且他總是要最嗆烈的那一種，純威士忌，但結果很可怕，這就像是坐進了慢性自殺的優先席。當我實在看不下去的時候，我威脅要離開，他說他會戒酒，但並沒有。他只是躲起來為自己下毒。我離家出走十天，他就再也不碰威士忌了，那已經是一年多前的事，我不想再過那樣的日子了。

「親愛的，我想我們家沒有這種酒……」

「媽媽給了我好幾瓶，就放在櫥櫃裡面。」他回話時根本沒有抬頭看我。他一直在轉電視頻道，一直找不到他想要看的節目。

我走進廚房，打開冰箱，我沒理會他的要求，拿出了我刻意預先準備的香檳。我要告訴他寶寶的事，一旦他知道之後，心情一定會立刻大不同，今天將會變成為我們無法忘懷的聖誕節。我今天已經喝太多了，但是再喝個小小一杯也沒差。

保羅的聲音從客廳傳來，「我們沒有小孩，應該要很慶幸，妳說是不是？」

「什麼？」

「生活一團糟。一整天都在搞他們的事情，沒辦法好好講話，因為一定會被各種狀況打斷。」

我的聲音傳進了客廳，「其實也沒那麼糟吧？」

我的左眼流下一滴清淚，我就是忍不住。

「不，小孩沒問題，只是克萊兒讓我心情惡劣。她老是喜歡對我們的生活下指導棋，讓我很倒胃。她動不動就出手干涉，妳又從來沒叫她……這是要做什麼？」他指了一下香檳。

「我想我們可以慶祝一下。」

「新書合約的事已經慶祝過了。妳是不是在哭？」

「我沒事。」

「如果是因為克萊兒說她不希望妳跟我一起去美國，那我告訴妳，我才不管她說什麼。就算有好幾個禮拜妳不在她身邊，她也可以活得好好的，這一點我很確定。」

「你把書的事告訴了克萊兒？什麼時候？」

「妳在樓上為雙胞胎講床邊故事的時候，我不小心說溜了嘴。」

現在我終於明白她為什麼在我們離開時用那種眼光看我。那是在警告。保羅繼續滔滔不絕，對於自己的行為完全不以為意。

「我們為什麼不能讓其他人知道？還有，妳說得對，我們該好好慶祝一下。」他拿起了桌上的酒瓶，開了酒。

「你到底跟她說了什麼？」我聽到自己的聲音在顫抖。

「拜託，不要再講妳妹妹還有那蠢老公與恐怖雙胞胎的事了，好嗎？」

「保羅，你究竟對她說了什麼？這真的很重要。」

「妳幹嘛這麼激動？她也是抓狂不已。」

「因為他聽到我要離開的事就會大怒，我早就知道了，我告訴過你先別說。」

「不是這樣，其實都是因為她的愚蠢日記。她問我為什麼要買日記本給妳，我說因為我在閣樓發現了她的日記，才不過幾秒鐘的時間，她就突然變得歇斯底里。」

我的腦袋裡一片亂哄哄。

「我早就告訴你了，不要把日記的事告訴克萊兒，我也告訴過你不要亂翻。」

「我沒有啊，真的不算。我只看到了一行字，說妳們兩個是天生同類。我後來講給她聽，本來是要逗她開心，沒想到她根本笑不出來。」

天生同類。

「她會殺了你。」

他哈哈大笑，他並不知道我講的不是玩笑話。她絕對不會容忍任何人把我帶走，絕對不可能。這些年來，許多人慘遭她的毒手，朋友、同事、男友，在她的眼中，每個人都配不上我，她覺得每次都得要把我救出來。我一度以為雙胞胎出生了，她又早有了自己的家庭，狀況就會發生改變，但是並沒有，她看得更緊了。我覺得她發現我不能懷孕的時候，甚至有點開心，因為她擔心我對小孩的愛會讓我對她的愛逐漸消減。保羅的狀況不一樣，他是名作家。她覺得他配得上我，而且當他欣然同意要住在距離她家不到一英里的地方的時候，她高興得要命。這像是測試——他通過了，因為他沒有要把我帶走的意圖，但現在他的表現不合格。

我想吐，我知道她的可怕能耐，我走出客廳，找到自己的手機，撥打克萊兒的電話號碼。沒人接。

我又試了一次，依然直接轉到語音信箱。

我努力維持平靜，「他沒有看，妳不要出手，真的不需要。」

「妳們都瘋啦？」保羅走到門廳，站在我後面。「我們講的是小孩的日記，搞不好我真的得好好研究一下。」

「如果她打電話找你，或是跑到我們家，就告訴她我已經燒掉了。你千萬不要開門，也不要讓她進來。你的車鑰匙在哪裡？」

「妳到底在說什麼？」

我衝到邊櫃前面，打開那個放滿雜物的抽屜。

「無論如何，就是不可以相信她，明白嗎？」我找到備份鑰匙，拿起包包，根本沒檢查裡面的東西，衝向大門。

「安珀，等等……」太遲了，我已經衝進小徑，想要在暗黑雨夜搞清楚車鑰匙的按鈕，我沒穿外套，已經全身濕透，保羅追我追到外頭，腳上穿的是他的全新聖誕節拖鞋，他正在打手機。

「是我，妳姊姊很生氣，我想她對妳有些誤會，可不可以回電話給我？我們看看要怎麼解決……」我轉身，把他的手機撥到地上，摔在車道上，他嚇得目瞪口呆，嘴巴張得好大，然後抬頭看我。

「這是怎樣？」

「離克萊兒越遠越好！」

「妳聽聽妳講的是什麼話？他媽的真是瘋了，妳不能開車，妳的酒測值……」

「我沒問題！」

隔壁住戶的大門燈亮了，我看到我們的鄰居跑出來，我根本沒意識到我們在大吼大叫。我轉身，面對車門準備要插鑰匙，我彎身在一片漆黑中亂摸，雙手不停顫抖。我摸到鎖孔，保羅想要阻止我進去，我把他推開進去之後用力甩門，夾到他的手，他痛苦尖叫，把手抽回去，我再次甩門，發動引擎，驅車離去。

現在

二〇一七年一月三日

克萊兒開口，「我得回家一趟，不然大衛可能會宰了那對雙胞胎，不然就是被那對雙胞胎搞到沒命。」

保羅回道，「沒問題。」

「靠，抱歉，我不是故意要提到雙胞胎，更沒有要——」

「沒關係。」

「確定不需要載你一程？」

「不，我不會再離開她了，這次絕對不行。」

我聽到開門的聲音。

「克萊兒？」

「怎麼了？」

「這不是妳的錯。」

他對她真好，不過他大錯特錯。這的確是克萊兒的錯，我一生中的所有波折都是克萊兒的錯。聽到她離開，讓我十分開心。

保羅握住我的手，感覺強壯溫暖又令人心安。

「真的很抱歉，」他對我輕聲細語，「我一再讓妳失望，我應該要待在這裡才對。」

我的腦中浮現了畫面，保羅看到看到愛德華在這間病房凌辱我的情形。他坐在家裡，距離我如此遙遠，看到某個陌生人把手伸進我的床被裡。我被囚禁在惡夢之中，但保羅卻被困在外頭，只能眼睜睜看著我承受一切，他想要進來的急切之情，正如我想要出去的渴望一樣強烈。

「我好愛妳。」說完之後，他親了一下我的額頭。

我一直處於昏睡狀態，卻讓他在自己的個人地獄裡飽受煎熬，我真希望可以告訴他，害他落入這種處境，我真是對不起他，而且我也愛他。我在心中講這些話，一遍又一遍，它們終於變得圓熟又真實。

「我愛你。」

「我的天哪。」保羅驚呼一聲，放開了我的手，基於本能反應，我想知道發生了什麼事。於是我努力睜開雙眼，一開始的時候，強烈的光線讓我受不了，然後，接下來就感受到它射入頭蓋骨後方的痛楚。

「保羅……」我聽到有人在講話，後來才發現那是我自己的聲音。

他開口說道，「我就在這。」我也看到他了，他在哭，我也開始掉淚。他開始吻我，我看得到他，千真萬確，我真的睜開雙眼，我醒了。

之前

二〇一六年聖誕節，夜晚

我把車開入克萊兒家的車道，她站在門廊，正在等我。我下車，快步冒雨衝過去，連車門都來不及關。我的洋裝已經濕透，緊貼我的大腿，這塊布彷彿想要把我拉回去，阻止我繼續前進。

「嗨，安珀。」她雙手交疊胸前，神情自在，身體動也不動。

「我們得好好談一談。」

「我覺得妳要冷靜一下。」

「他什麼都沒看到，他什麼都不知道。」

「我不懂妳在說什麼。」

「要是妳傷害他，萬一他有個三長兩短……」

她逼近我，「怎樣？妳會怎樣？」

我想揍她，想把她打個半死，但我沒辦法。我對她的愛依然超過了恨。我們不能在外頭講這種事，你永遠不知道會被誰聽到。

「可以讓我進去嗎？」

她死盯著我好一會兒，彷彿在評估風險。她放下雙臂，看得出她的目光已經做了決定，她點點頭，進入門廳，留下剛剛好的空隙讓我跟進去。

「妳都淋濕了，把鞋子脫掉吧。」

我靜靜關上大門，乖乖照做，赤腳站在她家的奶油色新地毯上面，擔心接下來不知道會發生什麼事。我們現在處於前所未有的對峙狀態，我不知道大衛在哪裡，會不會聽到我們講話。

「大衛在樓上，妳與妳老公離開之後沒多久他就睡死了。」她開始觀察我的心思。我的老公，不是保羅了。她已經將自己與那個被她視為麻煩的人劃清界線。她的眼神陰邪冷酷，我看得出來，她已經進入了那個讓我萬分畏懼的內心世界。

她開口說道，「我要把那些東西拿回來。」我不必多問，也知道她說的是什麼。

「我燒掉了。」

「我才不信。」

「他沒有看。」

「妳怎麼還留著？」

「本來就一直放在閣樓裡面。我是在爸媽過世之後才發現的。他們把妳的一切都保存得很好，但完全沒有我的東西。」

「所以是妳偷走的？」

「不是，我只是想要一點東西。他們把一切都留給了妳，彷彿我從來不曾存在過一樣。」

「妳根本不應該拿走，保羅也不應該看。或者，妳本來就希望看到他出事？」

「沒有！他沒有看，不要碰他！」

「妳需要冷靜。」

「他媽的妳需要後退。」我推了她一下，她踉蹌後退，她的雙眼閃現了某種情緒，我記得那是什麼。她再次向前，我的臉頰上感受得到她的呼吸。

她語氣平靜，「他看過了。現在這狀況得處理一下。」

「他不知道。」

「他看過了。」

「沒有，真的沒有。」我繼續與她辯，我早就知道她對於事實之音充耳不聞。

「天，生，同，類，這是他對我說的話，他看過了。」她惡狠狠對我說出那幾個字，一次一字，我的腹部越來越痛，痛得要命，我以為她一定是拿刀戳我，就在這時候，我看到了血，我盯著她的雙手，沒東西，沒看到刀子。她現在也低下頭，盯著我右腿內側流下的細血痕，我的雙手抱住肚子，那股疼痛簡直要把我拆成兩半。

克萊兒問道，「怎麼了？」

「哦天哪，不要。」

「妳是不是懷孕了？」她低頭看我，臉上的表情有畏怯與憎惡。她不需要等我講出答案。「有這種事怎麼敢不告訴我？我們以前無話不談啊。」我看得出她腦袋正動個不停，這種新狀況讓她措手不及，她有新的謀劃。

我勉力說出口，「抱歉……」我知道她覺得我理該道歉，她臉上的表情依然一模一樣。

「只是一點血，沒事，給我車鑰匙。」

我搖頭，「打電話給保羅……」

「給我鑰匙就是了。醫院距離這裡十五分鐘，直接開過去會比叫救護車快，我們上路之後再打電話給他。」

我乖乖聽從她的話，我一直就是這樣。

現在

二〇一七年一月三日

「妳餓了嗎？」開口的是保羅。我一直在昏睡，那種隨時可以醒來的淺眠。我坐靠在醫院病床上，他為我調整背後的枕頭，門開了，我看到外頭有輪車。

「必須要讓她慢慢吃，一次只能一小口。」忙著交代保羅的是「北方護士」，她將食物餐盤交給了他。我認得她的聲音，真實生活裡的她跟我心中的想像不太一樣。真正的她更年輕、更苗條，看起來也沒那麼疲累。我一直沒想到她會笑，而且臉上是一直掛著笑容。有些人外表看起來很開心，但如果你也注意他們的聲音，就會知道他們的內心其實已經碎裂。

保羅把餐盤放到我面前，有雞肉、馬鈴薯泥、四季豆、一小盒果汁，還有看起來像是草莓果凍的東西。我現在好餓，但看到他們提供的是這樣的餐點，興致就沒那麼高了。保羅拿起餐具，用叉子挖了點馬鈴薯泥。

「我可以自己來。」

「抱歉。」

我拿走他手中的叉子。

「謝謝。」

差不多都快被我吃光了。我一次只取一點，細嚼慢嚥。由於先前插導管的關係，我的喉嚨依然很痛。這些食物看起來沒什麼，但此時的我卻覺得自己吃下了這一生最美好的午餐。雞肉煮過頭，馬鈴薯也切得太大塊，但正好可以讓人有機會細嚼慢嚥，每一口滋味變得格外敏銳，因為，那表示我還活著。

「還記得其他的事嗎？」我搖搖頭，把頭別過去。

「其實沒有。」一聽到這句話，保羅開始鬆了一口氣。他開始講未來，讓我覺得好像是真的一樣，讓我又有了真實感。保羅看到有男人對我做出那種事，我實在難以想像那會是什麼樣的感覺。但對他來說，似乎沒有任何改變，至少還沒有。我的思緒也變得舒坦，他的話語熨平了所有的痕跡，讓我的心緒皺褶轉為平滑，他堅持所有的殘線要來回修整，一定要讓一切的不完美變得整齊光潔，宛若嶄新的一樣，完好無缺。

保羅放在床邊桌的手機發出吱吱聲，他伸手過去，看了一下，然後又望著我。

我問道，「怎麼了？」

「妳有訪客。」

我覺得我整個人頓時黯淡了下來。

「是誰？」

「克萊兒。」他等待我開口回應，但我沒說話。「可以嗎？如果妳不想，不需要見她，妳不需要見任何人。無論妳們之間發生了什麼事，我想她感到非常的抱歉。」

「沒關係。」

「好，她在停車場，所以幾分鐘之內就會到了。我告訴她可以上來。」保羅在傳訊給我妹妹的時候，我把頭撇開。保羅不知道，其實當天晚上所發生的事我都想起來了。我還沒有決定該怎麼做，也不知道應該要偽裝到什麼程度。

保羅問道，「要不要幫妳準備什麼？」

「我想要一杯紅酒。」他哈哈大笑，那聲音真好聽。

「妳遲早喝得到，但是我覺得有點操之過急了，妳今天才剛開始喝果汁而已，一天一點慢慢來。」

保羅把餐盤拿出去、放在地板上，彷彿這裡是飯店房間，我們剛才點了客房服務的餐點。等到這一切結束之後，我很想去某個地方，能暫時遠離真實生活，只要一下下就好了，能夠感受到白日陽光與夜晚星辰的任何地方都沒問題。門本來就是打開的，但她還是敲了一下。

「嗨。」她等我們示意才敢進來。

保羅開口，「進來吧。」

「妳好嗎？」她是在我與保羅之間開口，但其實指的是我。

我回道，「還不錯。」保羅也站了起來。

「好，那麼我出去一下，讓妳們兩個聊一下？」我點點頭，讓他知道我沒問題。

克萊兒與我凝望彼此，我們眼後的那塊區域早已完成了一段沉默對話。她坐在保羅剛才的座位，直到她確定他聽不到之後才開口。

「抱歉。」她終於說出口了。

「為什麼？」

「這一切啊。」

很久以前

一九九三年二月十四日，星期天

親愛的日記：

今天是情人節，我沒有收到任何卡片，但我也不在乎。我現在有家人了，體面的一家人，這一直是我的願望。我甚至還有了新名字，克萊兒．泰勒，我覺得真好聽。我也開始學泰勒喊媽媽與爸爸，他們聽了非常高興，讓我很歡喜。大家都很開心，只有泰勒除外。整個早上，她都臭著臉，像個小女孩一樣，窩在自己的臥室裡，把玩我送給她的那個洋娃娃。她把那個洋娃娃叫做艾蜜莉，只要是她以為四下無人的時候，她就會開始與艾蜜莉講話。

吃完午餐之後，我問我可不可以回去臥室，媽媽說沒問題。我說我想看我的新書，她也相信我了。因為今天是星期天，我們吃的是燒烤，星期天是我們的固定燒烤日，今天是雞肉，一整隻全雞，再加上烤馬鈴薯與約克夏布丁。我自己的全吃光了，泰勒幾乎都沒吃，要不是因為我太飽，我一定會把她的那一份也吃下去。我爬樓梯的時候，聽到媽媽在問泰勒怎麼了，他們一直問她是哪裡不對勁，讓我覺得好生氣，沒有哪裡不對勁，她應該要像我一樣開開心心，不要再破壞大家的興致。

我準備要進自己的臥室之前，經過泰勒的房間，發現艾蜜莉正坐在床上，那雙玻璃眼珠正盯著我。我記得這是我某次去看社工時挑選的玩具，其實她是我的，要是我想要，當然可以拿回來。我從來沒有看過這樣的洋娃娃，如此栩栩如生，閃亮的黑髮、粉紅色的雙頰，還有件漂亮的藍色洋裝與搭襯的藍鞋。看起來好珍貴，完美。我不記得自己是什麼時候把她拿起來或是拿進自己的房間。我只記得自己低著頭，手裡拿著從鉛筆盒取出的羅盤，把艾蜜莉放在腿上，最後，她的眼睛塗漆全被我刮光了。

我不知道接下來該怎麼辦，所以我抓著艾蜜莉的手，走到前面的花園。我這個年紀已經不玩洋娃娃了，所以我把艾蜜莉放在地上，在外頭的馬路上面，小小的腿卡在人行道的邊邊。我覺得午餐吃得好撐，所以我坐在前院草地，手指頭還拔了一點點草皮。陽光閃耀，天空湛藍，但是好冷。但我不介意，我喜歡在外面，我就是想要看會怎麼樣。

我覺得有人在看我，我轉頭望著房子，泰勒站在自己臥室的窗前，低頭看著我與艾蜜莉，目光在我們兩人之間飄來飄去。她轉身，我不知道她會不會哭出來，她最近超愛哭。

第一台車完全沒碰到艾蜜莉，我覺得好氣，畢竟會開到我們家外面馬路的車子並不多。泰勒到花園的時間剛剛好，因為第二台車正好輾過去，中了。左前輪壓住洋娃娃的臉，頭髮被車輪卡住，我看著她轉圈圈，落地，轉圈圈，落地。左後輪也壓了一次，讓她直接躺在柏油路面上。泰勒站在我旁邊，依然望著遠方的娃娃。她的表情沒有任何變化，身體動也不動，就只是站在那裡，我繼續拔草，纏住手指頭，我開始唱歌，但我不是故意唱這首的。

公車的輪子轉啊轉，整天轉不停。

我問道，「妳有沒有告訴別人？」

她沒有問這是什麼意思，只是搖搖頭，看著地面，「很好，」我回道，「因為只要把事情講出去，就會開始倒楣了。」然後，她看著我，有些迷茫，不是很開心，但也不是哀傷。我拍了拍我隔壁的草地，她終於還是過來坐在我旁邊。她沒穿外套，我知道她一定很冷，所以我握住她的手，她也沒拒絕。我捏她的手，捏了三下，她也回捏我三下，我知道我們沒事，一切都沒變，真的。

之前

二〇一六年，聖誕夜

克萊兒把自己的頭放到我的手臂下面，承受了我大部分的重量，然後帶著我，又回到車子旁邊，我就由她了，反正我也不確定自己能不能站得起來。我們蹣跚走過車道，我依然還是光腳，濕答答的碎石把我的腳趾頭割得好痛。她彎身，把我放入副座，我發現她戴了雙我從未看過的紅色真皮手套。我躺得歪歪斜斜聽到車內有人在哭，過了幾秒鐘之後，我才意識到那是我自己。她坐進駕駛座，繫上安全帶，關了車門。

「安珀，日記在哪？」

「我講過了，早燒掉了。」

「妳騙人。」

「拜託，趕快載我去醫院就是了。」

她從來沒開過保羅的這台名爵，但她卻直接倒車出車道，彷彿是她自己的車一樣。戴著紅色手套的其中一手握住方向盤，另一手一直握住手排檔，就像賽車選手一樣，主控一切的人。我閉上雙眼，雙手撫肚，彷彿我想要保衛體內的她，對，是她，我確定那一定是女孩。

克萊兒將車子從她家開出來的時候，我們都沒說話，唯一聽到的人聲來自廣播節目，但那也不是真的，全都是預錄節目。我偶爾會睜眼眺望窗外，想確定她沒走錯，但我只看到一片漆黑。

我們轉彎，我還必須伸手扶住儀表板、穩住身體重心。

「我以為妳不會懷孕。」她換到了二檔，我想我們已經到了大馬路，一會兒就到了。

「我也沒想到。」

三檔。

「保羅知道了嗎？」

「不知道。」

四檔。

「妳為什麼不告訴我？」

「妳總是說我們不需要任何人。」

五檔。

我睜開雙眼，發現痙攣已經消失，我不知道這是什麼意思。

「不痛了，」我努力稍微挺直了一下身子，「我覺得我應該沒問題。」我頓時鬆了一口氣，我望著克萊兒，但她神情沒有任何改變，彷彿沒聽到我說的話，我開口問道，「妳懷雙胞胎的時候也出血過，對不對？」

「還是要去醫院檢查一下，安全為上，不要留下遺憾。」

「沒錯，但妳現在可以開慢一點了。」她沒回我，只是盯著前方。「克萊兒，我說妳現在可以開慢一點了，我覺得我沒事。」基於本能，我的雙手又開始護住肚子。

「妳應該要告訴我才是。」她講得好小聲，要不是因為我看到她嘴唇在動，不然我根本不確定自己是不是有聽到這話，她的臉變得扭曲醜惡。「我們以前無話不說，如果妳願意依照我給妳的指示，不要再繼續說謊了，那麼也不會發生這一切。要是它死掉的話，妳就是唯一的罪魁禍首。」

「它沒死。」說完這句話之後，我的淚水奪眶而出，泉湧不止，這一點我也很確定。我發誓我可以感受到我那未出生寶寶的心跳，就和感受我自己的心跳一樣，克萊兒點點頭。她相信我，也知道寶寶還活著。我閉上雙眼，用力抓住座椅邊側，我只需要撐下去，不遠了，我們現在開得這麼快，一定是快到了。

「安珀……」

克萊兒伸出戴著手套的手，握住了我的手，好冷，我睜開雙眼，看到她在看我，而不是盯著路面，她露出微笑，突如其來的恐懼讓我全身僵麻。

「我愛妳。」講完這句話之後，她的雙手又放回方向盤。

我聽到急煞聲，然後一切都變成了慢動作。我的身體被抛出座椅，我在飛，往前急撞，穿過了擋風玻璃，最先是雙手，彷彿我跳進了玻璃游泳池一樣。上千片碎片穿入我全身上下的每一個部分。但不痛，所有的疼痛都消失了，我飛得好高，進入夜空，我看得見星辰，距離好近，彷彿可以觸摸到一樣。然後，我的頭撞到柏油路面，接下來是肩膀、胸口，我突然急煞，好多地方都被刮掉了一層皮。一切靜止，我的飛行就此結束。

疼痛感又回來了，只不過這次是全身都在痛，而且是更可怕的劇痛。無論體內體外，我都已經不成人形，我好怕。我不哭，我沒辦法，因為我發現臉上正在滴血，宛若紅色的淚水。我聽到開車門的聲音，還有微弱的電台音樂，依然在播放聖誕歌曲。一波波的劇痛越來越強烈，一切轉為漆黑。然後，我再也感受不到那股疼痛，完全沒有感覺了，我只能閉眼入睡。

現在

二〇一七年一月三日

「妳把我一個人丟在那裡。」

「我喝醉了，我當初不應該開車的，我嚇死了。」

「妳嚇死了？妳有沒有打電話求救？」她只是把頭別過去。

「我以為妳死了。」

「妳是希望我死了。」

「當然不是，千萬不要這麼說，我愛妳。」

「妳需要我，妳不是愛我，這兩件事是不一樣的。」

「要是他們發現是我開的車，妳知道會怎麼樣嗎？我還有兩個需要我的小孩。」

「我本來有孕，現在什麼都沒了。」

「我知道，真的很抱歉。我絕對不會故意做出什麼事傷害妳，妳自己也很清楚。」

「妳告訴保羅了嗎？」

「告訴他什麼？」

「開車的是妳。」

「沒有，妳有說嗎？」

「妳覺得我要是說出來的話，他會讓妳進來嗎？」

這時候，她的怒火慢慢冒出來了。

「安珀，那只是一場意外。我想要幫妳，我要載妳到醫院，妳不記得了嗎？」

「我記得妳只扣了自己的安全帶，開車開得飛快，然後急踩煞車，我飛到了半空中。」

「我得要停下來。」

「沒有，才不是這樣。」

「我們開在路上，妳痛得大哭，然後又說什麼粉紅睡袍小女孩，我以為有小孩站在馬路中間，妳對我尖叫，逼我立刻停車。」

她一股腦說完，那些字句進入我的腦中，我再也不知道什麼是真的了。我不知道我該相信哪一個版本，我妹妹的還是我自己的？這間沉靜的病房想要為我療傷，但克萊兒卻撕開了縫線。

「我下車的時候沒有小孩，真的沒看到。如果不是妳在幻想，那就是她跑掉了。」

兩者皆是。

我轉頭，我沒有辦法再繼續看她了，這樣恨她，我對她的愛也會被大幅磨蝕。

「我不該丟下妳在那裡。但妳早該告訴我小孩的事，也應該把他的事講出來，只要我們對彼此說謊就會出事。」

「我沒有撒謊。」

「妳也沒有告訴我實情。我查了一下愛德華．克拉克的資料，妳甩了他沒多久之後，他就被醫學院踢出來了。」

「都是因為妳寫的那些信。」

「可能吧。不管怎樣，我的判斷沒錯，我知道這個人就是很怪。他先前也在不同醫院打零工，最後在這裡落腳。我認為他挑選這間醫院是為了要接近妳。妳明白嗎？我看他已經跟蹤了妳好幾年，我不覺得一切能夠就此落幕，告訴我他住在哪裡。」

「我不記得了。」

「妳當然記得。快告訴我，我不會讓他再次傷害妳，我絕對不會讓任何人再次傷害妳。」

我閉上雙眼，「我現在想睡覺了。」

「我要給妳這個，」她繼續說道，「我覺得這也許可以讓妳再次回想起我們是誰，我們可以扮演什麼樣的角色。」我沒有接腔。那只金手環比我記憶中的還要小得多，真沒想到我以前居然套得進去。這是她在我們童年時代、從我身邊偷走的東西。金鐲裡刻有我的生日，也有她的生日，超級雙胞胎。她當初弄斷的時候，媽媽用小安全別針把它修好也依然安在，好脆弱的小東西。我好驚訝她一直留著它，我想要摸一下，但終究沒有。我閉上雙眼，背對她，我渴望先前那股寧靜能夠回來，把我吞入到幽暗盡底。我不想再聽到任何的話語。我的願望實現了，房門關上，裡面只有我一個人，手鐲不見了，我妹妹也是。

六個禮拜之後

二〇一七年二月十五日

我站在我們的床尾，凝望他熟睡的容顏。保羅緊閉眼瞼下的眼珠在動，而且嘴唇還微微張開。過去這兩個月，他老得好快，皺紋更深了，而且黑眼圈也比以前更嚴重。我的眼前明明是個成熟的大男人，但我看到的卻只是一幅脆弱的圖像。我沉浸在只有夜晚才能帶來的美妙寂靜氛圍中，細細思索自己是否做出了正確抉擇，我想是吧，我不能讓自己的過往宰制我們的未來。

我回到家也才不過一個多月而已。在沉靜黑暗的悠長時光結束之後，一開始出院時的感官衝擊讓我難以負荷。這世界似乎好快速，好嘈雜，而且好真實。也許這世界一向如此，但我只是一直沒有注意到罷了。我花了一段時間才適應過來，消化一切。我也去了車禍意外現場，醫院的創傷諮詢顧問認為這是很正面的想法。樹木旁邊有枯死的花束，一定是有某個善心人士以為我在當晚死亡，我覺得，某部分的我的確是死了。

我想要往前看，現在我也原諒了克萊兒，我們昨天甚至還主動幫忙照顧那對雙胞胎，讓大衛與克萊兒可以享受一個浪漫的情人節。我覺得他們應該要有一些自在從容的獨處時間，我甚至還為他們準備了特別的一餐。

能讓這對雙胞胎待在我們家，感覺真好，他們兩個下午時在我們家的空房間睡午覺，這是他們第一次在我家過夜，我一直頻頻查看他們的狀況，想要知道他們是否安好。我站在門口，凝望他們粉紅色的小臉，亂七八糟的頭髮，兩個人都沉醉在夢鄉，就像是天生同類。我先前在天花板貼了會發光的星星貼紙，他們似乎很喜歡。我一直把燈開開關關，就是想要讓他們了解如果沒有黑暗、星星無法閃耀。他們今天不像平常那麼愛哭鬧，保羅真的很有一套，知道要怎麼討小孩歡心，很會逗弄他們，我們照顧小孩也越來越得心應手。現在，屋內又再次恢復寂靜，我看了一下時間，三點零二分。

即便過了好幾個禮拜之後，昏迷的副作用依然讓我深受其苦，會有可怕的惡夢，也有失眠問題。我悄悄下樓，狄格比立刻過來迎接我。我們現在養了寵物，黑色的拉布拉多犬，這都是保羅的提議。我走過廚房，在準備開始我的例行公事之前，又瞄了一下時鐘。

三點零七分。

先從後門開始，來回轉動把手，確定已經鎖好：

上，下，上，下，上，下。

接下來，我站在多口瓦斯爐前面，雙手交疊胸前，手指彎曲成習慣的姿勢，食指與中指併在一起、找到了大拇指。然後，我輕聲自言自語，目視檢查所有的開關轉盤是否全部關閉，手指甲頻頻扣觸，咔咔作響。我又做了一次，第三次完成之後，停手。

狄格比歪著頭、站在廚房門口看我。我得要走了，但又猶豫了一下，心想是不是應該在離開前再做一次全面檢查。我看了一下時鐘，三點十五分，時間不夠。

我穿上外套拿起包包，檢查裡面的東西。手機、錢包、鑰匙，還有兩個其他小東西。我又檢查了兩次，然後把狗繩套進狄格比的項圈，逼自己趕緊出門、檢查了三次大門的鎖之後，大步

走向月光映照的花園步道

我覺得散步有益身心，而且不管是白天或晚上，寵物都很開心。只要走過兩三條街區、呼吸一些新鮮空氣、我通常就可以回去睡覺了，再多無益。我走在路上，兩側的房屋完全完全看不到任何一盞燈光，彷彿所有的人都不見了，而我是這世界唯一僅存的人。

我繼續走過沉睡的街道，上方是一大片佈滿星光的夜空，也是我二十年前仰望的同一片星空，但我現在已經徹底改變了。現在沒有月光，所以當我轉進克萊兒住家街道的時候，四周一片黑暗。我抬頭，凝望那間屋子，彷彿這是我第一次駐足凝神細賞，它本來應該是我的房子，我在這裡出生。我把狄格比拴在路燈下，拿出鑰匙，進入屋內。

我先查看克萊兒與大衛的狀況，兩人看起來好安詳，躺在那裡，背對著背，動也不動。

我覺得那樣的躺臥姿勢一定有某種含意，象徵了他們之間的關係，但我不記得是什麼，反正不重要。

公車的輪子轉啊轉。

轉啊轉。

我檢查大衛的脈搏，沒有，已經屍冷。我走到床的另外一側，檢查克萊兒，脈搏微弱，但還有一絲生息。我猜是因為在吃我準備的大餐的時候，大衛吃得比較多。醫院的那些藥品似乎奏效了，一開始的時候，我也懷疑自己是不是辦得到，但既然連醫院雜工都可以搞得一清二楚，而且還有網路的幫忙，對我這樣的人來說自然沒有困難。

轉啊轉。

我先走到小孩的臥房，然後再回頭去找克萊兒。

公車的輪子轉啊轉。

雙胞胎的哭聲劃破寂靜，我靠近床邊，希望她可以聽到他們的嘶喊。

整天轉不停。

我在她耳邊低語，「天生同類。」

她睜開雙眼，我嚇得往後一跳。她的目光飄向小孩哭鬧音源，我鬆了一口氣，除了眼睛之外，她完全不能動了。那雙眼睛睜得好大，盯著我，裡面有某種我從來沒看過的心緒，恐懼。我把汽油桶舉高，讓克萊兒的眼角餘光可以看到這東西，她瞄了一眼，又看著我。我最後一次凝望我妹妹的臉龐，然後握住她的手，捏了三下，放手。

「我一直很討厭瓦斯。」說完之後，我就離開了那個房間。

之後

二〇一七年二月十五日，凌晨四點

我選擇另外一條比較遠的路、帶著狄格比回家。天氣好冷，我聽到消防車的聲響，立刻加快腳步。我想到了愛德華，也許是因為警笛的聲響，因為警察一直沒有抓到他。我記得那天下午督察韓德利來到我們家、告訴我他們的辦案結果。他坐在我們家的沙發上，十分戒慎恐懼，彷彿不想打擾到屋內的空氣，也不想在坐墊上留下任何凹痕。我要奉茶，他很客氣搖搖頭拒絕了，然後，他沉默了好長一段時間，顯然是在找尋合適的措辭與講出口的順序。他的臉變得有點慘白，因為他開始描述愛德華公寓那張日曬床裡的血跡與燒焦的皮膚，鄰居們說事發當天有聽到男人的尖叫聲，克萊兒並沒有不在場證明，我也沒有，但不重要，根本不會有人來找我們兩個人問案。這位警探覺得應該是意外，可能是電線短路。我記得自己聽到這段話的時候還點點頭，但比較可能是人為因素。現場沒有屍體，無法有確切定論，有時候現場一片狼藉是為了掩蓋真相。

我轉彎進入主路的時候，想到了瑪德蓮。自從我醒來之後，經常會想到她。我經過了兩個多月前購買汽油的那間加油站，那天的監視器畫面早就洗掉了，但交易紀錄會顯示付費信用卡的持卡人是瑪德蓮·佛斯特。她總是把她的信用卡交給我，讓我買她的午餐與支付乾洗費，但我也拿來做了許多其他的事，包括她叫我為她的新清潔工打家裡鑰匙的時候，我也多打了一套。接下這樣的工作，當然讓我方便行事，但最棒的還是可以知道瑪德蓮的每日行程，因為身為她的個人助理，這是我的職責。所以我知道她當天每一分鐘的行蹤，也可以提前一個禮拜知道她的行事曆，而且她在哪些時候無法舉證自己不在場，也都在我的掌握之中。

聖誕節派對前的最後一封黑函，上面有克萊兒的名字，所以到底誰應該要負責，應該大家都很清楚。瑪德蓮午間電視時段的史詩級大潰敗也引發眾人後續追殺，這比原定計畫更讓人爽快，也遠遠超乎了我的預期。這位「危境孩童」組織發言人的可怕言論招來大力抨擊，所以她拋棄孤兒教女與竊佔財產也都算是小事了。但我跟瑪德蓮之間還沒結束。我一直覺得黑函是醜惡的東西，但這樣的黑函就另當別論，這種結果很美，這是正義。大家都以為善惡是兩個不同的極端，但他們錯了，它們只是在破碎玻璃裡彼此對應的鏡像罷了。

提供給警方的說詞，我早已演練多時。我早已冒用瑪德蓮的名字、寫信給克萊兒，準備要以她當初對付父母的手法，以牙還牙。身為瑪德蓮的個人助理，我已經十分熟悉要怎麼代她寫信，所以我很有信心，自己的手寫字跡絕對沒有問題。當然，克萊兒永遠不會讀到那封信，不過等到關鍵時刻到來，我就會向大家解釋。她之所以把那封信交給我，就是為了預防憾事發生的時候、依然能有完整鐵證。大家都覺得瑪德蓮要是丟了工作，人生就完蛋了，因為這是她的全部。等到警方在她家的上鎖工具棚找到了空的汽油桶、等到他們在她客廳橡木書桌的抽屜裡找到寫威脅信的那支筆，等到他們找到他們所需要的一切證據，那麼，大家就會知道自己對瑪德蓮的推測的確神準。

我回到家了，讓自己沉浸在寂靜的氛圍之中，我脫掉外套，現在是四點三十六分。比我預計的時間早了一點，但我還不能回去睡覺，現在不行，我覺得自己好髒，全身上下都被污染了，所以我上樓洗澡。我打開浴室門，面對鏡中的自己，我不喜歡看到這樣的我，所以我閉上眼睛，脫去我過往的外殼，讓原本的自我走了出來。這就像是一個新生的俄羅斯娃娃，比原來的小，但不知道裡面還隱藏了多少個自我。我打開蓮蓬頭，立刻鑽進去，水好冰冷，但我毫不畏縮，我慢慢調高水溫，所以等到過燙的時候，我也不會有感覺。我不知道自己那樣站了有多久，我不記得了，我也不記得自己擦乾淨身體，不記得自己穿上浴袍，不記得自己離開浴室或者又走到樓下。我只記得自己回到了客廳，望著火爐上方的那面巨鏡，我喜歡裡面那個回望我的女人的神情。我把狄格比叫過來，讓他靠在我的大腿上，我撫摸他的柔軟黑毛，現在，一切只剩下等待。

雙胞胎的其中一個開始大哭，我把狄格比推到地毯上，衝上樓要安慰他們。先前我要預錄他們尖叫的聲音，但他們卻一直在微笑，不過，最後還是成功了。現在，他們的房內有光。我拉上窗簾，向外眺望了一下即將升起大亮的黎明。保羅還在睡，所以我把雙胞胎抱下樓，為他們準備早餐。我讓他們坐在高腳椅裡面，擔心我們這棟老屋的氣溫對他們來說太低了一點，我想到了解決方法，高招，也不知道自己先前怎麼沒想到，真的。

火爐裡的火光不斷狂舞，散發的光熱也盈滿了整個空間。雙胞胎看得入神，宛若先前從來沒有看過火焰，我想應該是沒有。我一次拿起一本日記，丟掉之前先隨意翻個幾頁，再丟入火中。準備要燒最後一本的時候，我停了一會兒，食指撫摸封面的一九九二字樣，然後，又翻到最後的那幾頁。起初，我沒辦法看下去，那些字句刺入了我的喉嚨，但我還是撐了下去。讓目光駐留最後一次就好，克萊兒對那一晚，改變一切的那一晚，到底寫了什麼說詞。

是泰勒叫我做的。

我撕掉那一頁，把它揉成一團，丟入火中，看到它燒光光之後，我又把克萊兒日記的其他部分也丟進去。雙胞胎與我就這麼靜靜坐著，看著他們媽媽寫下的一切化為烏有，只剩下煙霧與灰燼。

之後

二〇一七年春天

在昏睡與清醒交界的急墜時刻，總是讓我心情充滿歡欣。還沒有睜開眼睛、處於半清醒狀態、彌足珍貴的那短短幾秒鐘，會讓你誤以為自己的夢境根本就是你的真實世界。它不過就是一瞬間的極端喜樂或苦痛，之後，你的感官就會重新啟動，發出通知，提醒你是誰，身在何處，還有你的身分。現在，我多了那麼一秒鐘，依然沉浸在自我療癒的幻覺之中，讓我可以恣意想像，我可以成為任何人，可以到達任何地方，可以找到人愛我。

我發覺眼瞼上方有道陰影，我立刻睜開，光線好強烈，起初我不記得自己在哪裡，以為自己回到了醫院病房。但我聽到了海聲，平靜的海浪溫柔拍打遠方的沙岸。我伸手遮擋眼前的陽光，發現自己正盯著掌紋與指紋，皮膚多年來的記憶，它知道我是誰，我的皮膚，縱然它曾經讓我渾身不自在。

我一聽到小孩有動靜，立刻就坐了起來，他們充滿感染力的笑聲縈繞在我耳邊，最後連我自己的臉上也泛起燦爛笑容。不是我親生的無所謂，他們現在是我的了，而且我也清楚，只要有心，水濃於血也是可能的事。我應該要好好盯著他們的，但卻放任自己睡著了，不禁充滿自責，我當時環顧整片海灘，相當放鬆，這裡不是只有兩三棵棕櫚樹，這整個地方都是我們的。這裡沒有別人，沒有讓人害怕的人。我想要放鬆，我靠在躺椅上，交疊雙手，把它們放在我的大腿上面，我低頭，看到的是我媽媽的手，我又回頭望著我的外甥與外甥女。我決定要永遠愛這兩個孩子，無論他們做了什麼，無論他們發生了什麼改變，無論他們長大之後會變成什麼樣的人，都不會改變我的愛。

豔陽讓我的肌膚充滿暖意，也照亮了我們的新生。這是我們的天堂一角，短暫停留這兩個禮拜，之後保羅就得去美國了。我轉頭看著飯店，不知道保羅現在在哪裡。我們訂的是一樓的房間，面對海灘，所以我們可以在白天的時候享受陽光，夜晚的時候享受星辰。房間好大，比較像是套房，我們幾乎很少看到彼此，由於現在是雨季，飯店客人不多，但我們一抵達之後雨就停了。

百葉窗大敞，所以我看得見保羅在裡面的身影，他坐在床上打電話，又來了。對於我們的新生活，他調適得沒那麼快，希望他可以多加油，不過，他好愛這兩個小孩，簡直把他們當成親生的一樣。我終於給了他期盼已久的家庭，而且現在已經沒有任何人能夠奪走我們的幸福。我又回頭，瞄了一下小孩，很好。我也不時望向保羅，我提醒自己，我也得隨時注意他的狀況，我進入房間的時候，保羅正好把床邊桌的話筒掛回去。他沒抬頭，我覺得他本來打算要做什麼，卻被我突然打斷。

我開口問道，「誰啊？」

「沒有啊。」他依然迴避我的目光，床上散落了一堆Ａ４白紙，上頭都是黑字與紅筆記號，編輯工作總是沒有止境。

「哦，一定在跟誰講話吧。」我努力掩蓋自己語氣裡的不爽。這應該是假期啊，與家人共度時光的機會，而不是躲在這裡盯著文章、與經紀人討論個不停。我回頭看了一下小孩，沒事，所以我又面向保羅，他現在看著我了，嘴角上揚。

「本來是要給妳的驚喜，」他站起來，走到我面前吻我，「妳肩膀好紅，要不要再多擦一點防曬乳？」

「到底是什麼？」

「我點了客房服務，等一下會送來一點小東西。」我還是不相信他的話。

「啊？為什麼？明明再過兩小時就要吃晚餐了。」

「沒錯，但我們通常要慶祝周年的時候都會喝香檳。」

「這不是我們的——」

「我沒說是結婚紀念日。」我知道他說的周年是什麼意思，我也笑了。

「我以為你剛才又在跟經紀人講話。」

「這次不是，」他繼續說道，「但妳倒是提醒我了，我得要在酒送來之前跟她視訊通話，一下就好，接下來我就是妳的了。」我翻白眼，「五分鐘就好，妳一定會原諒我吧？」

「好，五分鐘。」我親了一下他的臉頰。

我想要洗個澡，但還是向外遠眺了一下雙胞胎，他們現在成了我最近的例行公事，必須連續確定三次的小東西。他們還是在原地玩城堡，蓋好之後，摧毀，繼續蓋。有彼此的陪伴，他們十分滿足，我不知道這是不是難得狀況，也不知道能不能一直持續下去。

「妳看！」保羅已經走到角落的小書桌前，面前是攤開的筆電，我發現他T恤的標籤跑出來了，本想幫他塞好，但還是改變心意，我也不知道為什麼。我在他後面瞄了一下螢幕，「狗狗保姆寄來的，看來狄格比也有開心假期。」看到那張照片，我笑了，狗兒在喘氣，但卻像是對著鏡頭微笑。

我說道，「我知道你很想他，我們不久之後就可以見到他了。」保羅很愛那這隻狗，不忍拋下狗兒出來度假，我們都必須找到熱愛的人事物，不然我們內心的愛沒有出口。我回頭望著那對雙胞胎，「我去洗個澡，幫我看一下？」

「當然。」

我走向浴室，發現保羅又忘了關電視，雖然沒開聲音，但熟悉的影像卻吸引了我的注意力，我停下腳步，目不轉睛，看到我以前認識的新聞記者站在某間法院外面，周邊人行道上還有許多記者忙著搶位置，畫面切換到警方廂型車進入建物大門的畫面，然後，是克萊兒的房子，我們長大的那個地方，被燒得一片漆黑。我望著螢幕下方的標題字，一連串的大寫字幕，靜靜對我尖吼。

殺人犯瑪德蓮．佛斯特開始受審

雖然電視沒開聲音，但這畫面也太吵了，我不知道他為什麼一定要一直看新聞台，宛若某種偏執狂。我把它關掉，想去找保羅講話的時候，但他已經準備要開視訊通話了。那撥號聲已經成了我熟悉的住嘴訊號，他開始對著筆電講話，我根本沒辦法說什麼。我讓他去忙自己的事。我進入浴室，看到自己的鏡影，氣色不錯，就是應該這樣，過著我應該過的生活，被偷走的那種生活。

我關上門，開了蓮蓬頭，很快，沖掉沙子與防曬乳就好，洗一下頭髮，換衣服。我脫掉比基尼，進去淋浴間，讓強力水柱潑灑我的臉，我聽到有人敲飯店房門，我暗罵，來得還正是時候。

保羅說道，「進來吧。」我聽到他還在與倫敦那邊通話，但幸好他已經解決了，自己享有的五分鐘，現在已經成了難得的奢侈，再也不是理所當然的事。「太好了，謝謝，放在那裡就可以了。」因為嘩啦啦的水聲，我聽得不太清楚，但他聽起來心不在焉，近乎粗魯，希望他記得要給小費。

我迅速穿上衣服，梳開打結的頭髮，又在臉上與肩膀塗了曬後乳液。保羅已經坐在外頭的露台區，面對藍綠色的海洋，他挪動小孩的位置，坐在陰涼處的毯子上，更靠近我們，我好喜歡他愛小孩的這種態度，因為這正是我的期待。

「妳來了，我還以為妳淹死了。」他看到我出來，繼續虧我，「酒夫人？」他從桌上托盤的銀桶取出了香檳。

「太好了，麻煩你。」我坐在他身邊，木椅的溫熱透過裙面傳到了我的肌膚。

凱蒂聽到我聲音，轉頭微笑。

「媽咪！」她呼喚了我一聲之後，又繼續玩耍去了。她以前從來沒喊過我媽媽，我聽了真是滿心歡喜。畢竟我是他們的教母，如果還想擁有更多，這樣的想望也錯了嗎？保羅以大拇指拆開金色鋁箔紙，然後手指扭住軟木塞鐵線，以熟練手法開瓶，沒有砰響，也沒有噴得亂七八糟。他為我們斟滿了酒杯，我發現我好幸福，現在我們的關係好多了，就和以前一樣，這是我的想望，與家人待在天堂，這就是幸福的感覺，我想我以前並沒有這麼深的體悟。

他把酒瓶放回圓形托盤，我發現旁邊有個會反光的東西。

「那是什麼？」我低頭看著銀盤上的金色圓滑細物。

「那是什麼？」他的目光也飄過來，我微笑，這是另外一個驚喜，一個禮物，一場遊戲。

在那一瞬間，我說不出話來了。

「你有沒有看到是誰把這東西送到我們房間？」

「我那時候正在用Skype通話，他們就直接進來，把東西留在那裡。為什麼問這個？怎麼了？」

我沒回他。看到托盤上的那只細手環，我嚇得不知如何是好，好小，給小孩戴剛剛好。鐲身扣有一個老舊安全別針，已有些許鏽斑，而這只金環上面刻有我的生日。

我叫安珀．泰勒．雷諾茲，我有三件事一定要讓你知道：

一、我昏迷不醒。

二、我先生已經不愛我了。

三、有時候我會撒謊。

Storytella 80

我只是偶爾撒謊

Sometimes I Lie

我只是偶爾撒謊 / 愛麗絲.芬妮作 ; 吳宗璘譯. -- 初版. -- 臺北市 : 春天出版國際, 2018.09
面 ; 公分. -- (Storytella ; 80)
譯自 : Sometimes I Lie
ISBN 978-957-9609-87-6(平裝)

873.57　　107015453

ISBN 978-957-9609-87-6
Printed in Taiwan

作　者　愛麗絲・芬妮
譯　者　吳宗璘
總編輯　莊宜勳
主　編　鍾靈

出版者　春天出版國際文化有限公司
地　址　台北市信義路四段458號3樓
電　話　02-7718-0898
傳　眞　02-7718-2388
E－mail　frank.spring@msa.hinet.net
網　址　http://www.bookspring.com.tw
部落格　http://blog.pixnet.net/bookspring
郵政帳號　19705538
戶　名　春天出版國際文化有限公司
法律顧問　蕭顯忠律師事務所
出版日期　二〇一八年九月初版
二〇一八年十二月初版八刷

定　價　320元

總經銷　楨德圖書事業有限公司
地　址　新北市新店區寶興路45巷6弄6號5樓
電　話　02-8919-3186
傳　眞　02-8914-5524
香港總代理　一代匯集
地　址　九龍旺角塘尾道64號 龍駒企業大廈10 B&D室
電　話　852-2783-8102
傳　眞　852-2396-0050